传播的力量

CHUANBO DE LILIANG

戴剑平 ◎ 著

鸣谢：广东省特色重点学科『广播电视艺术学』学科团队
厦门理工学院

中国出版集团
世界图书出版公司
广州·上海·西安·北京

图书在版编目（CIP）数据

传播的力量 / 戴剑平著. --广州 ：世界图书出版广东有限公司，2016.1（2025.1重印）

ISBN 978-7-5192-0735-9

Ⅰ. ①传… Ⅱ. ①戴… Ⅲ. ①文艺评论-中国-当代-文集 Ⅳ. ①I206.7-53

中国版本图书馆 CIP 数据核字(2016)第 023897 号

传播的力量

策划编辑 杨力军
责任编辑 钟加萍
封面设计 高艳秋
投稿邮箱 stxscb@163.com
出版发行 世界图书出版广东有限公司
地　　址 广州市新港西路大江冲25号
电　　话 020-84459702
印　　刷 悦读天下（山东）印务有限公司
规　　格 787mm × 1092mm　1/16
印　　张 15.25
字　　数 300 千
版　　次 2016 年 1 月第 1 版　　2025 年 1 月第 2 次印刷
ISBN 978-7-5192-0735-9/G·2019
定　　价 78.00 元

目　录

第四编　媒介传播研究

第五编 网络与新媒体传播研究

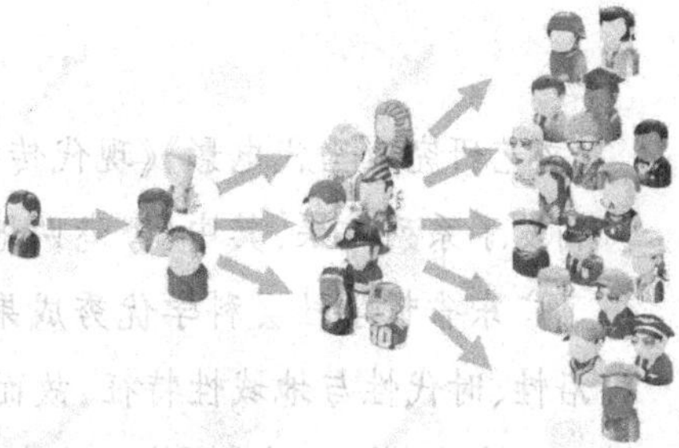

序

我与剑平兄是同乡，最初只有一面之交。十年前，他作为优秀人才引进到广州大学，我们在学校开会碰面时听到彼此的乡音，会情不自禁地相视一笑，虽未及深谈，却颇有一种相逢如故的亲切感。后来，我到新闻与传播学院任职，才与他有较深的交往。

他的人生阅历丰富，早年教过中文，研究戏剧、美学和现当代文学，当过高校学报主编，后来转而从事影视艺术与文化传播研究，三十多年来，孜孜矻矻，笔耕不辍，成果颇丰，卓有建树。在刚刚出版的《影像的力量》一书中，他在戏剧、文学、美学、影视艺术等领域的一些学术研究是有一定建树的。在新近编撰完成的这部《传播的力量》中，可以看到研究领域在不断扩展：从影视艺术、文化与影视文化、电视受众心理、媒介传播到网络与新媒体传播等。在这部书中，他的“影像思维论”有进一步的发挥。至于对 20 世纪 80 年代以来电影观念大讨论的“发声”，体现出他对学术研究追求系统性的思维特点。特别应该予以关注的是他对文化范畴的辩证性意见，以及由此派生的对电视文化、影视文化的研究成果，是有独立见解的。在关于电视受众心理的研究中，他较早地提出了“六大模式论”，这一思想在学术界同样具有一定的影响力。近年来，他又将学术兴趣放在了网络传播、粤港电视剧的比较研究等方面，先后主持了国家社科基金艺术类项目“香港回归以来粤港电视剧的比较研究”、省社科规划项目“粤港青年族群网络使用的传播学研究”、广东省理论粤军项目“广东电影行业发展现状报告”等课题，在

《文艺研究》《当代电影》《现代传播》《中国广播电视学刊》等重要刊物刊发了系列成果，其中《粤港两地电视剧生产体制的比较研究》还获得了广东省哲学社会科学优秀成果奖。他的这些成果，带有较明显的前沿性、时代性与地域性特征，故而引起了学界同仁的关注与重视。

此次，整理、出版《传播的力量》一书，汇聚了他多年从事影视艺术与传播研究的学术心得与一些创见，其中不乏思想与智慧的闪光。其书名"传播的力量"，也不落俗套，捧读玩味该书，确能从字里行间感受到影视艺术与传播的魅力与影响力。

剑平兄做学问思维敏锐，目光如剑，讲课则激情四射，有时剑气逼人，而为人又很随和平易，故而其名"剑平"，真可谓名副其实！这些年来，广州大学新闻与传播学院先后获得"新闻与传播学"一级学科硕士点、"戏剧与影视学"一级学科硕士点，还有广东省特色重点学科"广播电视艺术学"等，剑平兄作为主要的带头人之一，可以说立下了汗马功劳。如今他快到退休年龄了，有时忍不住会对我说，他有了一种"船到码头车到站"的懈怠感；不过，看他的语气神态，却仍有一种宝刀未老、雄风犹在的顽强斗志。这倒不仅仅因为他身体好，精力充沛，更主要的是，他对影视传播研究与教学一往情深。套用艾青的两句诗：为何他的眼中饱含热情？因为他对这一块园地爱的深沉！

真诚祝愿剑平兄学术之树常青，不断结出累累的学术硕果！

纪德君

2015 年 11 月 30 日

（纪德君，广州大学新闻与传播学院院长，博士、教授）

前 言

笔者从事学术研究凡30余年，近20年来成果主要涉及影视艺术、影视文化、媒介传播及网络与新媒体传播等领域。回溯历程，不敢断言这就是笔者对于影视艺术和传播认识的终结，但它毕竟融入了长期以来笔者对艺术与传播，特别是影视艺术与传播关注的一份心血、一缕情丝和一份“答卷”。

关于影视艺术研究

影视艺术的观念变革，是20世纪80年代初期以来，国内影视艺术研究领域的重要命题。这是一个与本体论密切相关的话题。在长达十余年的时间内，这一话题一直都是争议的焦点。当时刚出茅庐的笔者参与了这一讨论并有一些成果。1988至1996年间的《论新时期影视艺术观念的新变化》《影像本体及其文化意义——对一种电影观念的描述》《论影视艺术的观念体系》和《借鉴与融汇——论电影的非独特审美元素》都是其中的代表性篇章。笔者所思考的问题主要涉及：影视艺术本体论、功能说、文学价值说、非情节化、影视语言现代化、影像思维论、形态观、审美创作论、价值观与发展观等。其中，比较的思想是“系统及其构成”。这一理念至今都为影视艺术研究领域所重视。

关于文化与影视文化研究

改革开放初期，理论界的学者们在淡化主流意识形态的同时，越来越关注文化的研究,甚至到了言必谈文化的地步。这一背景下,笔者当时涉足文化研究是从“永恒的悖论:无网之网——文化范畴发微”开始的,该成果是笔者1992年夏天,在广州返回安徽的火车上一气呵成的。后来,《中国文化研究》的主编阎纯德教授推荐了这份成果。继而,关于文化与电影、电视的共同性论述成为笔者关注的重心。至今仍然有新鲜感的成果是笔者所提出的“影像思维论”。近30年来,该命题仍被高度关注的事实证明了这一判断。同样具有重要价值的是笔者对电视文化、影视文化特征以及影视教育形态等问题的研究。至于电视文化的三种基本类型、电视文化环境等命题,都是顺应媒介发展态势展开的研究项目。

关于电视艺术与受众心理研究

从涉足电影到关注电视,从艺术到传播,大约可以窥见笔者的研究思路。连接艺术和传播的关键点,是从笔者关注受众命题开始的。最初的思考是以电视接受及受众心理为对象,并将其置于广义文化范畴的前提下进行研究与分析的。后续的研究中,多在电视艺术传播的现象层面铺陈思维的路径,加之有国家社科基金艺术学项目的推动,从传播的角度倒推对电视艺术的研判,就有了“港产TVB电视剧口语传播的三类模式及其演变动因”“香港TVB电视剧文本生产模式述要与启示”等成果。至于对电视节目及其某些现象的解读,只是偶尔思之、偶然得之,或仅具有补充的意义和价值,但仍是可以参考的、较为重要的方面。

关于媒介传播研究

真正具有媒介研究意义的成果,是从笔者主持高校学报工作时开始的。成果“高校学报的办刊方向与学术价值——以淡化内外稿观念为例”,针对当时全国高校学报存在的共同性问题,提出个人的见解,并且将这一理念贯穿在笔者当时所主持的学报工作中，取得较好影响。在后续的研究中,笔者从“影像语言”的角度关注了广告传播(广告传播的影像形式说略)；以另类的眼光研究了“另类媒体”(分众时代“另类媒体”举隅——中国高校学生平面媒体鸟瞰);与学生合作关注了新闻报道的框架问题(广东平面媒体上香港形象的定位与变化——以香港回归十年间南方都市报和深圳特区报的新闻报道框架为例)。特别注意并比较研究了粤港两地电视剧的生产体制(粤港两地电视剧生产体制发展异同比较研究)。这一研究成果是笔者主持的国家社科基金艺术学项目的一部分，在2014年还获得了广东省社会科学优秀成果奖。

关于网络与新媒体传播研究

近年来,互联网时代的来临正在改变甚至颠覆人们的生活。关注这一现象的学者越来越多,以笔者对这一方向的思考为例,也是从关注传播延展而来的。笔者在这一层面始终保持与学生的接触和互动,遂有“青年族群网络使用的传播学研究”的省级课题。在长达八年的时间里,笔者一直在为研究生讲授与传播相关的课程,对此类现象的调查和思考或许与这一背景有关。笔者提出命题并亲自参与相关课题的调研,继而整理出相关的成果。这些成果主要是围绕青年族群的网络电子商务活动、网络娱乐活动和青年族群网络依赖状态等展开的调查,由于有笔者的学生和同事李秀芳、尹杭两位青年博士的参与,此调查就更具有了“青春”的气息。

需要说明的是,本书五大板块的研究成果曾分别刊发在《现代传播》《文化研究》《中国广播电视学刊》《编辑之友》和《新闻界》等重要期刊,其中又有10余篇被中国人民大学书报社《影视艺术研究》《戏剧研究》《文化研究》等全文转载。

笔者在刚刚完稿并已先期赴印的《影像的力量》一书中说：三十年河东，三十年河西。但对于笔者而言，没有转换的只有一个词，那就是"影像"！这里，笔者再次陈述这一判定，只是将"影像"一词改为"传播"。这是一个令许多人爱不释手的概念。自20世纪80年代初期以降，传播就成为最受青睐的名词。相对于"影像"和影视艺术，个人三十年来笔耕不辍的另一个目标，是要厘清"艺术与传播的系统建构"，且至今仍在探讨之中。笔者只能说，传播真的具有无比神奇的力量，祈盼有更多的知音者认同。"影像"若此，则"传播"亦然。

时值初冬，整理此书，感慨良多，唯有一句铭记在心：青春作证，历史无悔。

是为序。

戴剑平

2015年10月10日草于厦门理工学院

11月12日改于广州大学

第一编

影视艺术研究

论新时期影视艺术观念的新变化

摘　要：当下，文艺政策的变化和国外影视艺术理论的影响下，电影观念——由于电视的普及而形成的影视艺术观念发生了变化。其变化的轨迹是围绕“功能——教化”和“艺术本体”两个线索而延展，有三个重要命题与这一“延展”密切相关：一是“关于文学价值说”；二是“关于情节化与非情节化的命题”；三是“影视语言现代化与历史螺旋说”。

进入 20 世纪 80 年代以来，在中国，电影观念——由于电视的普及而形成的影视艺术观念发生了重大的变化，其意义是十分深刻的。这种急剧变化的直接动力源有两个方面：一是随着时代的变迁，1979 年之后，整个中国文艺界发生了翻天覆地的变化，文艺政策的拨乱反正使文艺观念逐渐摆脱了纯政治附庸的地位，成为独立的观念系统，影视艺术更是异军突起，成为文艺观念格局中活跃的“棋子”；二是随着门户的开放，国外影视理论的大量涌进。这两个方面所形成的合力促使影视观念发生变化，首先是在理论界引出的争议。较早发难的是李陀与张暖忻的《谈电影语言的现代化》。在该文中，举凡电影的叙事方式、镜头运用的理论与实践、电影心理表现的方法以及电影造型因素等电影美学问题，都提到电影语言本性的高度来认识。在此之前，有“电影丢掉戏剧拐棍”以及“电影与戏剧离婚”的主张，在此之后，又有电影文学价值说，其他还有导演中心说、综合电影观以及对长镜头电影理论的借鉴与吸收。凡此种种，都企图以一种理论解释影视艺术，因而，旧有的影视观念在这里解体了，而新的观念没有完全建立起来。细究这些问题的提出，便可发现所谓影视观念的变革，仍然沿着“功能——教化”和“艺术本体”两个线索发展着，所不同的只是对“功能——教化”的解释以及对“艺术本体”阐述的内容发生了变化，且二者出现了融合的趋势。由于在这两个方面的变化中，一些讨论直接涉及了具体的艺术问题，所以对这种变革描述的最佳“通道”是站在“变化内容"的不同的前提下,从具体问题的分析入手,以便给出较全面的理解。窃以为,有三个重要问题应该在这里得到说明:一是"关于文学价值说";二是"关于情节化与非情节化的命题";三是"影视语言现代化与历史螺旋说"。

一、关于文学价值说

在电影理论界,20 世纪 60 年代关于"好故事"的讨论,没有在理论上继续深入下去,其论题的实质直指"文学决定论",于是有动员作家"触电"之说。20 世纪 70 年代末、80 年代初的影视创作中,尤其是电影创作中,有唯技巧而技巧的态势,张骏祥有感于此,提出不要过分依赖技巧的意见,并在理论上提出了电影是"用电影手段完成的文学"。在具体的论述中,他认为:"一般地说,电影手段只能突出、丰富这些文学价值,导演再有天大的本领,也不能靠自己的蒙太奇和造型手段等等无中生有地创造出来。不能充分领会,不把千方百计地去体现这些文学价值看作自己的最高任务,那所有的电影手段的运用就不免止于形式的卖弄。"[①] 继尔,他对文学价值表现为文学的内容有三个方面的概括,第三个方面在"文学·电影·艺术"的概念使用上出现了偏差,比如他提出文学的表现手段即指用以体现主题思想、塑造人物形象、结构故事情节以及传达出作品的风格、样式、气氛、节奏的文学技巧和手段。对文学来说,这似乎无可非议,但要求电影去充分体现这种"手段"则是有误的。那么,第一与第二个方面的论述怎样呢?在这两方面,他取电影与整体文艺观念一致的认识,提出文学价值在电影这里主要表现为思想性或哲理性以及形象的典型性,前者主要包括思想内容,思想倾向,主题思想,中心思想;后者主要包括要求表现出典型环境中的典型人物,塑造人物形象,反映出人物的内心世界、精神状态。细究这些判断,便可窥见"内容决定论"的影响,与 20 世纪 80 年代之前的"电影教化观"比较,这里的内容发生了变化,即从纯粹政治、阶级观念的判断到更为广阔的社会学认识,诸如哲学、社会学、心理学、伦理学等,都以一种社会思潮的潜在制约性形成了与"文学价值"内容的对应。尽管这种内容的表述是有见地的理论命题,并且较之此前有深化与发展的趋势,但它很快成为争鸣的对象的事实则表明,20 世纪 60 至 70 年代将"教化"与"特性"截然分裂的电影观念已成为历史。请看反对意见的主要观点:

“张骏祥关于‘文学价值’的论述给人一种错觉：文学是电影的内容，电影手段是电影的形式，重视文学价值会避免形式主义，强调电影手段可能导致玩弄技巧……这种看法，在客观上把电影的造型表现，看成文学现象纯表面的消极外壳，把导演工作看成编剧工作的消极翻译”。[②]将技巧看成是非形式的形式，是与内容相一致的本体论——尽管张卫的意见尚未明确如此表述，但其内在思路是这样的。我们以为，所谓艺术形式有内形式与外形式之别。对于一般叙事文艺来说，它主要包括叙事艺术的情节、结构、叙述视角等，因而，在内形式上，叙事艺术“类”的划分是不太明显的，因为内形式属于整体文艺；至于外形式，一般指艺术形式的物化形态。比如对于影视艺术而言，没有科技的发展，也就没有今天颇为复杂的各种视听艺术。在这个意义上，影视艺术实际上是人类进入真正文明时代在文化方面的一个显著标志。如此，艺术形式直接影响到艺术本体论的建构，因而，艺术教化内容的变化虽说是一种进步态势，但毕竟尚有进一步发展的可能性。文学价值论的提出，丰富与扩展了影视艺术原有教化内容的“领地”，纠正了以政治、阶级观念代替文艺观的偏颇，但在整体立论上，尚缺乏“本体·功能·价值·文化演进”四位一体的立体色彩。

二、关于情节化与非情节化的命题

由于在影视观念大变革的时代里，许多问题的提出直接涉及影视艺术本体、影视艺术本质等问题，加之这些问题的提出主要牵涉到两个方面：即影视艺术是影视艺术本身；影视艺术与其他种类艺术的联系与区别，如“丢掉戏剧拐杖”“电影与戏剧离婚”“诗应该是诗，电影应该是电影”等。因此，在涉及影视艺术本体的观念变革之中，一个焦点问题便是关于“情节”的争议。进入20世纪80年代之后，这一命题在整个文艺领域始终是争论的“热点”——文学诗化说；小说情节的淡化趋势及纪实小说的兴盛；戏剧的非情节化；电影、电视的诗化、生活化；文学电视的诞生等，在内质上都有一种情节与非情节观的影响存在。当然，在美学范畴中，文艺的生活化历来都是一个重要的命题，但这里的情节观念明显与传统艺术论中的冲突说、动作化等概念有密切的关系。因而，有必要对此加以说明。

何谓情节？亚里士多德曾为戏剧定的基本规范是“动作或情节的整一

性”，足见情节是动作的同义词，但传统戏剧理论则视“动作”为冲突，可见情节是动作概念双重意向的表象意念。旧有的戏剧形式观念中的“三一律”之“动作一律”也包含着“情节一律”的意向。[3]中国古典戏剧理论中，如清末的李渔就认为“传奇之大病”乃在于“头绪繁多”，因而主张情节的“集中”与“统一”，所谓“一线到底，并无旁见侧出之情”即此谓也。稍稍比较，便可看出情节集中与情节即动作的含义是不同的，而情节由此展开的内涵应是冲突即动作与情节结构的统一。

为什么说情节是我国现代电影观念变革中的一个重要问题呢？根据如上对情节的描述，所谓情节依然是戏剧本性问题。因而这里的影视观念与整体艺术观念的变化是一致的。以情节与动作的一体为观察角度，其统一的中介便是“冲突”。关于冲突，文艺观念史的实际表明，它历来是议论的焦点。所谓“没有冲突就没有戏剧”，在艺术美学范畴中常常涉及的主要内容有：艺术以人为表现对象；艺术侧重表现人的“意志”；艺术表现的是人的“自觉意志”，因而它无时不在表现“意志”与社会、“意志”与“意志”的冲突。所以，在戏剧理论上常有“意志冲突”的判断。这种判断的实质是：艺术是社会关系的第二形态，因而，所谓冲突尽管有多种解释，但社会属性却是根本的特质。只是在我国，长期以来将这种“社会性”做狭义的理解，也才有纯政治与纯阶级的艺术观念。反观 20 世纪 80 年代关于影视观念中情节问题的讨论，便可看到一种社会逆反心理的诱因：社会矛盾与社会问题是艺术冲突的内容之一，但并不是其全部。所以，将情节等同冲突亦等同社会问题的“集中”的艺术观念，不仅在戏剧领域遭到挑战，就是在影视艺术领域中也碰上了“克星”——我们之所以将电影是电影、电影与戏剧离婚等与情节淡化问题放在一起论述，正是为了说明，情节绝不仅仅是形式问题，它是披着形式外衣的观念问题，况且，对于文艺及影视艺术而言，何来纯粹的形式？

如此，或许只有情节淡化才是影视艺术观念中合理的形式美学规范：答案显然不是肯定的。

将民族、政治、阶级的集合意识等同于文艺乃至影视艺术观念中的冲突，并进而将其释化成为一种艺术的外部形式——情节，虽然有以偏概全之嫌，但尚有合理成分。作为互为依存的另一面，非情节化的认识以及由此派生的注重人的个性本体的内视性艺术观念是否就能成为“真正的观念”呢？有必要对这一层次给出一定的描述，然后，再寻找更为合理的答案。

稍微把理解概念的尺度放宽一些，我们便可以看到在形式与内容的交叉地带，或者在内容方面如思潮的影响与渗透的意义上理解，或者在形式方面如技巧观的制约与规定性的意义上观察，明显地存在着与“非情节化”有关的诸多概念都有内在的联系。

如现代派艺术、荒诞戏剧与荒诞电影、生活流电影、纪实性影片、非戏剧化、反情节电影……与之相关的概念很多，而这些并不是同一层次的概念，但它们基本上都与“反情节”相联系。在旧有的观念中，情节是叙事艺术的“中坚”，但在现代观念中，情节只是叙事形式之一种。虽然有的观点声称要区分“情节”和“情节剧”，但要绝对的分裂二者，则是不可能的。诚如我们如上分析的那样，情节是一种形式规范，而情节剧是规范的艺术观念，二者的统一才是一种艺术美学观。所以，在艺术观念与形式组合的意义上理解如上一组概念的内在联系，并在此基点上透视反情节的思潮及在影视艺术观念变化中的史实，当是可取的。

以西方电影史为例，无论是梅里爱的戏剧电影还是从格里菲斯开始的艺术电影，都以情节为核心，并在冲突与结构形式两个层面展开对情节的认同。较早“颠倒”这一历史的是欧洲的“先锋电影”，该派艺术家们反对从文学或舞台中寻找电影叙事的手段，认为电影应以造型艺术的手段来丰富自己，甚至宣称电影与故事和情节无关。参照我们以上的认识，这里就不能排除现代派艺术思潮的影响，所以，情节在这里只是一个“中介”。由于这种追求的绝对性，导致了该派艺术的迅速解体。应该承认他们对电影的造型性这一美学命题的追求是有积极意义的，但由于排斥了情节而终于没有出路。此后的电影历史表明，“先锋派”之后的电影更趋于情节化，只是到了20世纪50年代之后才又重新出现了反情节化的倾向，首先是50年代的意大利新现实主义。从概念的界定上看，这种思潮的核心是“回归生活本身”，因而，在追求与生活等同的艺术的同时，则必然伴随着非情节化的认识。在意大利新现实主义电影的实际创作中，其实并不绝对地反对情节，只是反对三四十年代形成的好莱坞式的情节模式化和戏剧化，追求生活化的情节，若以此观“淡化的情节”，大约是可以理解的。其次是西方60年代出现的现代主义电影，亦有人冠之以“新浪潮”。这类电影在哲学上以存在主义和弗洛伊德思想为基础，一方面继承“先锋派”的非情节的思想，采用无逻辑的事件或非理性的意识来否定传统的情节结构；一方面又摒弃了“先锋派”的绝对意识，常常在“内在的情节”上翻花样，表面看上去好像是无贯穿的故事线索、声画分立、自由跳跃的镜头、无逻辑的连接等，但其内在的一致性还是潜存的，这与他们哲学上的观念有一致性——追求无意识或下意识以及企图对人的存在所做的新解释。与此相联系的情节问题，在这里只好再次加“非”的限制。进入20世纪70年代之后，新的“情节化”再次成为影视艺术的主宰。是否会有新的“非情节化”出现呢？答案显然有两个层次，即一是会出现新的对非情节化的回归；二是正如纪实性文学并不绝对反对情节一样，新的非情节化当是另一种情节变种。事实上，“新浪潮”的表面无逻辑、无情节与内在的逻辑与情节的统一难道不是一种“情节模式”吗？

这种非情节思想对我国影视艺术观念的变革有无影响？有。但是，应当看到，进入20世纪七八十年代以来，中国影视艺术的创作实际并没有出现以非情节电影或电视为魁的现象，只是不时有令人感到新鲜的“淡化情节”的影片，成为一种风格样式的代表。认真考察我国新时期以来的文艺现象，便会发现，虽然有现代主义思潮的涌入，虽然有现代派手法、意识流、荒诞意识等思潮的影响，但一种“中学为体，西学为用”的文化氛围促使中国艺术家只是将“非情节”这样的“中介”拿来，并不接受其哲学思想。当然，其中情况较为复杂，比如政治、阶级观念的理解、民族精神与民族化的制约性渗透等都是形成这种状况的原因之一。由此也看到，我们为什么将情节这样的问题列为20世纪80年代以来影视艺术观念发生变革的重要议题的理由了。也正是在此意义上，我们又列出影视语言现代化这样的问题，作为影视艺术观念变化的重要内容加以分析，当然，几十年来，我们从未重视过这类问题的讨论，也是诱发的种因。

三、影视语言现代化与历史螺旋说

进入20世纪80年代以来，中国影视艺术观念的改变有三个层面，即一是摆脱纯粹阶级论、政治工具的外在价值，追求与文学观念总体变化相一致的立体的价值论；第二个层面是在寻求一种叙事艺术共有特征的意义上，企图绘出特定的属于影视艺术的总体构架——且以情节为支撑点；第三个层面便是在本体观念上寻找一种影视艺术的内在特性的规范性，亦即我们所要描绘的“影视语言”问题。对于这一命题，长期以来无人问津。进入新的历史时期之后，由于电影美学的兴起，以1979年张暖忻、李陀发表的《谈电影语言的现代化》一文为契机，形成一种理论的较大突破。该文以“电影语言”为轴心，对西方电影语言的演进给予了全面肯定，以“电影语言的现代化”为电影观念变革的主体。与此相关联的是：长镜头理论的大量翻译与介绍、纪实性美学特征的理论概括、综合美学观的演进以及全面反对电影戏剧化的主张等，共同形成一种艺术观念变革的强大的理论潮流。比情节问题更为深刻的是，电影语言问题直指影视艺术的本体；但同情节问题一样，受一种文化氛围的制约，这种语言观念的变革所取的视点仍将语言作为一种技巧形式来认识，因而也难免留下遗憾。即便如此，仍有反对意见认为：“为了反对虚假，反对公式化和概念化，却迁怒于戏剧化，从而不自觉地向现代派的非戏剧化靠拢，这是一条十分危险的错误道路……除了滑向现代派之外，恐怕是别无他途的。”[④] 事实证明，这并不是一条危险的道路。自新的历史时期以来，由于观念的变化，产生了一批有积极意义的影片，像《黄土地》《一个和八个》等。这类影片完全摒弃了戏剧化的程式，以崭新的影像语言披露于影坛。这类影片的探索意义在于证明影视艺术完全可以摆脱戏剧程式的束缚，但同时也从观众接受的意义上证明戏剧性是无法摆脱的美学命题，因为影视艺术毕竟是最大众化的艺术形式。这就出现了两难境地。但细察这类影片，便能看到如下的问题：一、这里并没有现代派的非理性哲学基础；二、技巧即形式对内容有强烈的制约性；三、作为类型之一，以影像接受将成为未来人类的主要文化接受形式的视角观察，这类影片的积极意义在于拓展了旧有的影视艺术观念，丰富了已存的影视艺术语言。这样，就无须为既摒弃戏剧程式又反面证明戏剧性的合理性的两难命题而忧虑了。

既如上述，在影视艺术观念大变革的潮流中，影视语言在影视艺术本体意义上的观念变化主要包括哪些内容呢？以上举张暖忻、李陀的文章论，主要涉及以下几个方面的问题：一、反对以戏剧冲突律为影视艺术唯一的绝对的结构形式；二、强调镜头内部规律与蒙太奇理论的区别与类同及其美学价值；三、充分肯定影视艺术是以视觉感官为主的“造型语言”的意义；四、提出影视艺术对人的心理与情绪的表现在实践与理论上均有不可或缺的价值。稍作延伸,便可发现,这变化的方方面面在实质上均指向影视艺术本体——影像本体论。反对戏剧冲突律的潜在内涵便是强调影像本体在影视艺术中的主体地位,强调镜头内部规律或者是对巴赞长镜头理论的全盘接受,也潜存着对影像本体的运动形式的认识——反对绝对地割裂镜头、人为地"组装"影像当是将影像与形象结合在一起的美学观念;至于造型语言与对心理描绘功能的认可,实际上也是反对戏剧程式的变化形态及理论表述。这样,便会发现,20世纪80年代以来,有关文学价值、情节与影视语言问题的争论,虽然涉及的面很广,但在很多问题上仍是交叉的,其基本的走向有两大特征:反对戏剧程式;寻求淡化的形式。但影视艺术现状的发展却与这种观念变革的走向是相反的。进入80年代中期之后,文学价值说逐渐被娱乐功能观所取代,与此相应的是,追求新情节化又成为一种为影视艺术寻找出路的理论根据。因而,电影语言的理论描述又出现了对戏剧冲突律等旧理论的宽容姿态,尽管也有以情境代冲突的理论阐释,但在深层意义上仍是对戏剧冲突律的重新肯定,只是扩展了旧有的"冲突"概念的涵盖范围,比如将心灵的冲突、由人的选择性形成的心理变异、假定甚至荒诞的情境都理解为一种潜在冲突的制约等。如此,我们仿佛看到了一个特大的"圆"的转动,当我们拼命地证明它是一个平面的时候,"它"的自转却向你确定无疑地证明了其立体的自身——当旧有的平面再次出现的时刻,观者才恍然大悟。对,这就是我们要分析的历史螺旋说。

影视艺术观念"历史的""螺旋式"的变化是与该历史时期整体文艺观念的变化相一致的。我们以文学诗化说为参照,并加以说明。

20世纪80年代中期,一种认为诗与数学结合是文艺的终极形态的观点披露于世。在继续不断地讨论中,人们终于发现:一、文艺没有终极形态;二、文艺的诗化只是一种可能的幻想;三、文艺永远不可能绝对摆脱"功利"。从社会发展史的角度看,从社会发展的高度规范化到规范化的解体及其发展规律的角度认识文艺,文艺的发展有一个自由—规范—自由的异化—异化扬弃的过程,而这种过程在总体趋势上是十分缓慢的。文学诗化说依据的史实是:世界性的追求淡化情节,返回人类自然的祈求心理。但是,这种认识忽略了一个基本事实,即在"异化扬弃"同时出现的新的"自由"形态则必然成为新的"规范"的基础,新的一轮"回转"将再次出现。由此,我们看到一种"运动形态",而所谓“诗化论”仅是阶段意义上的发展观,而不是过程意义上的认识论。如此,面对文学的情绪化、象征化、散文化、情节淡化,都不能以此为未来文艺的终极形态。同样,在影视理论界与创作界,由于反对绝对的戏剧程式化,反对唯庸俗政治观为文艺的绝对价值,追求新的表现形式,当是正常的阶段性发展带来的必然现象,但这并不证明影视艺术在其本体意义上是与“冲突”观念无缘的。因为在现实世界中,人们既欣赏富于诗意的创作,同时也需要情节化作品的刺激。以美国西部片为例,在20世纪三四十年代风行并成为固定模式之后,不久便衰落了,但在七八十年代,它又重新崛起,其社会原因极为复杂,但有一点可以确认,即人们在一切物质生活都得到极大满足时,却由此产生了追求新奇、追求不平衡的社会心理。人们不满意电视的小屏幕,而渴望在宽广的银幕上欣赏跃马扬鞭的英雄,以满足希望出现奇迹的社会逆反心理。很明显,当绝对的平等观念统治着人的社会性思维的同时,便埋下了崇拜新英雄奇迹出现的社会心理的种子,正如过分崇拜神必然导致人们的社会心理趋向“张扬个性”一样,这是一种精神的逆反状态。因而,任何“永久性”离开“可变性”都不是事物发展的必然。假如我们说文学诗化说在一定历史时期内有其合理性的,那么,从情节的角度出发,一种新的情节化因素已在“诗化”的过程中孕育着。同样,影视艺术观念在以上论述的几个方面的变化中,亦呈现螺旋式发展的态势。以情节与语言现代化为例,非情节化与电影、电视的诗化未必不是目前阶段发展的一种趋势,但终归不能以此确定这就是影视艺术的终极形态;至于在文学价值论的背后隐蔽的功利扩展观,虽然有对绝对阶级论、绝对政治观的摒弃的一面,却也有“非功利”的潜意识存在,而事实上,非功利与功利是紧密联系在一起的,只是在特定历史时期内对功利的解释过于狭隘罢了。以近年来影视艺术的阶段性发展实际论,可以看到这样的事实:对绝对功利观的摒弃—广义功利观的形成—以娱乐本性为认识的出发点对功利的“遗忘”。未来的发展将是怎样的呢?如果所有的影视艺术的“市场”均被“娱乐”性所占领时,也就同时证明,新的功利观将再度被提出,只是为叙述的方便,我们才取这样的分裂的视角,事实上,娱乐与功利的一体、娱乐亦是一种功利的认识也有相当的合理性。

总之,无论是社会的群体心理,还是受社会存在制约的个体心理,对一种“永恒不变”的艺术形象的接受是存在着顺应—逆反—新的顺应,直至再次循环发展的实际的，而这种实际又影响着创作的“变化”，由此，当对观念理论总结时，便不可避免地遁入“历史螺旋”的发展观中，也只有如此，才能避免一种片面的认识。总括20世纪七八十年代以来，中国影视艺术观念的变革，我们看到了这种“运动”的变化趋势，因而，企图以阶段意义上的认识涵盖一切的观念是不妥的。只有给出整体运动意义上的发展观才是合乎事物发展实际的。[(1)]故，一定要给出一个确定的概念时，我们以为“广阔的影视艺术观念”更为合适。对此命题，我们当另文阐述。

（成果发布时间为1989年。

中国人民大学《影视艺术》1989年第3期全文转载）

【注 释】

(1) 应该承认，在本体意义上，我在本文的论述中回避了电影与电视的相异，这有待于另立命题。在本文命题的前提下，我取两者相近的主要方面为表述对象，是为说明。

参考文献：

① 张骏祥.用电影手段完成的文学[J].电影文化(丛刊)，1980(2).

② 张卫.电影的“文学价值”质疑[J].电影文学，1982(6).

③ 戴剑平.“动作一律”可以突破[J].文艺研究，1983(4).

④ 邵牧君.现代化与现代派[J].电影艺术，1979(5).

影像本体及其文化意义

——对一种电影观念的描述

摘　要：影像概念正在被广泛使用，但在电影观念这一命题下，并非一致的内涵使这一问题趋向复杂化。探寻其本体及其文化意义涉及概念的诠释、本原意义、社会化变异、审美尺度、影戏与影像、影像作为语言的符号价值、影像思维与影像文化等命题。重在构建一个体系和框架。

一

影像是电影的基本构成形态，这是一个最简单却又是最复杂的命题，简单在于影像映出的形式令人一目了然；复杂则在于要解释清楚何谓影像及其美学价值、文化意义等都是困难的。诸如影像产生的心理依据，影像在电影中怎样构成社会形态、影像观念、影像文化等命题，都是解开影像之谜的关键。如此，必须先从生理——心理角度绘出影像与视知觉的一般关系，然后才能绘出影像多姿多彩的"社会·审美·文化"的面影。

（一）影像概念的诠释

影像者，因光影而生成的图像也。古人有诗云："举杯邀明月，对影成三人"，指的是因月光而生成的阴影，但由此看出所谓影像概念本身是一个动态结构，即从光影到成像。事实上，在不同的语种中，对于影像的解释是既相同又相异的。比如在法语中，Vision(影像)被界定为"生理器官通过光的刺激产生的感觉"。同样是这个词，在英语中又被解释为"通过视觉器官获得意像"。在日语中，影像有两种涵义，即映像与画像。这里的感觉也好，意像也罢，抑或是映像与画像，都有一个产生的前提，即视觉器官(表现为看到)与光影的生成（表现为光的一般原理），而这两个方面又都以人的接受与反映为表现形态，所以，“意象”在这里的解释有更进一层的意义。显然，影像是一种自然形态，主要表现为光影生成原理与人的生理视觉的统一影像与人一起诞生并在人的实践中形成变异，主要表现出影像的社会化演变的基本特征。因此，可以断言，影像是以人为本，并以其与视知觉的关系为表征的，在自然与社会融合意义上生成的一种人的特殊心态。

（二）影像是一种自然形态

倘若我们问及每一个人最需要满足的本能有哪些，那么，回答中绝对少不了一个“看”字，每当人们睁开自己的双眼，就会发现自己周围环绕着一个“现成的”世界，天空飘着白云，湖水泛着碧波，风吹积起的沙丘，高耸的楼房，平坦的大地，各色各样的人，等等，这种现象被解释为“人的视觉”。人类视觉的基本功能是感受外界的光刺激，具体说来，就是人的眼球内壁上大约有五分之四都包着数层像邮票般厚薄的细胞，称为视网膜，视网膜上排满了光觉细胞，又叫成像元，与开关一样，所有的成像元只有两种状态：得到讯号或未得到讯号。

当光线进入眼球，只能触发某部分的“成像元”处于一个“通／断”状态，它使人能够感觉到深度、活动、大小、形状、质地、位置，于是，人们可以从各种形式的推理中判断出事物的自然形态。这就是视感觉与视知觉。

视知觉在人的生活中是非常重要的，因此，与视知觉密切相关的影像就不仅仅表现为一种自然形态，即与自然形态相对应的是：影像与人一起诞生并在人的实践中形成变异或称影像的社会属性。在电影艺术中尤其如此。

（三）影像的社会性变异

首先，影像的社会性变异表现为人对自身的形象认同心理的欲望及满足的过程，其表现形式便是艺术接受。而一类艺术史的发展，在外形式（物质媒介生成的形式因素）上的延传变化中，则明显体现出影像的这种特殊性质。

当人在现实世界中发现“类”的存在时，便自然地产生了类的认同心理，比如“人是什么？”的古老命题，比如“我是怎样的我？”这样的疑问，都在形式上为影像的认同提供了内在的动力。正如人在镜子面前都会下意识地发问：“这就是我吗？”人们在一切与影像有关的艺术面前，同样会产生一种感叹：这就是人类。是的,这并没有涉及内容与本质,但内容与本质在这里表现为潜在的决定性,而影像在这里,则明显成为一种形式中介。稍作回顾,便不难看出,在人类社会中,一类艺术史的明显轨迹是:绘画、雕塑、戏剧、投影,直至今天的电影、电视,甚至包括已经成为历史遗迹的皮影,在外形式上都有一种内在的联系,即表现为人对自身形象的认同。所以,影像性并非电影所独有,而是整体人类艺术心态发展的一个方面的侧影,但这种侧影在电影艺术中表现得更为突出,也是事实。

其次,影像的社会性变异表现为一种社会内容的制约性。

正如一种艺术形式一样,影像的形式认同本身在社会化演进中自然包含着丰富的内容。比如, 获 1987 年度西柏林电影节金熊奖的中国电影《红高粱》,其导演张艺谋在谈到他的体会时说,他主要是追求一种"观赏性"。显然,这里有两个层次,前一个层次是"看"与影像的内在联系;后一个层次是"看的目的"与"看的内容"的联系并不仅仅是一种形式。应该承认,人的视觉功能在人类社会实践中,一方面表现为一种影像本性,一方面又与无比丰富的社会内容相关联。倘若我们说,电影满足了人们看的需要,可以证明这一点的正如我们以上分析的那样,从绘画到雕塑,从戏剧到电影、电视,艺术在影像本体的演化中的确存有满足人的自然欲望的一面;可以反驳或补说这种判断的理由是:由于艺术通则的制约,人们可以从电影艺术中得到一切艺术中都可以得到的一切,但并不是电影的一切。有固定的形态,也有千变万化的不固定的内涵,这就是影像社会化的第二个方面。

二

电影是一种艺术的观点早已被世界所认可,但它是怎样一种艺术却始终没有定论。正如对"文学是什么""美是什么"这样的命题,长期以来争论不休,并且时常成为理论研究的"崭新课题"一样,"电影是怎样一种艺术"也无法做出划一的结论。长期以来,在世界范围内,尤其是在中国,由于一种特定文化氛围的制约,形成一种特定的电影艺术观念,而这种观念在中外文化的撞击中,在当代中国文艺观念发生大变革的时代中,又形成一种变化的姿态,究其内核,主要集中在影戏观念与影像观念的矛盾发展之中。

(一)观念与观念的历史

对于影像,我们已有解释,而影戏呢?影戏是指相对于电影的戏剧的假定形式。“影”在这里常被释为“幻影”——尽管戏剧是一种真人的演出形式,但由其“戏”的本质所决定,人们认为戏剧也是一种幻想的真实,所以,“戏”与“影”联系在一起,便构成了一种形式的假定性。由于电影诞生在戏剧之后,加之其他复杂的文化因素的制约,致使电影在一段历史时期内有“变形戏剧”之称,因之,对电影的存在,也便有了最初的“影戏”概念,只是“影”在这里又增加了“光影的生成”这样的含义。如果从电影观念整体演变的历程角度观察,我们可以看到影戏观念与影像观念在电影观念发展中的重要地位。在诞生期,电影作为一种艺术,实际上还是在“襁褓”之中,没有独立的“能力”。这时,人们对电影的认识大多属于“一种市民消遣的新玩意儿”之类。对于由“摄影—画面—影像本体”形成的潜在特征的认识,仅以“再现的戏剧”认定,故以“影戏”谓之。但在实际上,与一种戏剧母体共同构成的“戏剧电影”及其成熟的标志,是在默片时期并早期有声片时期,才得以公认的。因而,我们称诞生期的电影观念为前戏剧电影观,其内容诚如上文提及的那样,如“新鲜的玩意儿”和“再现的戏剧”的判断。如果说“新鲜的玩意儿”的社会意向还将电影排除在“艺术”之外的话,那么,“再现的戏剧”已有将电影列为艺术之一种的内在意蕴了。由此延伸,默片时期与早期有声已经形成的戏剧电影观,便成为电影史上较早的“观念”的里程碑。甚至于到了20世纪30至40年代,电影艺术在美学意义上的发展,仍然停留在“戏剧原则”的水平上,其主要表现是电影进入有声时代之后,形成对语言手段的依赖并与传统戏剧的情节观念融为一体,形成戏剧电影的影戏观。在具体问题上,这种观念又表现为以戏剧冲突律的整体结构为原则;以人物形象善恶分明为内涵价值;以审美为创作的整体机制;摄影机保持着固定的位置等等。总之,电影观念在这一时期表现为以“戏”为中心的整体思考。20世纪40年代末,一直到今天,电影的观念发展虽然已呈多元化状态,但相对于影戏观念的影像观念却有较大的发展。而在此前的时代,电影艺术的发展也并不绝对地排斥一种“影像”认识的合理性,因为从电影本身的发展看,其总体走向必然是趋向影像本性的。比如默片时期,强调以动作为本,以满足人的看的欲望为本;再如20世纪30至40年代,在整体戏剧冲突的美学原则的实践中，强调画面结构的蒙太奇处理，都证明影像观念（表现为一种意识）与影戏观念（表现为一种原则）在20世纪中叶之前始终是交织在一起的。事实上，电影在诞生之前，影像意识就存在于艺术创作欣赏之中。且不说一般绘画与雕塑，一种特殊绘画存在的史实便是最好的说明：据美国《读者文摘》介绍，早在1787年，爱尔兰人罗伯特·巴克就取得了“无界限画”的专利权。这种画后来被称为“全景画”，即将画画在圆形的画布上，人爬到高处观看时，便产生了一种立体真实感。这种画的消失，最重要的原因是因为法国人卢米埃尔兄弟发明了电影。因此，我们看到“绘画·全景画·电影”三者之间有一种内在的联系。

如果说传统电影的特点是以戏剧冲突为基础，导源于戏剧本性，其结构特点则常常表现为：使动作的发展集中地围绕着一个基本的中心事件展开；或使两个或几个由统一的思想概念联结起来的情节平行地发展。那么，现代电影应主要指这种“戏剧本性观念”打破以来的电影创作。按目前通行的理论观点总结，现代电影有别于传统电影的重要特征大致是不再囿于模仿戏剧的模式，追求直观的真实，还影像本性于电影，从各个层面，尤其是心理层面反映与表现大千世界，或称银幕进一步向生活本身靠拢，这是最基本的理论视角——影像的本性在这里得以体现。

（二）中国：“影戏”与“影像”的融合过程

早在20世纪末，即电影刚刚诞生之后，便有美、意、俄、西班牙等国的商人到中国放映电影，当时称之为“电光影戏”。这种文化交流，一开始便形成一种“杂耍”的观念形态。其原因有二：一是电影其时在西方国家也不被称为与文学、戏剧具有同等地位的“艺术”；二是在中国传统的正统文学观念中，宋、元以后的戏曲等都不被视为“正宗”，所谓“戏”者，也包含“嬉言”的意思。最早的外围影片在中国如上海等地放映时，一般都在茶馆、茶楼等“下里巴人”出入的地方“经营”，便是“影”与“戏”同一的例证。而“电光影戏”的判断本身也是极好的说明——电光，标明一种科技时代的技术手段，而“影”仍然是相对于“真人”而言的，所谓“真人的影子”即是其内涵，这里主要的词素是“戏”，由此可以看出一种艺术的跨国界渗透中的两种内涵的统一。正是这种“影”“戏”一体的思想使我们所论述的中国早期电影观念成为戏剧观念的附属体，因而在理论上自然形成一种缺少"电影自我"的观念。

随着西方电影创作与理论发展的影响，随着中国电影尤其是进入20世纪30年代之后左翼电影现实主义主潮的形成，此时中国普遍存在的电影观念发生了重要的变化，主要表现在：一、大量翻译国外电影理论各流派论著以及引进好莱坞的商业化电影观念；二、原有的以"戏"为本的叙述模式在这一时期的电影创作中被打破，引进了蒙太奇思维等电影特殊的艺术手段，并在理论上对蒙太奇做了一定的阐释、介绍与消化；三、更加强调电影作为一类艺术的社会功能；四、出现了以反对社会教育功能的纯艺术思潮。较之20世纪20年代，这四个方面的概括有一致性，又有发展与变化。在文艺总体机制上，电影观念与当时社会发展中的文艺观念取基本一致的姿态。只是在电影自身的理论蜕变中，由于它本身创作态势的急剧发展以及所形成的影响所至，已有将电影脱离戏剧的最初的思想萌动。进入20世纪40年代，由于战乱等原因，这种观念的发展呈缓慢趋势。建国之后，电影概念明显对20世纪30年代的电影观念取一种基本接受的姿态，除了强调教育功能、轻视娱乐本性等艺术通则意义上的变化之外，对一种艺术形式本体的认定表现为对二三十年代以来的电影特征认识的一种师承性，以及对国外电影特征论认识的一种平行接受。较有代表性的是张骏祥的"特殊手段"论。他认为："电影是通过具体的形象，特别是人物形象，直接诉诸观众的视觉和听觉的(更主要是前者)艺术……电影在时间和空间上享受了极大的自由，有了时空的可跳跃性。这样，电影就成了一种独特的艺术形式。"[①]在相关的论述中，这种认识已在内质上指向了影像本体，只是尚以艺术特征的形式认定罢了。同样，20世纪60年代关于"好故事"的讨论又以"戏剧本性"为电影的内在特性的认识，也表明传统的"影戏"观念的根深蒂固。只是到了20世纪70年代末80年代初，电影观念才又重新出现"影像本性"的认识。以1979年张暖忻、李陀发表的《谈电影语言的现代化》为契机形成理论的重大突破。该文以"电影语言"为轴心，对西方电影语言的演进给予了全面肯定，当然，也在内质上触及了影像本性问题。而后出现的一批探索性影片，如《黄土地》《一个和八个》等均在创作实践上形成一种对应，并进而在欣赏形态中造成较大冲击波——究竟"什么是电影"的潜在命题重新困惑着理论界，因此，在逐渐展开的讨论中便涉及了"看的本质""娱乐本性""戏剧冲突的美学原则"等问题。于是，"影像本性"说被推上中国电影历史的正面舞台，加之对包括纪实性美学、长镜头理论的翻译与介绍，将影像视为电影本性的认识正在形成。但是，由于整个文艺多元化的发展，与影戏观念相关的一些美学原则并不能被排斥在电影艺术之外，所以，在总体机制上，中国当代电影观念仍是影戏与影像的统一，在某种意义上，这似乎不可变更。但我们以为，对一种艺术最本质的界定，应是在承认艺术通则的原则下强调其本质属性，那么，电影同其他艺术一样，有教育功能、认识作用、娱乐本性；也同一切叙事艺术一样，可追求冲突律，亦可皈依自然追求纪实，但更重要的则在于这些方方面面必须以影像本性为出发点，故，又有必要以一种美学原则来认定“影像本性”。

(三)影像观念的美学评价

这里，观念的美学评价无疑表现为电影本性的价值性认定。

长期以来，关于电影艺术本性，所谓“杂耍”“照相的外延”“自然的本能”“再现生活的艺术”等认定都在一段时间内各领“风骚”，几经混战，终以“不了了之”为结论。那么，它是怎样一种艺术，即它与现实、与生活、与人类、与社会及至与历史的关系如何？进而言之，这种关系是否也存在着内容与形式的不同？或者说对于所谓“载体”应该怎样解释？再者，既涉及“载体”，则又有与他种形态的区别，所以即便是形式，又有内、外形式之别，因而“形态观”又与之相联，故摆在同一地位叙述。

所谓艺术本体，一言以蔽之，曰：艺术实践活动及其物化形态。由于艺术实践是一个发展变化的过程，所以，某一阶段都有其特定的“观念认识”。因而，诚如上文分析的那样，电影艺术本体观体现着电影艺术本体从自在状态走向自为状态的过程。其间，正如一切文艺现象一样，首当其冲的问题是电影艺术的对象属性。对象是什么呢？对象是电影艺术所面对的社会生活与历史，以及人自身的统一。简言之，便是艺术与生活的本质联系。正是在这种联系中，我们看到电影艺术作为整体文艺的一部分，与整体文艺中的对象属性观念是一致的。从一般美学原则看，艺术与现实的关系是永恒不变的，但在不同的历史阶段，其变化则是必然的。如同为“对象的真实”，难道仅仅“意大利新现实主义”才是真实，而好莱坞的情节模式及其“样板影片”就不是真实？但即使在现代电影观念转变的历史时期内，电影与生活的关系在“真实”不变的前提下，往往又有多种“真实”的变化。比如日本电影，在20世纪60年代初期，已有明显的“西方化”现象。以20世纪70年代出品的《人证》为例,那种心理推理手法,那种西式的擒拿格斗,早已不是日本民族的艺术表现“形式”,与三四十年代日本电影的静止画面、缓慢的节奏相比,这无疑是一种发展,并且不单纯是“形式”的发展——只要回顾一下日本战后的整体性变化方可得出结论。值得注意的是,即使在《人证》一类影片中,它仍然包裹着强烈的“民族意识”。如《人性的证明》第一段回忆:年轻的日本警察来到纽约,在美国警察的家里看到壁炉上摆着几张美军当年占领日本时和日本妇女合拍的照片,勾起了他的回忆,他小小年纪,曾目睹他父亲为了制止美军当众侮辱日本少女的暴行而被活活打死。后来,又出现了日本警察向穿衣镜射击的场面。这样的例证不胜枚举。重要的一点在于,抛开时代精神、历史意识等范畴,其最基本的内质只有一句话:即以人为本。正是在这里,出现了与我们前文对影像本体描述相对应的存在——影像虽然是一种自然形态,但在人们的实践中必然形成社会性变异,而电影作为一种艺术,一切社会、历史、人生、自然以及种族、阶级、文化、心理都存在一种无形的“渗透现象”。因此,在内质上,电影艺术表现的对象是一个无所不包的客体,所以,客体有多丰富,电影艺术就应该有多丰富。但是,有一个基本的视点在这里明显成为不可忽视的问题,即“形式制约性”。由此,我们不能不将视角移向“形态观”上来,而影像本性恰恰是在这里形成内容与形式的统一。

三

在以上的叙述中,我们由影像本体到影像在电影艺术中的演化给出了大致的轮廓,再向纵深发掘,会发现影像尚有更深层的涵义:既然电影从创作到欣赏都与影像有关,那么,是否可以承认“影像思维”概念的成立呢?这样,就自然出现了语言与符号的问题。

(一)语言、符号与影像符号

在电影艺术中,影像语言表现为动态的可感性。在上文的描述中,我们曾提到在电影艺术的观念发展史上,对电影有过“光影的延伸”的概括,而“非动”的光影又明显与绘画有同一性,于是,同为影像,我们看到绘画、光影与电影艺术“即同非同”的分界点就是“动”与“非动”——如果在绘画、光影与电影画面的“定格”这三者之间画上等号的话,似乎可以看出电影艺术是“绘画的延伸"的结论,但事实上,这两类艺术在心理层次上所留下的影像在总体构成上是不同的。只要我们分析一下为什么电影小说、连环画在本文意义上仍然与电影艺术有别的事实,便会发现"动"字的重要心理——生理依据。影视艺术成"像"的主要原理之一便是任何影像在消失之后仍在人的视网膜有一个不足一秒的"视觉暂留"。正是由于人眼的这一特性,才有可能形成视像运动的连贯,这是一个极为普遍的事实。拆开来看,电影艺术中影像的任何"暂停"的孤立存在都与绘画等同,但连续的单个影像的组合便形成了一个质变,即观众在形式的感映上出现了如下的状态:

假像1(非动)+假像2(非动)+假像N(非动)=真像(动)

很明显,电影艺术之"真""源"出于此,而这种真是"动"带来的。这种"动感"在文学的语言符号构成中并非不存在,只是在文学中表现为一种"潜在性",而在电影艺术中则表现为"直接的可感性"罢了。比如《红楼梦》中写王熙凤,先言其声:一语未完,只听院中有笑声,说:"我来迟了,没能迎接远客!"再言其行:只见一群媳妇丫鬟簇拥着一个丽人,从后房出来,这个人打扮与姑娘不同,彩绣辉煌,恍若神妃仙子。然后是头上戴着什么,项上挂着什么,身上穿着什么,双眼如何,身量体格怎样,显然,这是由多种意像的组合来构成人物影像,其每一个意像都有一种文字符号来表示。但在电影(电视)中,各种文字符号属性在整体的过程中,却以"动态的实体"影像出现。显然,在文学中,是一种符号的组成,而在影片中,才是影像在动态的可感性中呈现的"直接性"整体构成。如此,影像内部的构成也不例外。比如在中国电影《城南旧事》中,那个透着灵气的姑娘英子一边看骆驼吃草,一边学着动嘴嚼的细节,在心理感应上的特点明显是"视觉形象与感觉的同步"。反观前例,小说《红楼梦》中写王熙凤则是"非同步"的了。

影像符号表现为一种形式与内涵的确指性或称具体性特征。如电影《林则徐》中对主人翁的一段从"怒"到"息怒"的刻画,从"端茶杯"到"站"在书桌旁,从"望"着窗外到"沉思",直到"摔碎茶杯"并抬头看到"制怒"二字,一切与形象有关的语义表达全在这一连串确指的具体动作之中。假以文学的语言符号观点,许多从"怒"到"息怒"的潜台词更应该成为表述的对象,但是这种表述——比如"心灵的颤抖"在文学中可能是很好的叙述形态,可在电影的影像表述中,只有以明确的具体特征来织构深层意蕴,使"看"的功能得到最大限度的发挥,才是一种较明确的影像符号形式。因此,这也从一个方面证明,影像已成为电影思维的基本单位(要素)了。正如马赛尔·马尔丹所说:“美学只有在人们清晰地意识到画面的感染力是令人信服时才存在”。[①]影像符号的美学意义由此可见一斑。

(二)文化与影像文化

影像是一种文化现象吗?答案显然是肯定的,因为影像存在已超出了它本身的意义,它所表现出的历史的世界的进步态势、可探寻的规律性、变异性及其复杂的形态,都与广义文化形成了内质上的通联。所以,我们在语言——符号的意义上,同时认定这种影像文化的文化意义。

事实上,这种文化意义已超出了电影艺术本身。且不说在电视一类近亲的艺术中,就是在文学如小说中,影像及其思维形态也正在找到其应有的位置。如中国作家刘心武就说过:“过去我们认为小说应以描写为重点”现在“越是成熟的作家,几乎越不要细致的描写”[②]。因为人们已经不习惯通过文字重组(如对景物的描写)来还原“影像”,人们乐于接受的是电视(当然也包括电影)的直观接受。这对于在整体上理解文学——艺术语言,由文字叙述到画面叙述的变化,以及读者接受心理在形式感上的变化颇有益处。如果我们再联系到人类早期文明的主要标志之象形文字及其影像思维的价值,便可看到一种历史的高层次回归,即影像性在人类思维与艺术同步发展的意义上,表现为从初民到现代意识的一致性,只是由初民那里表现为简单的影像性,在现代意识中,影像性上升为直觉与理性的统一。是否可以预言:人类的艺术创作与欣赏心态正在形成一种新变?未来的历史将会证明:电影是人类艺术创造的重要的里程碑。其文化意义亦昭然若揭。

(成果发布时间为1989年。

中国人民大学《影视艺术》1990年第1期全文转载)

参考文献:

① 马尔赛·马尔丹.电影语言[M].北京:中国电影出版社,1980.
② 刘心武.小说语言问题之浅见[J].写作,1982(6).

论影视艺术的观念体系

摘　要：在影视艺术多元的观念中有一个核心的观念，在影视艺术观念的更替和变化中有一种相对稳定的因素，那就是审美。这一观念系统包括三个方面的内质：一、影视艺术整体观并形态观；二、影视艺术的创造观与接受观；三、影视艺术的价值观与发展观。这三个方面均以审美为中心，共同形成影视艺术浑然一体的观念（价值）体系。

一代伟人歌德说过："凡是值得思考的事情没有不是已被人思考过的，我们必须做的只是试图重新加以思考而已。"① 影视艺术(1)观念何尝不是如此呢？所谓不同的时代便有不同的观念认识，而这类认识往往为突出一个方面而片面强调影视艺术的一种规律、一种特征、一种历史与时代的制约性。因而，狭隘的影视观念常常是"一元"而非"多元"的。与文艺观念相类同的认识是，影视艺术是一种社会意识形态，或者说是一种观念形态的反映与认识。由于文艺研究领域的全面拓展，又出现了将文艺乃至影视艺术看作感情的载体，视为自我表现的精神现象，或判定为一种特征，或归结为一种符号……显然，由于观察视角不同，会产生不同的观念体系。究竟有没有一种最接近真理的认识呢？我们以为在影视艺术多元的观念中有一个核心的观念，在影视艺术观念的更替和变化中有一种相对稳定的因素，那就是审美。无论对于影视艺术创作，还是对影视艺术欣赏，这似乎都有其道理。比如前者可从审美实践的意义上理解，后者可在审美心理范畴中寻找对应。但是，问题在于，仅仅强调了审美，就可能使社会价值失去在文艺乃至影视艺术中的地位，这里似乎有一个前提和层次问题。

所谓前提，可以这样看：当从影视艺术与生活的关系考察时，可以认定生活是影响艺术表现的对象；当从影视艺术与剧作家、导演、演员等"作者"的关系考察时，大致又可以"主体的创造"这样的命题加以探讨；当考虑到影视艺术品本身是实体时,又可从文本、形态等角度做出解答;当从影视艺术与观众的关系考察时,一种欣赏观、一种价值观、一种接受理论便自然地显出其理论的意义与价值。所谓层次, 即在以上四个前提中均存在着一个共同的“链”——从社会伦理、道德、实践等范畴到审美的境界。比如我们可以列出如下的问题:影视艺术反映了生活的什么?创作主体在艺术创作中存在着伦理——审美的精神渗透吗?影视艺术形态是反映社会伦理的载体还是审美境界的中介呢?价值在影视艺术欣赏中究竟有哪些层面?不言而喻,每个问题都有一定的合理性,但若以此涵盖一类艺术的整体观念,像旧有的“表现说”“再现说”“直觉理论”等都只能是一个层面的结论。那么,我们的影视艺术观念如何呢?正如对待整体文艺一样,我们应有一种大文艺或广义文艺包括广义的影视艺术的观念:要有整体影视艺术的认识,要有运动与发展的眼光,要有具体前提及对具体问题的界定,要有对影视艺术的独特认识,而此类认识与前述审美的核心相关联,故以审美的多元的影视艺术观念命之。

以审美为中心的多元的影视艺术观念主要有哪些内容呢?

正如一些理论律条中所承认的,观念是存在的反应,观念是一种认识。但是,这种反应或认识的内容究竟包含着多少“因素”呢?这需要有一个相对的理论解释。所谓观念,简单地说,就是人们在实践活动过程中积淀于主体思维之中的稳定的知识结构和程序。以影视艺术为例,知识结构显然是指创作主体与接受主体的知识要素及内在的联系和组织形式;至于程序,则指主体的思维方式及模式化状态。很明显,这种表述是对同一对象“静”“动”两种形态的概括,而二者必然是统一的。由此,我们看到如下有递进性判断的联系:观念是一个系统;观念具有层次性,观念具有变化性特征。如此,再回头看影视艺术观念,我们以为大致包括以下三类内容:一、影视艺术整体观并形态观;二、影视艺术的创造观与接受观;三、影视艺术的价值观与发展观。这三个方面以审美为中心,共同形成影视艺术浑然一体的观念体系。

先看第一个层面。

长期以来,关于影视艺术本体,尤其是关于电影本体的争论一直未有停息,所谓“杂耍”,所谓“照相的外延”,所谓“自然本能”,所谓“再现生活的艺术”等,都在一段时间内各领“风骚”。几经“混战”,在世界范围内已基本形成一个大体一致的前提,即电影是一种艺术。电视虽没经历过如此“搏斗”的理论"历程",但在这一前提下,二者又归为"同类"。然而,对一种"怎样"的艺术,没有一致的答案。因而,我们所给出的观念范畴,亦指一家之言。既涉及"怎样",包括"影视艺术作为艺术之一类与现实、与生活、与人类、与社会及至与历史的关系如何?"又涉及"这种关系是否也存在着内容与形式的不同?"或者说,对于所谓关系的"载体"应该怎样解释?再者,既涉及"载体",则又有与他种形态的区别。所以,即便是形式,也有内形式与外形式之别,因而,"形态观"又与之相联,固摆在同一地位叙述。

所谓艺术本体,一言以蔽之,曰:艺术实践活动及其物化形态。那么,影视艺术的本体则体现为对影视艺术的反思及思想形态。由于"艺术实践"是一个发展变化的过程,所以,某一阶段都有某一阶段的"观念认识",因而,影视艺术观体现着影视艺术本体从自在状态走向自为状态的过程。在这个过程中,正如一切文艺现象一样,首当其冲的问题是影视艺术的对象属性。对象是什么呢?对象是影视艺术所面对的社会生活与历史,以及人自身的统一体。简言之,便是影视艺术与生活的本质联系。正是在这种联系中,我们看到影视艺术作为整体文艺的一部分,与整体文艺中的对象属性观念是一致的。旧有的文艺理论对此有过千百种概括:摹仿说、表现说之类,我们以为,要点在于被表现的对象的内容究竟有怎样的性质:社会、历史、人生、自然以及民族、阶级、文化、心理都有一种客体属性。以电影发展史为例,像电影与现实关系的演变史实等可资证明,从一般美学原则看,艺术与现实的关系是永恒不变的,但在不同的历史阶段,其变化则是必然的。如同"对象的真实",难道仅仅是"意大利新现实主义"才是真实,而好莱坞的情节模式及其"样板影片"就不是真实吗?当然,人们普遍认为自"新现实主义"以来的电影观念是现代电影观念的转变,但在其转变的历史时期内,电影(影视艺术)与生活的关系在"真实"的不变的前提下,往往又有多种"真实"的变化。比如日本电影,在20世纪60年代初期,已有明显的"西方化"现象。以20世纪70年代出品的《人证》为例,那种心理推理手法,那种西式的擒拿格斗,毕竟不是旧本民族的艺术表现"形式",与三四十年代日本电影的静止的画面、缓慢的节奏相比,这无疑是一种发展,并且不单纯是"形式"的发展——只要回顾一下日本战后的整体性质变化便可得出结论。值得思考的是,即使在《人证》一类影视片中,它仍然包裹着强烈的"民族意识"。比如《人性的证明》中的一段回忆:年轻的日本便衣警察来到纽约,在美国警察的家里,看到壁炉上摆着几张美军当年占领日本、和日本妇女合拍的照片,这勾起了他的回忆:他小的时候曾目睹他父亲为了制止美军当众侮辱日本少女的暴行而被活活打死。后来,又出现了日本警察向穿衣镜射击的场面。到了七八十年代,以中国人熟悉的连续剧《阿信》为例,人们又看到了从"紧张到缓和"的手法的再度回归,问题很明显,以任何一种思想、一种形式论定影视艺术的企图都是枉然的。即如影视艺术本体,其在艺术与生活之间的关系,也不能仅以一点而论"全豹"。所以,我们认为无论是摹仿、表现、再现、寻找认同等,都可以成为艺术的整体性本性属性,对影视艺术来说,并不能排斥其中的任何一个层面。既然影视艺术表现的对象是一个无所不包的客体,那么,客体有多丰富,影视艺术本体就应该有多丰富。但是,有一个最基本的视点,在这里明显地成为不可忽视的问题,那就是"形式制约性"。由此,我们又过渡到"形态观"的问题上来了。

在美学理论中,形态观并不仅仅指形式,但在形态观中,首要的问题是形式问题,而形式对于不同种类的艺术又表现为不同的形态。由此,引申至影视艺术的形态观念,便有两方面问题的统一,即影像本体及载体性质与他种艺术表现现实的差异性的统一。

作为一种观念,我们认为影像本体有以下几方面的内容需要把握:一、影像性是影视艺术本体属性之一;二、影像性是影视艺术从创作到接受的心理特征之一;三、影像性非影视艺术所独有;四、以影像本性规定影视艺术特质时需对影像性在内涵上给出"形象与影像"的统一的理解;五、影像性在人类思维与艺术发展同步的意义上,表现为从初民到现代意识的一致性,只是在初民那里表现为简单的影像性,在现代意识中,影像性上升为直觉与理念的统一;六、影像本身是一种不同于绘画的动态结构。由此,我们便自然地看到,所谓"形式制约性",主要是指影像是一种特殊的语言符号,影像性是一种特殊的叙述方式。这样,又可寻出"影像的载体"意义的内涵:一方面具有无限广阔的对象范围(正如上文对对象的分析),一方面又受制于特定语言与叙述可能性的限制。至于他种艺术表现的差异性,主要指影像的创造与影像的接受不同于言语的创造与言语的接受。

关于影像本体观念与形态观念及二者的统一,试举一例。苏联电影《这里的黎明静悄悄》开场不久,有一场打敌机的战斗,而在此前,影片曾两次表现了剧中人丽达在篝火旁和宿舍内的回忆,内容是她与丈夫的相识、相爱和诀别,用的是闪回的镜头"描写",在无声的"叙述"中,出现了两次丽达的丈夫最后告别时回眸一瞬间的微笑,这个形象深留在丽达的心中。然后是打敌机的现实的战斗场面,丽达全神贯注,紧紧跟踪目标开火时,丽达奋力用脚踏向开关,直到敌机和飞行员被击毙,这时,前面曾两次出现的丽达丈夫的微笑再次闪现。这里,没有一句言词,但女战士丽达的思念、沉痛、仇恨和胜利的宽慰,人物那隐蔽的内心情丝,甚至一瞬间闪现的轻微的情绪的颤动,都以实体的画面语言所组成。苏联著名导演M·罗姆在《关于影片的思考》一书中曾有一段很有启发意义的话,他说:"目前已有可能运用特写去表现乍一看毫无表情的、完全凝滞不动的脸面,有可能运用一个很长的特写镜头,使观众不是靠纯外部的最简单的逻辑,而是靠'感悟'去领会其内容,观众有可能自己去思索和领悟作者的意图。换句话说,这种特写向观众展示一条达到所必需的效果的途径,而不是像在《圣女贞德》中那样,靠动作,哪怕是无声的、最微妙的动作直接把这一效果表达出来。这种特写与其说是作者思想的表现,倒不如说是供给观众思考的材料。这种特写促使人们去进行聚精会神地观察、思考和体会出现在镜头里所包含的思想并不只具有一种解释,而且往往不是能用文字加以描述的,因为它太复杂、涵义太多、联想太丰富了……"[2] 难道仅仅是镜头内部如此?影视艺术的画面及其影像特征包含有多种言外之意和多种思想的延伸,对照如上阐述与分析,便可见出道理来。

再看第二个层面。

从命题上看,创造观念是前一个层面的递进。由于在前一层面中,我们仅仅以实践对象的范围有多宽广、影视艺术的表现能力就有多宽广加以认定,但对丰富的实践内容并没有解释。在影视艺术观念中,丰富的实践内容表现为创作主体与创作客体之间的各种关系。在理论上推断,对该范畴的思考便表现为影视艺术的创造观念。倘若再细分, 大致可以分出如下几个层次:一、影视艺术创作主体的思想、意志、气质、情绪等主体心理结构及其特殊性,即作为创作主体的影视艺术家的独立价值;二、对创作动机生成的看法,如客观现实的启发、自我实现的意愿等;三、对创作过程及产品的各种解释,如对创作思维过程的认识、对作品形态即风格的评判等。我们认为,不必对以上几个方面进行分类的分析,只需给出四者统一的相关认识,便基本上给出了对影视艺术创作主体的理论描述。这些相关的认识包括以人为本和创新意识。

以人为本是一切文艺创作主体的根本出发点。因而,人的思想、意志、气质、情绪等心理结构亦表现为人的需要,而客观现实的启发与自我完善的意愿,都可以成为创作主体的动力源,至于对创作主体在创作过程中的认识及对风格形成的认识,也都体现为对人的思考及其独特价值的确立。那么,怎样理解以人为本呢?真正的创作主体意识主要表现为敢于面对人,面对人的真实而复杂的世界,把人按照人的特点表现出来,把人之为人的价值体现出来,这就是以人为本。因为人是艺术创造的对象和根据,是艺术创造的源泉和出发点。正如理论家所说:“对人的心灵有着真知灼见,而且善于为我们揭示它的奥秘, 这是我们评论写出了让我们惊奇作品的那些作家时所说的第一句话。”[③] 社会以人为中心,人是社会的人,而社会是人的社会,对于创作对象或对于创作主体,这都是一个永恒的真理,在整个人类的文艺发展史中,这都是以一贯之的主线。所以,理论上常以“自然人”与“社会人”对人进行最基本的定界。当然,各个不同时期,由于多种原因所致,社会的人常常被一种政治观、一种阶级论所代替,但这早已成为历史的沉积。社会是一个无所不包的世界,人,是一个无所不包的个体和群体。从古希腊文学到今天的影视艺术,一切真正意义上的创作,无不在重复着“人”这一问题。由此,我们才看到影视艺术创作主体一方面带着时代的特征,一方面又积淀着伟大的历史因素,所谓人性、人情、民族性、历史感、现实意义等,一并形成一个大写的“人”。影视艺术既作为艺术之一种,其创作主体的最基本的认定,大约也难以回避以人为本的命题,这样的例证随处可见。比如法国著名导演阿斯特吕克就这样认为:“就像所有的情感一样, 所有的思想都是人与人之间或者人与构成宇宙一部分的某种物体之间的关系。电影可以成为真实的自我表现思想的场所,以便弄清这种关系,清楚地描绘出关系痕迹。”[④] 自兼编剧、导演和演员的阿伦·奥尔达是美国电影的知名人士,他于 1981 年 9 月访华时,在北京的一次谈话中明确表示,由他导演的《四季》引起美国青年观众的强烈反响,“他们说在这些人物的身上看到了自己,而不是看到了他们的父母;觉得自己与角色有共同之处……我觉得年轻人也是人,他们喜欢看人的经历。只要片子拍得有娱乐性，就会吸引大量观众。如《克莱默夫妇》和《普通人》，里面并没有色情或暴力之类的东西，它们却能吸引大量观众。《四季》这部影片是表现中年人的，他们属于美国中上层阶级，但其他年龄和阶级的人也都爱看。人们都经历过类似的困难，类似的事件，同样都失望过、悲伤过、高兴过。”无论是以“关系”看“人”，还是以“精神认同”看“人”，这类影视艺术创作主体所体现的共同思想便是以人为本。

以人为本虽然与以上分列的三个层次有一体的理论意义，但如果没有“创新意识”，仍然不能形成创作主体的统一形态。创新意识在概念上理解，其实是很简单的面对复杂的人、复杂的社会，面对千百年来的历史与艺术传统的“定势”，要有“沙里淘金”的精神才能发挥出具有“别具一格”意义的“生活内容”，其要点在于“深刻地感受”。日本著名导演山田洋次认为：“不能说凡是经历过骇人听闻的巨大探险的人就一定能够写出十分有趣的故事。依我看来，在平凡的日常生活中，蕴藏有能够写出较之非洲探险更为有趣的故事的大量素材。”⑤不错，在文学家那里，创作主体有丰富的实践经验，当然会使创作主体更具有“出新”的可能性，如海明威之创作《乞力马扎罗的雪》。但正如山田洋次认为的那样，创作主体的创新意识重在深度的挖掘。就以这位导演为例，他所拍摄的《幸福的黄手帕》曾在中国放映过。按照导演的解释，起初，令他创作的原因极其简单，即一首在美国流行的民歌《在橡树上扎上一条黄缎带》激活了他的灵感。歌词大意是诉说一个年轻人乘公共汽车去旅行，遇见一位刚从监狱放出来的男子，这个男人是去找他已经离婚的妻子，他写了一封信给妻子说，如果她现在还是独身生活，就请她在庭前的橡树上挂一条黄色的缎带。山田洋次从这里挖掘出什么呢？他认为这简单的故事之所以能使我们(创作主体?！)激动，是因为在今天的社会里，生活领域的一切情景过于枯燥平淡。为了进一步说明，他举了这样一个例子：“就拿车站的别离来说，列车的窗户是密封的，汽笛从不长鸣。还有，如果是在过去，从东京到大阪会感到是到很遥远的地方去，而如今却可以当天往返，时代是变得非常便利了，但却缺乏故事性。也就是说，在今天的社会里，没有能够成为戏剧或绘画素材的东西。一般在离别的时候，都愿意从窗户伸出手来握别，汽笛一声长鸣，人们便沉浸在分离的悲痛之中，而今天的社会却不允许有这种情景出现。”⑥为什么不允许？现代社会缺乏一种人情味，一种真正相互理解的人情味,人,已被社会所扭曲、所异化了。因而,借一个简单的故事呼唤一种情感、一种人的情感,这就是创作主体意识中“创新意识”的显露——在早已被人重复过的“故事的母体”中,寻找与新时代的新的对应。直面人生,贵在出新,对影视艺术创作主体而言,无论从哪个视角视察,它都是天经地义的“法”定观念。

与创作观念密切相关的是影视艺术的接受观念。正如我们常说的“文学接受过程中读者地位的意义非常广泛”一样,影视艺术的接受过程中,观众的意义就在使影视艺术成为真正意义上而非文本意义上的艺术,其意义当然是不可低估的。同样,在审美欣赏的意义上,影视艺术接受在观念上主要表现为两个方面:一是文本意义上的影视艺术作品所提供的“对象”性质,二是接受主体的主客体特性的统一。这两个方面又共同表现为内容与形式的统一、形式的制约作用。而在细则上划分,则又涉及影像本性及心理层面的特征:形象性与社会场各范畴的统一、真实观及各范畴的对应关系;文化属性各范畴的认识;以及审美判断的贯穿性质等。因而,作为一种观念,影视艺术的接受观与创作观是一脉相承的,其多元性也是一致的。唯一不同的是,由于创作对象和接受对象之间既有联系又有区别,所以存在着接受的差异性——尽管这将影视艺术观念更加复杂化了,但它更进一步证明影视艺术观念的丰富性和内涵的存在价值。如果我们将这丰富的内涵逐一解剖,则自然将问题移入另一层面,即这种解剖在接受理论中常被称为“具体化”状态,而这种“具体化状态”又在整体上表现为一种价值观与一种发展观的统一。

究竟应该如何认识第三个层面呢?

所谓价值,它体现为一种属性、一种关系。影视艺术的价值观显然与整体文艺价值观基本一致。那么,文艺的价值是什么呢?作为以特殊的情感方式渗透社会的、思想的、伦理的、道德的、美感的,甚至经济的认识实体,文艺是一种多面体的社会存在,其价值观是由多种价值因素构成的。比如鲁迅就认为各色人等都在《红楼梦》中寻找属于自我的观照对象的论述就是极好的证明。认真探寻,如山水画给人心旷神怡的美感享受,悲剧给人以崇高感,所以,文艺具有审美价值;再如所谓时代的文艺、文艺的历史性又常常勾勒出人类文明的进程。因而,文艺又具有政治历史的、思想发展的、伦理准则的、道德演变的价值……如此等等,文艺的价值表现在其固有的内在价值因素上。价值因素基本上可分为两大类，即审美的和社会学的，这是一个问题的两个方面：站在审美的角度，可以看到悲剧的崇高、喜剧的愉悦等；站在社会学的角度，可以看到政治历史的嬗变、人心史的变迁、经济的发展、社会的进步等等。因而审美价值与社会学价值是互融的。这样，似乎就可以简单地将文艺价值界定为：是文艺对于人和社会的客观意义及其在审美观照中形成的价值属性，其基础表现为文艺作为社会存在的属性，其表现形态是主客体的统一，是个性与社会的统一，具有强烈的认知意义与情感体验属性。对于具体的门类艺术——电影与电视来说，其内在道理是"同一"的。即便是对同一作品、同一文学现象，可以着眼于它的结构形式，是为形式美学；可以着眼于心理效应，是为心理美学；也可以着眼于它的社会价值，是为社会美学。按照"社会、作家、作品、读者"四位一体的意义理解，社会是物化的现实与精神；作家是社会的产物；作品是"物化的现实与精神及作家主体意识以特有的美感形式面世的客观存在"；读者(观众)亦是艺术审美关系中的主体，具有社会性与主体性意识的统一特征。在创造的意义上，文艺的能动性、独创性、技巧等都表现为艺术价值；但同时，作为现实的审美属性的反映，文艺作品包括影视艺术作品广义的审美价值，取决于它对现实的反映的真实程度。与此同在的是，由于主体性意识的存在，任何文艺的广义审美价值也取决于感性、体验的力量和程度、思维的特征、思想的倾向性等，即反映现实与表现主观世界的统一，目的在于对人产生作用和影响。问题在于，审美价值因素与社会学的价值因素虽是相融的，但正如文艺绝不是政治一样，在一种运动的意义上，我们看到的是社会学的内容在特定中介形式下对人的心理进行审美渗透的事实。所以，我们又可以认定：社会学的价值因素，无论是"寓教于乐还是兴、观、群、怨"，都可以成为一种"系统质"。但正如系统思想所表述的那样，部分相加不等于"整体质"。将前后两个界定加以对比，我们发现，所谓的文艺价值观或者说是影视艺术价值观则表现为多元与一元的统一。多元即如上分析的社会学的价值因素的不同层面，一元便是艺术的审美观念。这便是影视艺术价值观的全部理论内核。

至于发展观，我们以为应作如下解释：一、在总体上影视艺术的价值观表现为一元与多元的统一，但在具体的历史时期，其表征不同，如中国当代电影的发展，我们不能以绝对的审美价值论来否定几十年电影发展中审美因素淡化而政治历史意识强化，却又是成功的影视艺术作品。二、无论是艺术本体、形式观念或是创造观念与接受观念，其未来形态都不与此前的观念相同，不变是相对的，变化则是绝对的。所以，任何界定都是一种阶段意义上的判断。

（成果发布时间为 1991 年）

【注　释】

⑴ 在此文中所指影视艺术，即电影艺术与电视文艺的合称。其后者与作为媒体类型的"种概念"的电视是有区别的。

参考文献：

① 程代熙，张惠民.歌德的格言和感想录[M].北京：中国社会科学出版社，1982.

② 〔苏〕M.姆.当代电影剧作的语言[J].张由今译.世界电影，1982(2).

③ 伍蠡甫.西方文论选[M].上海：上海译文出版社，1979.

④ 〔日〕饭岛正.阿斯特吕克的电影观[J].陈笃忱译.世界电影，1984(4).

⑤⑥〔日〕山田洋次.电影的创作[J].世界电影，1982(2).

借鉴与融汇

——论电影的非独特审美元素

摘 要：判断——电影仅仅拥有摄影机，实现运动构图，织造时间和空间，或模拟自然人声，就不能成为真正意义上的艺术。反证——电影对其他艺术的借鉴与融会在自身成为艺术的发展过程中，如演出（表演）的意义上，电影的“看”是戏剧“看”的延伸与发展；再如，电影借鉴了戏剧的“冲突”性原则（因素），又超越了这一原则，成了“戏剧化和非戏剧化的融合的艺术”；又如，相对于戏剧，电影可以像小说一样，更多地转换叙述角度，以叙论事，电影更靠近小说；电影是介于小说与戏剧之间的“中间状态”。结论：电影在滋生成为艺术的过程中，借鉴与融汇了他种艺术元素，这些元素始终与电影的独特本性即影像性相关联。在某种意义上，电影的非独持审美元素同样受制于电影的本性。

当“电影作为一种艺术”的论断成立之时，一种崭新的艺术观便在艺术之林中拥有了自己的“领地”。是的，只有发明了摄影术，发明了胶片，实现了运动构图的愿望，在画面中看到了时间和空间，听到了人类自己的声音时，电影才真正成为一种艺术。值得思考的是，电影的这块领地难道仅仅是这些属于它自身的“元素”占据着吗？在这块小小的领地之邻，是否还存有“别国的领土”，是否还有“共管领域”的存在？显然，如果电影仅仅拥有摄影机，拥有特殊手段而造成运动构图，织造时间和空间，或模拟自然人声的话，那电影距离一种真正意义上的艺术恐怕还相差很远很远。事实上，一种艺术是离不开他种艺术的，正如单个人的生存是极为困难的一样，艺术作为一种人类文化的现象，有其整体共同性，也有不同艺术的个别性，而各种艺术之间，无不交互影响，相互渗透。它们各自的枝枝蔓蔓纠结在一起，形成一种你中有我、我中有你的局面。比如同为叙事艺术，电影的故事性与小说、戏剧的故事性的界限似乎就不太明显。但正由于电影是一种造型及其进化的艺术,是否存在着不适合“看”的表现题材呢?再者,无论电影怎样强调真实,其创造过程中的假定性,银幕形象的假定性以及完成这一假定必不可少的场录、灯光、服装、表演、化妆、镜头运动等似乎又都表现出“戏剧”的遗传。难怪有人说电影是一个“杂种”——一个多种艺术杂交生成的艺术种类。要全面认清电影及电影美的真面目,必须对属于电影独特审美元素之外的这些元素加以审美的评价,而这些元素在电影中,大约只有称为“非独特的审美元素”[1]较为合适。恰恰因为电影的非独特审美元素在他种艺术那里表现为“独特的审美元素”,所以,这些元素毫无疑问地属于“共管对象”。因此,若要详尽分析这些元素,势必先从整体观察电影作为一种艺术,在发展过程中对其他艺术的借鉴和融汇,或者说是在整体上观察电影与他种艺术的关系。那么,这里的“他种艺术”是否系指所有其他种类的艺术呢?比如说建筑,尽管在造型意识的深层涵义上,二者仍可找到一定的联系,但我们不能不承认,电影与建筑艺术确实相距其远,而在叙事意义上,电影明显与小说和戏剧较为接近。所以,这里的“他种艺术”主要指小说和戏剧。

我们先看电影与戏剧。

无论是何种戏剧,其基本的界定大致如此:戏剧是由扮演角色的演员在舞台上当众说唱台词、表演动作、完成故事情节而反映生活的一种综合艺术。这样,我们便看到戏剧的基本要素是矛盾冲突,而其形式上的主要特征便是真人在特定环境中的演出。由于场地固定,观众视角难以改变,尽管人们绞尽脑汁地在舞台背景、舞台形式(如旋转、三面式等)以及利用各种技术手段分割舞台(如灯光切割)上下功夫,戏剧依然不能摆脱时空上的限制。在戏剧理论史上,尽管有从“三一律”到“开放戏剧”的演变过程,但戏剧的集中,尤其是观看视角的难以改变终于使戏剧时刻在跳着“带枷锁的舞”。问题的另一面是,在人类艺术文化学的意义上,戏剧的形式是人类最早对自己产生认同的感性与理性相统一的形式。所谓戏剧表现人生,其意义应该是极为广阔的,它不仅包括社会人生,也包含个体人生。因而,它既具有社会属性,又具有人的自我属性。戏剧作为一种艺术样式,其意义固然繁多,但上述方面却是极为重要甚至是主要的方面。正是这种人类文化学意义上的艺术命题左右着“可视艺术”的发展——绘画、雕塑对人体及形象的充分展示,戏剧对个体人及群体人的“虚拟化”等均证明了这一点。那么,作为诞生于戏剧之后的电影与戏剧的关系是怎样的呢?

从技术的发展着眼,电影的产生得力于光学、电学、化学等自然科学发展所带来的可能性。问题在于产生发明电影的原动力是什么?科学技术并不能直接导致一种人文科学或文艺的产生,但它却可以通过哲学等的转借,改变艺术思潮的变化,如蒸汽机的发明与人类机械时代的产生,以及大工业文明的产生,或由此带来的经济学与哲学的变化等,无不在此后的文艺中形成种种变异。但是,电影的产生绝不是这种类型的繁衍,而是一种直接的技术产物,是使技术向人们能够看到的、活的影像的聚集与发展,这里显然存在着一种来源于人本身的原动力,即人对“看”的需要。旧有的戏剧实施以人自身的演出的形式,满足了人的愿望;但人既要看,就希望更真实地看,或者说希望看到更真实的世态人生。而电影正是在这一意义上,成为戏剧的一个新变种。或许,人们会以为,电影刚产生之时,无非是给人们看一些生活中常见的影像,如火车到站之类,根本与戏剧无缘。就实际情况而言,这只是一种表象真实,因为在电影诞生不久,火车到站一类的“玩意儿”已不能吸引观众,而将观众留在电影院并挽救了电影的是梅里爱的戏剧电影,或者说是一种发展变形的“戏剧”。正是在这些戏剧电影中,使人物、情节、动作等戏剧中早已锤炼过的因素得以成为电影的因素,而电影的“非真人表演,又胜似真人表演”的集合效果,比如《月界旅行》中幻想的“可见性”使人们重新对电影刮目相看。即是说,电影借助戏剧得以生存,同时也冲破了旧有的戏剧观念,在满足人类看的本能的意义上,电影的“看”是戏剧的“看”的延伸与发展。在整个电影的发展过程上,在戏剧中看不到的东西逐渐地在电影中成为能够看到的“真实”,诸如真实的格斗而不是虚拟的打斗,宏大的战争场面而不是几个罗喽的几声呐喊,巍巍高山、浩浩江河等等与各种艺术表现的内容融为一体,便自然使电影从戏剧那里承继的“品格”外化为自己的独立品格。一部电影艺术发展史,便是这种独立品格逐渐形成的历史,所谓艺术形式,本体意义上的“自我意识”的强化,便是其发展的明显轨迹。如此,则可以断定电影与戏剧绝无缘分吗?诚如前述,电影虽然不是直接脱胎于戏剧,但电影对戏剧明显有一种师承关系,只是在电影本身独特审美元素的发展中,电影与戏剧的一些共同性因素发生了变异,形成了电影对戏剧的借鉴。

在电影与戏剧的共同性因素中，最重要的莫过于冲突的集中这一因素了。而冲突又在一个方面联系着观众心理，即人们对一类叙事性艺术的共同性要求，使原本属于戏剧的情节的集中性或称戏剧性在电影中也同样成为构成整体审美元素的一部分。问题在于，由于戏剧与电影虽然都有时空特征，都有运动的特征，但电影的时空基本属于无限制状态，其运动主要以影像为本；而戏剧的时空是受严格限制的，其运动主要以语言为本，如此，共同的冲突性因素在两种艺术那里就又存在着不同的表现方式。戏剧的冲突与电影的冲突，在各自的"营垒"中表现为不同的载体运动，但在冲突与心理效应一体的意义上理解，无论是戏剧还是电影，对一种观众企盼心理的牵引与满足及其循环过程，都使创作与欣赏在心理冲突感应的意义上统一起来。因此，说电影借鉴了戏剧的"冲突"性因素，或者说这是一种人本心理在一种古老艺术与一种年轻艺术中的现代融合，恐怕也不过分。

此外，电影技术中的诸因素，如场景、照明、服装、表演、色彩、化妆，以及与镜头的匹配等似乎也更多地表现为电影对戏剧的借鉴。当然，这种种因素在电影中不是原有的戏剧化的因素，而是一种新形式，只是，它们在从属于电影技术时，所表现的艺术特征又往往与戏剧中的此类因素相映照。固也应以电影的非独特审美元素加以认定。

在叙事艺术中，电影除了与戏剧联系较密之外，其与小说或者是其泛指的文学却也有相当的"关系"。与电影同戏剧的关系一样，电影与小说的关系也表现为互相渗透、相互融合的过程。那么，这种过程的基本表现形式是怎样的呢？在所有字、词典中，小说都被规范为一种叙事的文学形式，其主要载体形式是文字，因此，它与戏剧、电影的主要区别也在这里，现代文艺理论认为这是一种语言符号的差异。比如小说与戏剧，前者无论取何种叙述视角，都不存在时空限制性，它可以是平铺直叙的，也可以是跳宕连接的，抑或是单纯想象的，而后者则没有这种优势。问题似乎与文学的语言形式及戏剧的舞台环境有关，但在实质上，这个问题更多地呈现出形式的制约性。如莱辛在其名著《拉奥孔》中就说过："戏剧要借演员的生动的刻画，也许因此必须更严格地服从以物质为媒介的绘画艺术的规律"。这就等于承认，戏剧是受制于表演的，而表演是靠语言、动作与戏剧冲突得以支撑的。但是在小说中，戏剧的要义之语言（严格地说是对白）退居次要地位，小说中的叙述更多地是通过外部描写而达到告诉人们事情怎样了的效果;至于“动作”在小说中早已被肢解成一种语言的描述,因此,叙述对象主体的“动作”便远离“人的表演”,而且要借助读者对一种语言画面的重组能力,造成人们意识中语言与语言描写对象的对位;同理,关于戏剧冲突,在小说中则以非集中的情节形式出现,即小说中的情节可以是多线的,可以是随时中断的,或者说是情节与散文的随意性的一致,形成小说情节(戏剧中的戏剧冲突)的独特形式。我们为什么要分析小说与戏剧的关系呢?因为只有认清了小说与戏剧的异同,才能认清小说与电影的异同。

既然小说与戏剧的差异主要表现在叙事形式诸要素上,如语言、动作与冲突等,那么小说与电影的差异是否也表现在这几个方面呢?的确,小说与电影的差异也表现在这诸多因素上,但又不仅仅表现在这里,或者说,在这诸多因素上,小说与电影的差异又不等同于小说与戏剧的差异。

首先,当语言释义为对白时,戏剧的对白在电影这里已失去了原有的光泽,尽管在电影中,声音是必不可少的。但在叙事意义上,电影的对白在推进叙述的进展(情节的变化)上就与画面的影像性相统一,形成一种特殊的叙述方式。比如中国电影《老井》中有这样一个细节:爱着另一位姑娘的小伙子孙旺泉被一位寡妇“招亲”招了去,洞房花烛之夜,窗外是一群没娶上老婆的光棍在“听窗”,由于屋里出奇的静,窗外的一位不无醋意地说:“旺泉还真的沉住气。”镜头一转,又是屋内同床异梦的新婚夫妇,在熬过了难堪的尴尬之后,丈夫终于对啜泣的妻子说一句“别哭了”,然后竟是妻子的痛哭。这里仅有的两句话,虽然在叙事中也起一定的作用,但整个细节则主要是靠窗内窗外的影像及其动作构成来推动的。当然,电影中的对白并不是可有可无的,只是在电影中,它在以影像为主的叙事形式中主要表现为辅助形式。回头再看小说,它主要表现为不以影像为本而是以语言的描述为本,这样,小说的叙事与戏剧的叙事的差别在这里又出现了,只是戏剧中的“表演”,在电影中演化为“表演·映出·影像的画面”的形态罢了。尽管也有散文电影、诗电影等强调主观的叙事形态,但在整体上,电影叙事主要是以影像组合为中介的。

这样,当我们再看第二个问题时,便会发现动作在小说与电影中的差异同它在小说与戏剧中的差异是没有太大区别的。小说的“肢解动作”的叙事方式,一方面需要靠影像在人的大脑中的重组来完成,一方面却又提供了回味的余地；而电影中的“动作”尽管不同于戏剧的“动作”，但由于存在着“表演”与“影像”在“看”的本质上的一致性，所以，在心理感应上，电影的“动作”与“影像”一起完成，从而形成一种欣赏的“直捷性”，但同时或多或少地会留下不利于回味的因素。因此，电影动作对推进电影叙事是重要的，且能够使电影叙事形成快捷、直感与多面的状态；反之，小说动作仅是小说叙事中潜存在文字形态中的潜在性因素，虽然有多面性特点，但又存在着影像重组的接受心理的障碍。应该承认，这甚至是两种不同的文化形态，即影像文化与语言文化的差别所致。

至于冲突，恐怕另有一番奥秘。

在此前关于戏剧与电影的关系的论述中，我们曾提到戏剧冲突与电影中“冲突”的一致性和差异性，即在欣赏心理的意义上，冲突对于叙事艺术而言是一种既定的心理感应形式，但戏剧与电影各以不同的载体形式“进行着”叙述。其实，这只是戏剧与电影在冲突因素上的差别之一。由于存在着电影的独特审美因素如时间和空间、剪辑、运动与开放构图等的制约，使电影中的冲突既可以具备戏剧冲突的属性，比如集中性等，又可以淡化的形态出现，这种淡化的形态往往以心灵冲突的形式见诸影像与画面，使想象、幻觉、直感融于一体，从而使冲突在电影中具备了多样的形式意义。像法国电影《广岛之恋》便是如此。这部影片借一个女演员的梦境与现实交替的画面，展现出她在与一位日本工程师的情爱过程中，思想深处时刻出现的一种潜在意识，即她对一位德国士兵的怀念。在接受美学视野下，当我们将这一矛盾放在广阔的社会历史背景中时，便不可避免地出现了一种心灵冲突、一种社会冲突、一种情感冲突的融合：一位女性对她少女时代初恋的执着的“回忆”，与她对现实恋爱对象的依恋所形成的心灵冲突。而德国兵作为二次大战时侵略军队的一员，显然具备着整体的“恶”的属性，但这位士兵并不是一位赤裸的“杀人狂”，相反是一位多情种，由此所形成的是在社会政治历史的对抗前提下的社会冲突。无论是日本工程师还是法国女演员，抑或是每一位观众，都在前面两种冲突的基础上形成了一种特有的情感冲突。应该承认，这里的冲突尽管有多种层次，但唯独缺少的是一种戏剧冲突，或称情节冲突，交错出现的画面只有法国的一个小镇与日本的广岛，女主人公与日本工程师之间只是路遇，却不乏情谊，所以，外在的冲突几乎找不到。倘若在戏剧中,这便极难表现出来,但在小说中,却使人感到这种冲突形式是随处可见的。如果说戏剧与小说同为假定性的文艺样式,那么,在戏剧那里,虽然其外形式(如真人的演出)更接近生活,但因其内形式(情节、结构等)的假定性较强,则所造成的审美境界必然带有更多的“假定性”;而小说虽然在外形式(文字载体、符号属性等)上远离人的真实生活,但由于其内形式(情节、结构等,下同)有更多的叙述视觉,更接近于生活原貌,从而使小说所造成的审美境界距离一种真实性、可信性更近一些。如此评说,并不与文艺所表现的“内容之真”相悖。如此,小说在冲突的意义上则与电影较为接近,当然,二者又不等同。这种同异究竟有何表现呢?

表现之一是叙述视角的随意性与相对的制约性的统一。在小说中,叙述主体常常是以“我”与“他”为主的,间或有以“你”的形式出现的小说,并不占据主要地位。以世界文坛巨匠托尔斯泰的《安娜·卡列尼娜》为例,其中的安娜、渥伦斯基与卡列宁都是以“他”与“他们”的形态进行叙述的,这里,创作主体“我”的潜意识,如对安娜的强烈同情心是渗透在对事件与人物的叙述之中,而不是“我”随时跳出来发表的意见。同理,中国现代小说家郁达夫的《沉沦》则是以“我”为叙述主体的,“我”的郁闷、孤独,在“我”对酒与女人的态度中显露无遗。这两种主要叙述形态在电影中亦有同样或相似的表现。比如在任何一部故事影片中,以“他”与“他们”一伙人在“做什么”或“怎样做”为叙述形式的情况随处可见。中国电影《林则徐》就是以这位历史上的伟人的经历,或者说是他的一段生涯为背景展开叙述的,其升迁、降任都与一种历史史实相联系,其功过是非之“评述”在叙述中得以显露,但在叙述形态中,并没有创作主体的直接参与。而在中国电影《红高粱》中,一开始便出现了叙述主体“我”的画外音,即所谓“我奶奶”怎样怎样;在结尾时,也出现了“我”的画外音,那似乎是在交代什么的“直白”。其实,这部影片在叙述上与一般的以“他”为主体的叙事形式是不相同的,除了首尾两处“我”参与叙述的细节之外,故事中间也有“我”出现。比如“人家称‘我爹’为杂种”,以及“我爹”在影片中的“叙述地位”都证明电影与小说一样,可以转换叙述角度。因此,以叙事论,电影更靠近小说,只是小说在以“他”为主体或以“我”为主体上并无太多的限制,但在电影中,更多的是以“他”为主体的形态。在总体上,当创作与接受形成一体时,叙述视角在电影中的随意性就远较小说中的随意性小,因此,电影的叙事就存在着相对的制约性。当我们回首电影与戏剧在这一问题上的差别时，便会发现，电影较之戏剧，可以有更多的空间与时间的自由；但电影较之小说，则小说更有广阔的时空特性，电影似乎成了介于小说与戏剧之间的“中间状态”了。当然，这仅仅是一种比喻。

表现之二是叙述的跌宕性与顺延性的异同。在叙述视角上，小说的灵活性使小说在上下几千年、纵横几万里之间可以任意跳跃，现代小说更是如此。在人物与事件的表现性动作的描述中，可以揉进对深层内容如灵魂或潜在意识的描述，已经成为小说叙述的跳宕性的普遍状况，这种“中断”与“再续”的描述方式，使小说具有了顺延叙述与非顺延性叙述相统一的形态，但在叙述的整体进展中，小说仍然是依照内在逻辑而具有顺延性特征的。在这个意义上，尽管电影具有声画分立的特殊功能，有闪回镜头等特殊手段，但电影不可能像小说那样具有充分的跳宕的自由，尤其是在对冲突的“叙述”上，电影只能表现为以顺延性为主的形态。像上举《广岛之恋》一类影片，虽然也有跳宕，但仅仅是局部或“定位跳宕”。瑞典电影《野草莓》通过一位老教授在去接受勋章的路上的不断的回忆，来表现一个特定环境下人物的生命历程，其跳宕性似乎较大，但“老教授的一生”这个总体上的顺延性框架则是不可突破的，因为其间的“中断”并不标志着叙述的停顿，而是推进叙述的“顺延性”发展。反之，前述小说中的某些“中断”，如中国现代小说《无主题变奏》中的某些“中断”，就不具备推进叙述顺延的性质，尽管“中断”之后的叙述可能与“中断”前的叙述是一致的，但这里的事件与人物的表象冲突早已被一种淡化的文字描写所“虚化”，而这种虚化恰恰在更深的内在心灵的冲突这样的意义上，形成叙述内容的“内在高潮”。由于电影影像接受等特性的影响，在叙述形态上，电影借鉴了小说的叙述形式，并吸收了原有小说的基本特点，但这种叙述在电影中已成为电影化的叙述，或称为电影的非独特的审美元素了。

由此，我们可以断定，在语言（或对白）、动作与冲突形式（叙述形态）上，电影与小说的关系较为密切，但又不尽相同。在电影中，这诸多因素已形成新的变异。当然，与电影对戏剧的反渗透一样，现代小说也有从反向接受电影叙述的现象产生，如语言的简捷化，动作的简单化、意象化，以及对冲突形式（叙述形态）的返璞归真等都是证明。在对电影发展过程中对其他艺术的借鉴与融汇的叙述中,我们虽然撒了一个“面”,但这个“面”仍由一条“线”贯串着,即这种借鉴与融汇始终与电影的独特本性即影像性相关联。各种借鉴来的艺术元素在电影中的变化，无论是积极的变化还是消极的变化都受制于影像性，即是说,在某种意义上,电影的非独持审美元素同样受制于电影的本性。这样,我们就发现,尽管电影是最大众化的艺术,但仍然由于存在着形式的制约,而存在着适合于电影表现的题材这样的问题,即形式在这里决定了要表现的内容。因此,我们认为电影的非独特审美元素显然不是“电影的”,故以“借鉴与融汇”命之。

(成果发布时间为 1996 年。

中国人民大学报刊社《影视艺术》1997 第 1 期全文转载)

【注　释】

(1) “非独特审美元素”是针对电影与戏剧、电影与小说的某些共性并延及冲突、语言和叙事等方面特性展开的另一种思路。

技术的“艺术”渗透

——电影剧作发展一隅

摘　要：较之早期大纲式的脚本，今天的电影文学（剧作）已经是崭新的风貌了。影响其发展的因素是多方面的，其中，电影技术的影响是一个不可忽视的“条件”。姑且视其为电影剧作发展之一隅。但其重要性涉及电影的本体论，即“电影是一种技术的艺术。”(1)

电影自诞生之日起，便不可避免地贴上了商业化的标签，但是，它毕竟以一种新的无与伦比的美姿挤进了艺术的殿堂。电影剧作是继电影之后问世的，起初，它也只是大纲式的“脚本”，正如我国话剧初期的幕表一样，只有故事之“筋”，而无其他构成“血肉”的成分。如梅里爱1896年较为成功的影片《恐怖的一夜》，其剧情是这样的：一个青年在夜间回家的途中，遭到了几个歹徒的袭击，他和歹徒搏斗，很快地把他们击倒四五次。如此，只能是简单的拍摄计划，而不是电影文学剧本，但它毕竟是银幕剧作的雏形。20世纪20年代末，30年代初，电影剧作才基本形成完整样式。作为银幕形式的基础，电影剧作的主要标志便是它具备了“情节性”，以人物的“行动”描绘典型的人物形象，因而也就产生了更进一步的积极的意义。但与其他文学样式比较，在“形式”上仍然不够丰满。随着时代的发展，今天的电影文学已经是崭新的风貌了，在形式上，充分地体现了“正值青春”时的“丰腴的身段”。影响到它的发展的因素是多方面的，其中，电影技术的影响是一个不可忽视的“条件”。姑且视其为电影剧作发展之一隅。

当电影从无声走上有声之途时，声音曾被视为破坏电影艺术的一种“怪物”，包括卓别林在内的一些电影艺术家都曾反对过电影的有声化。但是今天，电影的声音已成为电影的两大特点之一，即在可视的同时也是可听的。“动”的艺术的内涵不仅包括画面的运动，也包括声音的运动。声音这一技术因素给电影艺术带来了新鲜血液,这"血液"在电影总体的各个部分的"血管"里畅流着。作为整体电影基础的银幕剧作也由于这一技术因素的注入而为之改观。

在无声片中,声音(即对话)是以字幕的形式出现的。由于欣赏者的注意力大多集中在画面上,因而代表语言的字幕与画面之间就不能"同步"了,造成了思维的"时间差",所以,无声电影的"对话"要精而再精,这是无声片的优点,然而也是无声片的限制,它不能利用某些必要的对话推动情节,亦不能利用声音的感情色彩丰富人物的感情,因而无声电影剧作从文学的角度看就有些干瘪。如卓别林的《流浪汉》第47景:

彪形大汉甩着鞭子抽打姑娘。姑娘倒在树下,疼得喊叫。

坐在篷车前的两个吉普赛男人却幸灾乐祸地目睹这番情景。

若在有声片中,喊叫声将给观众(亦是听众)以战栗感,同时,再配上幸灾乐祸的笑声,在对比中更能激起观众情绪的波澜。显然,这里只有形体动作的叙述,而缺少声音以及与此必然产生的感情因素。在有声片之初,声音的使用曾走上了泛滥之途,但有声电影的独立性和优越性已被现代电影所证明。因而,银幕剧作很快就在电影整体艺术接收了声音的"血液"的同时,也融化了声音的因素——使电影剧本在形式上更靠近其他文学样式,且又形成自身的规律。

世界名片《魂断蓝桥》一剧写的是上尉军官罗依和舞蹈演员玛拉的恋爱悲剧,并通过这一悲剧揭示了一些社会性的问题。在剧作的开首,已经成了上校的两鬓斑白的罗依来到了滑铁卢桥上,他凭栏沉思,掏出自己青年时代爱情的信物——牙雕的"吉祥符",此时,传来当年他与玛拉的对话:

(玛拉的画外音):"这给你。"

(罗依的画外音):"吉祥符!"

(玛拉的画外音):"它会给你带来运气,会带来,我希望它会带来!"

(罗依的画外音):"我……一辈子都不会忘记你。"[2]

假如是为无声电影写的剧本,同样的细节就不可能这样写,因为它需要配以实体的画面。以实体画面展示这样的细节并非不可以,但在有声电影中,这样的描写能够给观众一个遐想的余地:玛拉是什么样的人?他们是怎么一回事?人未到,声先到,它引导观众向情节中走去,而且是带着预知一切的愿望。艺术在此呈现出一种威力,谁也不能否认,假如失去了声音这种技术,将多么令人失望啊!技术在此已成为艺术的因素了。在小说中,这样的叙述法是常见的,但戏剧如此表现就较为困难,因而,电影剧作在这里表现为更靠近小说,也表现了电影剧作在叙述方法上与戏剧剧本的差别。

有声电影使电影剧作的表现手段大为丰富了,正确地、精当地使用台词,不仅可以代替一部分画面动作,借以推动情节的发展,而且对人物形象的丰满起到了辅助的亦是不可缺少的作用。

仍以上剧为例,当玛拉得到罗依阵亡的消息后,在几乎绝望的情况下与其女友凯蒂生活在一起,凯蒂为了自己、更为了玛拉,背着玛拉过妓女生活,以换来的钱维持两人的生活。然而,玛拉终于知道了:

玛拉(痛心地):"钱从哪里来的?哪里来的?"

凯蒂(挣扎,突然高声地):"你以为从哪里弄来的?"(但她再没有勇气喊下去,她沉默、低下头,难过地低声说):"我本来想瞒着你,可是……"

玛拉(颤抖地):"你这是为了我……"

凯蒂(安慰对方,但每一个字都包含着痛苦):"不,不,你不能死!……我们还年轻!"(强烈的控诉)"活着多——好——啊!"(声音又低沉下来)……[3]

如此,在这种情况下,失去了语言,以及语言的感情色彩,都于艺术是极为不利的。颤抖的声音、强烈的控诉,只有通过声音才能做到而且效果最佳。它使两个不幸的女人的形象鲜明起来,并且把她们的心灵袒露给观众,似乎在对人们说:看,这就是她们多难又包含着崇高精神的灵魂的写照啊!艺术的感染力显然加强了。在此,电影剧作表现为与戏剧文学更接近:依靠听觉的感情色彩来丰富人物并打动观者的心。

电影剧作在融化了声音(语言)这种因素时,采小说、戏剧之长,确立了自己的特点。

电影从黑白到彩色,是一种技术上的进步,虽然并非一切彩色电影都比黑白的好,但彩色毕竟使电影在形式上更靠近生活。彩色电影的问世及其发展也直接影响到电影剧作的创作。剧作家们在编写剧本时,不由自主地便揉进了色彩的成分,因为在现实生活中,色彩与环境、性格不无关系。文学以写人,正如托翁写安娜,安排的一件绝妙黑色舞服竟起到了那样大的艺术效果。为什么样的环境和什么样的人物着什么色,是一个不可忽视的"艺术"因素——在剧作家的笔下,色彩不再是技术手段而是艺术因素了。

电影剧本《牧马人》是李准同志根据张贤亮的小说《灵与肉》改编的。全剧最后一个镜头是主人翁许灵均拒绝了父亲出国的要求,带着坚定的信念回到了他共患难的亲友之中,回到相濡以沫的妻子身边。在他的灵魂里,没有忘记被折磨、被放逐的事实,但他更没有忘记,草原人们是他的"生命之根"。剧作者为了给他回来的举动增加感情成分,有这样一段描写:

> 太阳隐没在山后面了,桔黄色的晚霞映照着雪白的祁连山顶,整个草原沐浴在晚霞里,变成了一片柔和的暮色。远远地,已经看到学校的那一片操场,就像一泓明净的湖水在泛黄的芨芨草滩中间。

草原在这时的色彩是最丰富的,因而也最美——显然,这是对许灵均主观心情的一种衬托:家乡多美啊!它的更深一层的意义在于融美的自然景色与草原人们的形象美于一体,通观全剧的内容。难道不是如此吗?如果利用黑白两色,最多只能造成层次感,而不能提供如此丰富的彩色世界,也会失去一定的艺术感染力,色彩在环境描写上以及在对人物心情的衬托上的作用可见一斑。

苏联电影《黑色的白桦树》是以战争为题材的。白桦树为什么是黑色的呢?影片的编导把它作为经过战火冶炼的人的命运的象征,它是战胜者的命运——胜利了,然而留下了物质的、精神的创伤。剧本起首,这样写道:

> 一片茂密的桦树林,墨绿之中夹杂着片片被秋霜浸染的黄叶,白桦树在风的压迫下顽强不屈地摆动着。有一株白桦树特别引人注目,黑色的树干像被烟熏火燎过似的,然而它依然活着。它的后面是一排排新建的明亮的高楼大厦……

对比也好,暗语也罢,且都不论,这段文字中的色彩描写是对环境与性格的一个有力的衬托:墨绿是茂盛的修饰,而黄叶则是秋天的象征,这一句话,在银幕上也只是一个镜头，便点出了季节(环境)；白色的白桦树虽然活着，却成了黑色——通读全剧便可感到作者利用色彩和其他手段在这样说：战争，虽然有几片“黄叶”，但并没有摧毁一切，战士(白桦树)虽然活着，却留下了身心两方面的创伤(黑色)。当然，我们不能离开全剧的人物以及人物的道德情感、牺牲精神和美的心灵来空谈这一切，但从全剧来看，剧本结束时对这些色彩的重复却证明了色彩描写的重要作用。摄像机沿着黑色的树杆往上摆，摇到树梢，摇向闪耀着光辉的白云端。深秋的金黄色树叶沙沙作响……

彩色的笔调，富有深刻内涵的意境美给人以遐想。剧作家的蓝墨水早已化成五彩的液体——《小花》以彩色与黑白交替出现来展示悲与喜两种环境；日本电影《幸福的黄手帕》中“黄色”手帕的含义；《啊，野麦岭》片头以绮丽多彩的丝绸飞旋飘舞的画面，与昏暗山麓艰难行进的缫丝女工队伍的画面的叠印……无疑，彩色技术已转化为电影剧作的艺术构成因素之一。剧作家笔下的有色成分即是明证。这使电影文学在发展的道路上前进了。象征、暗喻、比拟等手段在这里得到了体现；同时，也使情境呈现出各种因内容的不同而不同的色调来，还极大地丰富了电影文学所表现的内容。的确，色彩已成为艺术的因素而存在于电影剧作中，电影文学在此又接近绘画——用文字构成的一幅幅彩色图画。

著名电影导演格里菲斯在《凄凉的别墅》一片中，首次应用平行发展的方法，把两个同时进行的场面分成许多片段，交替地在银幕上展现。如上一个镜头表现一个女人和她的孩子在家里落入了盗贼的魔掌，另一个镜头则表现她的丈夫飞奔赶回家来营救她们。这在今天并不稀奇，但它在当时的重要意义在于给电影表现手法增添了新的内容，这种手法到了苏联的电影大师普多夫金那里就被称为表示关系的“蒙太奇”。这一艺术手段得以在电影中占据一定的地位，是由于人们发现了粘接影片的可能性——借助于粘接可以把一场戏切分为若干片段，并让它们彼此穿插在一起。这在最初显然是一种技术手段而不是艺术法则，但“剪辑术”很快使导演们获得了一个新的表现技巧，为演员提供了新的表演天地；同时，也使编剧“组篇”的艺术手段更加多样化。这种技巧对于其他文学样式如小说是不新鲜的，小说的叙述的笔锋只要稍微一转就可以达到这样的目的——“当她在受难时，他在干什么呢？”一句话便可以把读者的思绪引入一个新的境界。尽管小说的这种技巧与电影的蒙太奇在表现形式上不同，但其相通处却是不容置疑的。戏剧由于受空间的限制，很难施展这一手法；最初的电影由于是银幕上的戏剧，因而也达不到这种效果。由于技术的发展与渗透，使电影迅速地把粘接影片的手段化成艺术因素，并使之在各个组成部分中占据着重要的地位，相应地电影剧作也为之改观。仍以李准的《牧马人》为例：流放草原的右派许灵均三十多岁尚未娶妻，一个偶然的机会使他和逃难的姑娘秀芝成为结发夫妇，爱情在结婚的当日才开始萌生，而这爱，是源于经过磨难的两颗心的相互信任。剧本在写到二人结合时，没有热烈的拥抱和亲吻，亦没有爱呀爱的叠语，只有这样两个画面：

(61)草场

蓝色的马兰花在摇曳……

(62)两匹马偎依着贪婪地喝着清澈的泉水。

这是明显的诗意的蒙太奇结构——马兰花象征着他们情感的纯洁；偎依着的马是他们融为一体的暗指；清澈的泉水分明在告诉人们：这对夫妻生活虽然清贫，但幸福的泉水已注入他们的心灵。

剪辑的手法已经在剧作家的笔下化成艺术的构成因素。剪辑意味着选择，作家的创作不是生活的照搬，而是对生活的艺术再创造。把能勾起观众和读者思绪的东西组接起来，就可以使环境更加典型、人物形象更加鲜明。在这个过程中，剧作家没有也不需要叙述的“过渡性”语言，有的只是画面以及画面的深刻内涵，因为电影的特点毕竟是形象本身在“说话”。

蒙太奇在电影剧作中的表现形式是多种多样的：对比的、平行的、交错的、象征的，都是渲染环境、刻画人物的手段。所以，电影剧作者必须懂得将自己的笔模拟为摄像机，因为电影剧作是整体电影不可缺少的重要基础。

应该补充说明的是，巴赞的长镜头理论虽然对蒙太奇的观念提出了挑战，但长镜头的推、拉、摇等技术手段实际上是“镜头内部的蒙太奇”，如在推移中显现的景深的变化。这一手段有着相对独立的自身的美学价值是毋庸置疑的，因而它对剧作的影响也明显地存在着，因为整体电影的各个部分都是互相关联、互相渗透的。假如剧作家在剧本的结尾处这样写道：“他们远去了。”由于长镜头技术的存在且又因为它已成为一种美学标志，编剧完全可以在“去了”之后，再加上“去了”和省略号。且不要小看增添的这两个字和六个点,它可以为导演、摄像灯提供一个“艺术基础”——用逐渐远去的运动的镜头来刻画出逼真的、动态的、具有深刻内涵的生活图画——景深的缓慢变化,能创造出一种动的美的意境。倘若长镜头的技巧及理论都不存在,编剧添不添那两个字和省略号都没有什么积极意义,然而编剧已经在这样做了。根据夏洛蒂的小说《简·爱》改编的电影,其结尾是这样的:简·爱以清高和蔑视上流社会妇女的举止,赢得了罗切斯特的爱,他们挽着手缓缓地向画面中走去,人的身影越来越小、越来越看不清,直至画面深处……这就使电影剧作更具备了文学的特征。

电影技术在它自身发展的道路上不断地完善着。其中,有重大的技术突破(声音、色彩等),也有其他的技术革新(宽银幕、声画分立、多画面等),这些技术的发展或多或少地对电影艺术形成的发展起到了一种推动作用,因而也使电影剧作的形式发生了某些变化。这种变化并非都具有美学价值,或者说在“发展”的背后,也留下了新的“阻碍”,像声音的泛滥成灾,以至于人们不得不质问电影:电影乎?话剧乎?对一切都涂上了色彩而不考虑色彩艺术效果的做法也使人产生迷惘的感觉;再就是动辄就搞宽银幕,好像不如此不能显示电影的“奇”处似的,殊不知某些宽银幕的特写镜头真真令人望而生畏!这一切不能不说与电影剧作有某些关联,因为如此这般地套用电影的技术手段的剧作,比比皆是,因而也就人为地降低了艺术的感染力,使电影剧作滑入到“纯文学”的道路上去。正确的方法是“电影剧作家在精心构筑他的情节时”,应该“充分意识到电影表现手段的可能性与局限性”。[①]事物的辩证法从来都是如此:有利与不利是一对孪生的兄弟!

任何事物的自身都有其发展的轨迹。电影剧作从大纲式的脚本到今天的文学剧本走过了漫长的道路,其得以发展的“内核”是它的文学性。银幕形式只是改变了“文学的”表现形式,并没有改变其合理的内核。这样一来,“大纲式”的脚本的情节性(文学性的一个主要表现)在外来的电影技术的影响下,逐渐趋向完善化。与情节性相关联的其他的文学特点,如声音和色彩描写,以及在某种意义上的叙述的随意性并由此而生发的抒情特点,都迅速地揉进了电影剧作。当这些因素与情节融为一体之后,电影剧本便成为“可读”的“电影”了——“电影的”一定是电影剧本的独特处,“可读的”则是文学的表象特征,这就是电影剧作的两重性。今日的电影剧本不论在结构上或在表现形式上有多少种类,从总的发展趋向上看,其文学性都逐渐在加强,同时也在削弱,这种加强与削弱电影剧作的文学性和电影性(主要是各种技术手段及银幕表现形式所决定的)统一起来,是电影剧作自身独存及其发展的美学意义之所在,而这个美学意义的确立分明又与电影技术的发展有着“姻缘”关系——在电影文学的发展史上,这也只能占据“一隅”之地。

(成果发布时间为1985年。

中国人民大学报刊社《影视艺术》1985第7期全文转载)

【注 释】

⑴ “技术的艺术”作为中文语境下对“电影是一种艺术”的表达,具有定性与创新的双重内涵。在电影剧作发展内涵的意义上寻找“技术因素”的渗透和影响,其意义不可小觑。

⑵⑶ 笔者曾在《论电影剧作本体》一文中引用过这一部分,再次引用的目的在于强调其经典价值。当然,电影剧作本体和剧作元素的切入角度也是有差别的。

参考文献:

① 〔英〕欧纳斯特·林格伦.论电影艺术[M].北京:中国广播影视出版社,1984:45.

第二编
文化与影视文化研究

永恒的悖论:无网之网

——文化范畴发微

摘　要: 关于文化的界定可谓是纷繁复杂。从范畴的角度看什么是文化,涉及“潜隐还是显露、历史还是现实、稳固还是超越、个体还是群体、单纯还是包融、有限还是无限以及主体还是客体”等七个方面。这对于重新理解文化或许不是唯一的路径,但一定是“一种新视角”。所谓中国文化传统表达方式的模糊性是一个较好的注脚,或可以辨解为“模糊的清晰”。

翻开人类语言史,使用频率最高的词之一是文化。文化——这个无网之网是世界与人生的巨大包容体。然而,对于文化是什么,是否存在一个文化之网,以及文化的历史、现实和未来形态等,一直是人类探讨的重大课题之一。面对汗牛充栋的文化研究资料,再来苦思出一个文化的精确定义,或许有其价值,但未必是文化深入研究的最佳通道。与此相通的是,我们难道不可以问一句:什么不是文化呢?是的,文化概念的界定往往表现为一种文化观念,而观念的价值形态的不确定性则往往是文化研究歧义所在的根本。

难道文化研究已无路可走?比较文化的兴起似乎给文化研究打了一针强心剂——在中国,在西方世界,以异域文化为参照的思想系统正在显示越来越强大的生命力。但是,“文化是什么或不是什么”作为一种前提,加之文化范围的无所不包,使此类比较文化产生了更多的歧义,墨子的“一人一义,十人十义”可作为对这种纷乱状态的最好诠释。面对文化研究如此的“多义性”,我们是否能找到牵系文化乃至比较文化的至关重要的“神经”呢?

一、潜隐还是显露?

世界是由人与自然共同构成的,人的行为成为世界存在的一种外显形态:从衣、食、住、行,到伦理、道德、宗教等无不表现出对世界的认识、理解及其价值形态。人的行为的外显,常常是按一定模式来结构的,如道德规范。但这种结构又是散漫的,并不是强制执行的。正如人类的婚配,其本质是一种男女媾和,与动物并无二致,但人类的婚姻却因时代、社会、个人等因素的制约,表现出不同的“人的行为模式”。如果我们视类似的诸多模式为文化的存在形态的话,文化无疑是一种外显形态。只是细究起来,文化并不仅仅表现为外显形态,因为人的行为虽然是哲学、政治、法律、历史、宗教、艺术等层面的显示,但人的行为所构成的怎样的哲学、怎样的政治、怎样的法律等等都不尽相同,其中明显包含着人的价值观念的不同、思维方式的不同甚至情感系统的相异等。这三个方面在人的行为中并不表现为外显形态,而是一种潜在的结构。外露的与潜在的“人的行为”是构成人的文化必不可缺的两个方面,二者的区别在于外在的直接为人的感官所接受,内在的则靠外在因素构成文化结构,所以,外显的与隐秘的两方面是文化构成的整合体。

二、历史还是现实?

一句被人们再三重复的格言是:任何历史都是当代史。言之所指无非是指不同的当代史观造就了不同的历史。然而,对于一种既定的历史文化而言,虽然可以有不同的历史观,但历史毕竟还是历史。就人与自然的存在方式而言,文化是历史还是现实呢?显然,文化既是历史又是现实。

以具体的文化形态之一的文学艺术为例,尽管中、外的文艺观不同,但文艺重情感、重娱乐、重功利的价值形态却表现为历史与现实的一致性。时至今日,人类已进入高科技时代,文艺的生存形态也在不断更新换代——电视时代的来临便是有力的证明。即使在电视这样的现代化传媒中,作为具体门类的电视剧仍然以情感、娱乐和功利为本,无论中外,均无法超越这三个方面。当然,对情感、娱乐和功利的内容而言,历史或者说历史的观念则始终是变与不变的统一。以妇女观为例,无论中外都曾有过蔑视、歧视妇女的历史,但当代历史已在外显形态上确立了妇女的人的地位,从而改变了一种历史,重铸了一种现实,但在这种改变的过程中,贬低妇女的潜在思维结构仍然有较大市场。在现实生活中,在政治、经济活动中,在文学艺术作品中,这种历史与现实的对立和统一的例证俯拾皆是。若此,文化的变化性是如何体现的呢?

三、稳固还是超越?

一个肯定的答案就是:文化的变化性是稳固与超越的辩证统一。何以然?

素有五千年文明之称的中华文化常被世人称为“稳固的形态”,对此,任何否定的理论都显得苍白无力,因为数千年中华社会历史的发展早已证明了这一点。这在世界文化中常常被视为一个典型的代表。那么,中华文化就不能超越自身了吗?

仍以妇女文化——妇女观为例。中国曾是一个有着久远专制历史的国家,所谓国与家同的宗法结构与“君、臣、父、子”规范了等级结构,而中国女人,更是处在宗法制度加封建礼教的双重压制之下,所谓的伦理纲常铸造了中国“枯萎”的女性文化。然而,在现代,尽管在深层结构中,中国的妇女观仍然存在着潜在危机,仍然没有完全摆脱一种旧文化的束缚,但在外显形态上,中国的妇女文化业已站在世界妇女文化的前列,尽管在个性解放、自我意识、社会变革等方面,中国妇女的心理历程跟她们的社会地位发展不同步,但对新的文化因素,包括外来文化因素的吸收、对传统文化中稳固的妇女心态的反省、对妇女现存的社会和心理两方面的深思等都显示了今日中国妇女文化的多元化改变——吸收、摒弃与继承、发扬相融合,不变是相对的,变则是绝对的。尽管中国女人们仍然在“寻找男子汉”和“争做女强人”的相悖的精神状态中挣扎,但中国的夏娃们不正是在超越她们自己的文化属性吗?!

再以日本文化为例。明治维新以后,日本渐趋开放,终于在今天成为世界经济大国,这是毋庸讳言的。在总结日本的成功经验时,连日本人也认为他们的成功是日本民族精神和西方技术的二元结合:善于吸收又十分保守。吸收是对异质文化而言,保守是对自身文化价值体系的维护,所谓超越与稳固是也。

四、个体还是群体?

每一个具体的人一出生,就置于一定的文化之中,这文化是前人实践的结果。在现存文化中,个体人通过家庭、教育、社会活动等形式成为继承文化的“单个细胞”,这些“细胞”在具体的文化接受中常常表现出非一致性。以教育为例,人类群体在整体上所接受的是选本文化;而就具体人而言,选本的接受本身就包含着文化的创造因素,否则,文化就无发展可言。人的个体气质等生理性因素对文化的接受常因后天的家庭环境、社会实践的不同而成为文化的个体性显现的基础,只是这种显现一旦构成文化遗传就不可避免地成为一种群体性,这种群体性的基础之一便是个体气质的群体化——中国人常说南方人精明、北方人憨厚,是指一种区域性差异,即与人的生态文化相关联的区别。再如城市文化与乡村文化,亦多因经济等社会原因而出现区域性差别。常言道:人是无所不在的。而人的实践是文化的过去、现在与未来的根本,在人的实践中创造与发扬的文化无不具有人的实践的多重属性,其中,个性与群体的相互包容便是重要内容之一。一个民族各时代之伟人,常以其个体气质影响于文化整体,如孔子。当然,产生这种个体气质的因素是多方面的,而既存的群体文化的制约则是其中至关重要的一点。

另,西方文化注重个体,东方文化强调群体,大约也可以看作是“个体与群体”论的另一种解释。

五、单纯还是包融?

我们经常使用的概念如中国文化、印度文化、西方文化,其内涵十分丰富。且不说西方文化之“西方”概念宽泛,则西方文化必定是一个丰富的包融体,就是中国文化这样单一国度为界限的定义,其内涵所指也并非“单纯”这样的命义所能概括。儒家、道家暂且不提,就是佛教、法家、宋明理学乃至各民族尤其是少数民族,其内涵也丰富各异。若此,文化就与“单纯”绝缘了?

须承认,文化这个无所不包的概念,其涵盖面是广泛的,但是,文化之不等于“XX 文化”的常理却告诉人们,文化其实是最单纯的,仅仅表现为一种精神现象, 一种不与任何物态或具体的学科类型如政治文化相等同的精神、状态或结构,若中庸之于中国文化,若坚忍之于日本文化,若开拓之于美国文化。尽管中、日、美文化绝非上述的简单概括,但这种命义本身的单纯性确凿无疑,结论或许就是:文化向来都是无数单纯性之总和。

六、有限还是无限?

非常有趣的现象是:单纯的文化竟是文化具有无限特征的源头。请看北京的四合院与中国古代民居风格的一致性, 或许遍布中华的雕梁画栋式的模式化建筑也是一个说明?当一种精神现象外化为具体文化时,其包融性就呈现出无限丰富的涵盖能力——在衣、食、住、行之诸多方面;在人的社会属性之诸多方面;甚至在人的思想之沟沟壑壑,无不表现出一种单纯的文化因素的渗透。似此,文化又是无限的。就文化的涉及面而论,这一点恐怕是确定无疑的。

然而,文化的相悖现象常常令人百思不得其解。以前述为由,中华文化的具体形态之一——中医学深受中国传统文化影响,其药理、病理多与文化的深层内涵有关。19世纪之后,由于西医的引进,中医曾一度有解体之势,连鲁迅也骂中医是害人的。可见具体文化形态有时是相当脆弱的。问题并不在这里,当中、西医之争在中国形成之后,甚至主张改革变法的梁启超都将这种争议引向政治;而在"文革"时期,也曾以"新医"区别于"中医"和"西医",借以强调二者的"结合",实则是一种政治观念的衍化物。今天的事实已经证明,是否结合并不在于名称的变化,而将具体文化特别是物化形态的文化完全等同于观念文化的认识,似乎表现了文化观念的无限伸展性,实则暴露了观念文化形态仍然是有限的。

再以文化精神对具体文化形态的渗入为例, 以群体为中心的中华文化,反映在总体上,常常以"中和之美"为准绳——要求个人服从群体以取得和谐。中国戏曲的大团圆结局便是佐证之一。但是,就具体的文化形态之一的艺术而言,"中和之美" 固然是一种美之和谐, 毕竟不能等同于丰富的艺术审美——观念的局限性也证明文化的有限性。

七、主体还是客体?

文化定义虽众说纷纭,但将文化分为广义文化或狭义文化的意见却被普遍认可。亦有学者提出对简单的两分法的质疑,因为任何物品在广义上都可被视为某种精神产品(艺术品),物质和精神并没有绝对的界线。这种意见固然有一定合理成分,但似有混淆物质与精神二者区别的不妥。实际上,这里仍涉及文化是主体还是客体的这种老问题。当我们说文化是人类在社会历史实践中运用象征符号进行的精神活动时,就无法割裂地承认文化是客体的还是主体的,因为它既是客体的存在又是主体的存在。当我们说文化所显示的精神活动主要表现为人类创造的精神成果以及人们自身所凝聚的素质、行为方式的复合体时,同样会发现文化的实践性表现为主体对客体的再创造过程。与此类同的是:被界定为文化的物质形态,在其生长的过程中已自觉地体现了主体的意志。若此,在文化的前提下,作为一种范畴之主体和客体,是互为存在的两个方面;没有离开人的主体实践的客体,并不存在离开具体存在的虚构的主体。即使是意识形态及思维这样的存在,也早在恩格斯那里被视为宇宙中一种特殊的"运动的基本形式",而运动是物质最基本的存在形态。

无论是思想方式、价值形态、心理结构,还是具体物化的文化形态,似乎都不能单独分离出"主体"或是"客体"。

假以范畴观文化,大约仍可以罗列出诸多既对立又统一的矛盾体,如一元与多元、理念还是物质等等。事实上,我们无意为文化造一个"界碑",却又时时透露出这样的潜存意识,可见我们已陷入一个悖论之中,就像人们常理解道家的"无为无不为"并不是不做什么而是终于做了什么一样——这是一个怪圈。换言之,文化与人的命题是无法穷尽的,对实践的主体的人而言,这是一个并不存在的影响之网——无网之网。在这个虚拟却又实在的复合体中,作为文化的人生生息息却又死死生生,物态化或意识化的文化形态并不是固定不变的,却又在变化中形成一种"固态结构",任何区域性文化的界定都基于这一出发点。没有文化,人将无以延续,世界将返回混沌之中;有了文化,人们又在一种秩序中寻求挣脱,于是又有了文化的发展,比较文化便是这发展的文化的产物。不同区域、不同民族、不同历史、不同的心理结构带来杂色多变却又各据营垒的文化结构。比较,就是一种扬弃,就是一种挣脱,就是一次又一次新的寻找;而文化要发展,其变化固然有内趋力,但外在的渗透、融合也是种因之一。因此,比较文化的目的就是文化的比较,这是一种再造文化潜意识的外化结果。

(成果发布时间为1995年。
中国人民大学报刊社《文化研究》1996第1期全文转载)

综论电视文化与影像思维

摘　要： 人类文化是人有思维的结果，而人的思维形态与人们的文化发展紧密相关。在对当前人类文化学意义上的人类思维形态——特别是对前卫的电视文化形态进行分析时，可以引入“影像思维”的新观念。“影像思维”可以被认定为人本心理及其在社会化过程中的中介属性变化的产物，其意义并不仅仅表现为人类认同世界的方式的改变，更重要的在于这种思维形态的泛文化意义的产生及其对人类文化发展的影响将更为深远。

一、文化面面观

人类有别于动物的最主要特征是人有思维。可是，史前期的人类思维是怎样一种形态呢？倘若再将这种思维形式及其演变与人类20世纪最伟大成就之一的电视联系起来观察时，是否能够发现许多问题？当我们将“电视”与“人”视为一体的时候，便会发现以研究“电视—电视观众”（亦称为受众）为主体的“电视观众学”，必将涉及人类文化形式的发展与人类思维形式的演变这样的课题。显然，我们必须先给出我们的文化观。

严格说来，文化观与文化概念的界定有很大的关系。按照通行的广义文化的解释，文化是无所不包的：从人文、历史到现实、政治，乃至吃、穿、住、行等无不表现为一种文化；反之，狭义文化观则视文化为“社会的意识形态，以及与其相适应的制度和组织机构”。不难看出，后一种文化观是偏重文化精神的认同，这与中国特定的文化观念的历史有较大的关系。据文字学考证，中国最早的甲骨文和金文中的“亽”，其字形结构为四条线相交，原始意义为“交错”，即由此引申出的“天地经纬”之意。如果我们以此为参照，反观如上提出的广义文化，则可窥见，中国早期对文化的认识已包含了天地自然以及人们对天地自然的看法,这与现代人们对文化的解释,即"文化是集人类精神和物质为一体的复合体"的命题是基本一致的。那么,仅仅将文化局限为精神现象的狭义文化观是怎样演变的呢?要全面描述这一轨迹是困难的。在中国,这种演变历史最早的理论依据来自儒家学说。当儒家学说统治中国后,那种重"义"、重"礼法"(精神)而轻"利"(物质、经济)的人的存在观便成为一种文化观的基础,所以,传统儒学观念认定文化是一种精神现象,因此,这种文化观是排斥物质成分的文化观。事实上,在西方,文化观也有类似的转化过程,如古希腊的文化观——假如从文字学的角度考虑其对文化概念的界定,也存有物质与精神一体的认识。但到了中世纪,随着基督教的兴盛,文化观在本质上更贴近一种精神现象,即被"宗教"所同化了。在西方,随着社会物质生产的发展以及思想历史的解体与重建,广义文化观很快又在一个新的层次上得以回归,并形成了一直到现代仍有影响力的各文化学派,其中,当推马林诺夫斯基的主张为"正统"。他说:"文化是指那一群传统的器物、货品、技术、思想、习惯及价值而言的,这概念实际包含并调节着一切社会科学。"[①] 在更深一层的解释中,我们看出,文化被解释为满足人类的需要而存在的,是为了满足人体直接生理需要和间接精神需要而产生的复合现象。于是,这种观念与中国引入马克思主义之后产生的"文化是人所具有的自然属性和社会属性的一体化"的观念具有了一致性。这种文化的双重属性观念成为现代文化观念的理论基础。在进一步的发展中,弗洛伊德从人本心理角度进一步发展了文化服务于人之本能的认识;马斯洛的"动机理论"又将文化是"满足人的需要"的论断进一步深化,解剖了人的需要层次,即生理需要、安全需要、爱的需要、尊重的需要以及自我实现的需要。只要稍作分析,便可发现这五个层次是一种连贯且逐渐升级的关系,由此引即可窥见这种"升级"的轨迹是从人本心理到人本心理的社会化(或称人本心理的弱化)。问题在于,当我们从一种文化观念上审视人的需要的时候,"弱化"并不等于消失,"升级"也有一定限度,或者说"升级"并不完全排斥人本心理,二者的关系是一种对立的统一。这样,我们便会看到所谓广义文化主要是一种与人类生存共生息的广泛的文化表象(现象),而狭义文化则主要是指人的需要走向高级阶段的精神需求。事实上,只有站在二者统一的意义上来看文化时,文化才具有真正的立体面影。因此,文化既是无所不包的,又是一种绝对精神需求的代码或中介;文化以人的需要为本,以人的社会化为流动方向；文化既是物质形态又是精神现象；文化具有自身的历史；文化是一个动态的结构；文化表现为人类为发展为生存而奋斗的历史，表现为人类为文明而思辨的未来理想——当它们成为一体时，我们便会发现文化是人类发展的伴随性产物，这便是我们的文化观。为了更准确地表述这一论题，为电视文化的具体性论证提供些许论据，试从八个方面概括：一、文化是作为历史世界的标志，有进步的发展态势；二、文化是人类生存方式的系统，有群体性或在某个特定历史时期为某一群体所制约；三、文化无所不在；四、文化是个人性与群体性的统一；五、文化具有可探寻的规律性；六、文化有时代、区域性差别；七、文化有变异性；八、文化因内容的不同有多种形态。[②] 文化既如是，那么，电视文化呢？

二、电视文化系统观

显然，电视文化是整体文化的子系统，既具有整体文化的属性，又具有自身独立存在的价值形态。在整体文化的意义上，我们以上面提出的文化诸方面的特征为前提，认定电视文化具有文化的普遍性意义；在自身文化价值的意义上，我们以一种系统观观照电视文化，从而确立一种具体文化在文化空间中的坐标系。

概括地看，我们对文化观描述的总前提是：文化是集人类精神的物质为一身的复合体，它满足人在各个层面的需要。具体到电视文化，我们可以发现，电视是人类物质生产（科技发展、工艺生产等）的产物，诸如光学、电学、化学、传播技术等都是促成其发展的重要方面。同时，这些综合的技术实践所要达到的目的又表现为满足人的感官需要（生理需要）——以“看”为表征的一种综合性的人本心理，其内涵因载体内容的不同而形成与人本心理诸如爱的需要、尊重的需要、崇拜的需要、排遣忧郁的需要等对应的不同精神形态。当然，由于人（或者说是我们）所特指的电视观众是自然人与社会人的统一，所以，这诸多精神形态又与社会、历史等方面的因素形成合拍——比如“爱”，显现为自然欲求及其社会化的过程，“崇拜”也变异为对具体的英雄或其他内涵的社会性精神认同。只要我们从电视观众与电视内容的关系上看待这个问题，便会一目了然。那么，这种总的前提与前述的文化诸方面的特征在电视文化中是否具有统一的形态呢？不妨将二者放进统一的联系中稍作分析。

人所共知，电视产生在电影之后，是一种技术媒介的产物。电影主要表现为艺术形态，电视虽然主要表现为一种传播体的形态，但同时也具有“技术的艺术”之特征。在较深层的意义上，电视较之电影，具有改变人类文化接受形式(方式)的更重要的意义。如早在1988年，中国天津市的一些大、中学校将文学教学的一些内容改编成“课本剧”，并在电视中播放，这对教育形态的改变无疑具有较大冲击。在世界范围内，尤其是在发达国家，这种形式已基本普及。由于电视改变了人们的生存形式、思维习惯，它又具有与广义文化相同的群体性特征。一种观点认为，电视是非集合的接受形式，不具有群体性特征。其实，这只看到了问题的一面。电视确实具有客观属性，但这仅是一种表象。试想，对于同一层次的欣赏群体而言，在同一频道或相近频道接受各种信息以及由此形成欣赏的定向性，在内质上难道不是处于一种文化圈的群体性状态？在新闻节目或其他具有时效性的电视节目中，电视接受甚至呈现出“后群体效应”——电视报道可以成为人们茶余饭后或各种集合人群的主要议题。因此，电视所具有的群体性特征不容置疑。问题不在于观众怎样观看电视，而在于从观众观看电视至信息到位及其效应产生的过程仍然具有非个体性。

至于电视传播的强大覆盖面及其内容的广泛渗透性可资证。有史可鉴：中国20世纪80年代中期，一部小说原本并不出名，可改编成电视剧后，竟一度成为全国的议论中心，剧中人也成为风云人物；再如日本电视连续剧《阿信》在中国播映后，对中日文化交流所产生的巨大影响不可低估。这部电视剧在日本本土及中东国家播映时，均产生了轰动效应，可见电视传播的确是无所不在的。

一代伟人赫尔岑有句名言：“人类世世代代，各以自己的方式反复阅读荷马”。由此反观电视，也会看到仁智互见的现象。正因为电视接受具有群体性特征，正因为电视接受形成了无所不在的特征，继而有了电视接受的个体性特征。从接受内容的角度观察，一个人就是一个社会，人之经历、环境、文化、思想、气质、特殊心境等的不同，使之形成接受个体的“自我”属性。再者，在接受形式上，爱看不看，伸手可开可关，一种选择自由也体现了电视与电视观众之间的群体性与个体性统一的特征。

当电视成为人类生活中的必然现象时，作为一种社会存在，电视必将成为一种理论研究的对象，于是，电视规律的探寻便成为电视文化与整体文化之间的纽带。同所有文艺形式乃至其他精神产品形式一样，电视文化的时代与区域性差别也是显而易见的。比如20世纪80年代的中国电视，与当时中国社会的政治、经济、文艺思潮的时代特征是密不可分的。进入90年代及至处在今日新旧世纪交接的时代，至于区域性差别，主要表现为区域性文化的制约，如香港电视的商业化倾向、台湾电视寻找普遍人性的文化特征、大陆电视的载道意识，都是电视作为文化形态的区域性差别的例证。

所谓文化的变异形态，在电视文化里，一般有两种表现，一是作为电视文化景观对其他文化现象的影响与渗透，比如电视文艺中的歌曲、服饰成为社会上的流行歌曲和流行服装；二是通过电视媒介，不同区域、不同国度、不同民族、不同语言的电视观众所形成的非原生态的接受现象。如美国电视剧《亨特》，以一英俊男子和一丽质女子两位警官为屏幕的主要形象，通过一次次的侦破案件，展现出一幅幅警匪混杂的画面，每一次的结局总是俊男美女获胜。对美国人来说，它并不具备什么特殊的意义，更与一般意义上的警匪片无太大的差异。当然，美国人并不排斥其中的“社会意义”，但在这种欣赏过程中，主要是一种感官需要的满足。这部电视片在长达数年时间里，曾先后多次在中国各地电视台连续播映过。其时，从观众主体的角度出发，一种从中认识美国社会的企图便自然产生了，甚至还伴随着“美国社会怎么如此混乱”的接受心理。显然，这是接受主体固存的“真实观念”与一种电视现象的对应——中国人载道意识十分浓重的文艺欣赏观念与美国浓厚的娱乐性接受观念形成了不同的接受形态，并由此发生了电视文化的新变异。承认了这种事实，即承认了电视文化具有变异性。

电视作为文化或电视文化与整体文化因素的对比，最后一个方面是电视因内容的不同而具有多种形态。比如对于具体的电视文艺节目而言，且不说不同节目的安排具有多种形态，就是同一类型的节目如电视剧，也可分为历史题材片、现实题材片以及武打片、抒情散文片等。

在以上的总前提和文化形式八个方面的分析中，我们已经确立了电视作为文化形态与整体文化的一致性，这种一致性对电视文化而言也表明其自身的文化价值。问题在于,除此之外,电视文化是否还具有某种特质呢?显然,这种特质对确立电视文化在文化空间中的位置是较为重要的。

为了描述的方便,我们以从属于文化的文艺形式为例予以说明。在世界范围内,以纯文艺为例,我们可以看到一种历史的轨迹,即从口头创作、形体创作到诗、舞蹈、音乐的艺术形式等,由此又分解为三种类型,即符号化了的散文、小说等抒情与叙事的书面文学,视觉化、固态化了的绘画、雕塑、建筑等物化的视觉艺术,以及位于二者之间的戏剧形式。在这三类艺术的基础上又产生了电影、电视这类"技术的艺术"的艺术形态。目前,这种状态正在发展。由此,当我们以一种传播媒体与一种艺术相统一的形式界定电视时,便会发现电视作为一种具体文化的特质大约表现在如下两个方面:一是传播的内容与艺术表现的内容沿袭了符号文化的内涵,诸如报纸、电台等的功能和小说、散文等叙事艺术的叙事功能,但已失去了符号文化的"文字符号"的属性;二是传播的形式与艺术表现的形式融合了戏剧真人演出的"假定形式"(形体与声音)与绘画一类固态化的视觉艺术形式,使"动"与"静"以及声音的结合向人与世界的本来面目既靠拢又保持恒定的形式上的距离的方向发展。这两个方面共同构成了电视文化的视听特质。这种视听特质使电视文化在"电视—观众(人)"的意义上成为最具有普及意义的文化形态,在人类的生活中起着巨大的传媒作用。因此,一切与人有关的精神形态都与电视发生了横向关系。政治、经济、教育、文艺,甚至科技等都在电视与观众的联系中形成电视政治、电视经济、电视教育、电视文艺以及电视科技等异化形式。正是如此,电视文化明显具备了"中介"属性,这是一种集物质与精神各方面因素为一体的属性。因此,电视文化既具有具体文化的特征,如视听文化特征,又具有文化的广泛性特征。这便是电视文化在整体文化空间中的位置。一种传播媒体促使整体文化的载体发生了变化,改变了文化接受的某些形式,这种中介文化自身具备的文化价值显然与其自身存在形态密不可分,如果我们从电视观众学的意义上看,"电视人"的概念大约亦可成立。在更深层次的意义上探讨电视文化的基本形态等问题时,必须先在"电视—观众"的意义上寻找出与人们的思维形式相关联的一些问题的答案,因为电视文化的中介属性是以"视听"特点为表征的,而"视听"特点明显与人类思维形式的演变相关。

三、思维的历程与形式

一部人类发展史与人的思维历程的演变有密切的关系。从总体上看,人的思维是从简单到复杂的发展形态,在茹毛饮血的时代,人所具有的思维是一种前影像思维或曰简单的影像思维,它以自然本能的影像形态看世界,不具备抽象的能力。当文字产生后,这种前影像形态便在人的思维中退居次要地位,一种崭新符号文化及其抽象的思维形态便成为人类思维的主要形态。但是,在艺术的创作和欣赏中,以影像为表征的一类思维仍然占据着重要地位,只是这时的影像思维与前影像思维不尽相同。在前影像思维中,抽象的成分极少,但在影像思维中,抽象与逻辑成分已成为必不可少的部分,甚至以符号为表征的抽象思维如文字的符号性思维在文艺接受中,也必须依赖符号或文字代码的分解、重组,以潜在的影像性出现。时至今日,符号思维与影像思维已成为互补的思维形态。这便是人类思维在一个方面的历程。那么,为什么说电视文化与人类思维形式的这种演变历程有关呢?只有分析一下思维的结构,才能给出恰当的回答。

思维,就其本质而言,是一种认识过程。它在结构上表现为深层、中层和表层等几个层面。深层层面指以意识为要素的思维的潜在活动,主要表现为无意识、潜意识和意识三个方面;中层一般指以概念为要素的思维的核心内容,主要包括概念、判断、推理等方面;而表层,在旧有的理论研究中,一般只认为它是以语言为要素的思维的物质外壳,主要包括语义、语法和语音等方面的内容。我们认为,"以语言为要素"只是思维形式的一种形态,另一种形态便是我们上文已提到的影像形式的思维形态,它也表现为思维的物质外壳,主要包括影像本体、影像构成法则及影像语言等方面的内容。从人的本原意义上看,这两种思维形态都有先天的自然属性:从语言到文字,表现为人"听"的感官的物态形式,而影像则表现为人的"看"的感官的物态化形式。听与看这两种形式与人的早期思维、现阶段思维以及未来思维形态均有联系,或者说,听与看是人类思维不可缺少的构成部分。在这种思维结构的前提下,我们再把电视作为思维着的文化形态来考察,便不难发现:视、听的一体,是两种思维形式的融合,它标志着电视作为文化形态有形式上的巨大进步,所以,承认电视改变了人类的思维形式,并不过分。应该补充说明的是,这种视、听一体的思维形式在本体意义上表现为人对自身认同的一个方面,而这种表现早在戏剧和电影中已经存在,只是在戏剧与电影中,这种思维形式主要局限在艺术接受的范围里,而在电视中,由于电视与人的一体程度具备无限广阔的范围,所以电视才成为真正意义上改变人的思维形式的载体。当然,在电影中,由于存在着新闻电影、教育电影等形式,也已具备了与电视有同等意义的载体性质,所以又有影像思维属于电影和电视的说法。那么,影像思维在电视这里表现出怎样的文化意义呢?

四、影像思维的文化意义

既然影像思维同属于电影与电视,在它们各自不同的"领地"是否还存在着区别呢?正如上文所述,影像思维以影像本性为基础,在电影中主要表现为影像的艺术化语言形态;而在电视这里,影像思维除了表现为影像的艺术化语言形态之外,还表现为一般语言的广义的影像化。显然,我们必须先从影像本性说起。

影像,在语义上被解释为光影生成原理与人的生理视觉的统一。当电影最初问世时,人们之所以争相观看并形成轰动的原因,是人在动态的影像构成与人自身存在的形态真实性之间找到了一致, 即人们终于使潜意识中的"看到自己"成为可能。但在电影这里,影像基本上还属于一类艺术欣赏的形式范畴,进而,在电视中影像还超出了一般艺术欣赏的界线,使各种复杂的社会与人生、世界与历史以各种不同的内在形式统一于自身。这样,一种思维形式便具有了自身的"语言"系统意义。目前,各发达国家已经充分注意了这一世界性趋势。当影像形式或以影像为本的思维形式在人们的生活中占有越来越重要的地位时,就不能不承认,他改变了人类的思维形式。从人本心理出发,每当人们睁开眼睛,就会发现周围存在着一个现成的世界:天空飘着白云,湖水泛着碧波,风吹积起的沙丘,高耸的楼房,平坦的大地,各色各样的人等等,一切形状、质地、大小、颜色、活动、位置共同构成了人的视觉的外在主体。在电视时代全面来临之前,尽管人们可以通过非动态的摄影等看到世界,但在信息传播的过程中,人们更主要的是通过另一种中介,即符号语言来实现信息接受。于是,寻求原始感觉形式便成为人的潜意识。

正是在这种原动力的驱动下,人类科技与文化的共同发展才使人的这种本能欲望得到了逐步满足,并进而形成了人类文化的大变革。显然,影像思维的意义主要表现为一种人本心理及其在社会化过程中的中介属性的变化。人类传播系统的演变是这一论断的最好证明:纵观人类的发展,从语言到文字,几万年;从文字到印刷到电影和广播,400 年;从第一次试验电视到从月球播回实况电视,50 年。[3]关键在于这种传播手段的形式,即文字的传播、声音的传播与图像的传播。显然,前二者单独存在时,均表现为符号文化,唯有图像的传播才构成影像文化,而现代影像文化的发展在高科技的带动下,又呈现出声像一体的趋势,所以,又有视听文化的论断。事实上,我们之所以对影像文化的概念加以认可,并不认为影像文化概念比视听文化概念更准确,而是认为在这种文化形态中,声音只是传递方式不同的"语言"形态,它一方面从符号意义上弥补影像的不足,另一方面又以声音的感觉真实来衬托影像的真实,但在这统一的形态中,毕竟是以影像为本的,因为人的思维形式在这里发生了形式的变异,这种变异便显现出一类思维形式的意义。正如我们在思维的历程中描述的那样,单就形式论,人类史前期的思维:作为符号文化主要标志的文字产生之前、产生初期的人类思维,都具有鲜明的影像思维特征,即这时的思维类似个体人的婴幼儿时期的思维。它主要表现为现实世界"实像"的"影像认同",所谓树木就是树木,河水就是河水,而没有创造出其具有代码意义的文字形态。在这种前影像文化基础上逐渐产生的符号文化也存在着一个过渡时期退出主导地位,使符号成为人的思维的主要形式。人类各种知识的传播是与人的这种思维转变密切相关的。它标志着人类智力发展并完成脱胎换骨的革命。但是,当符号文化成为人类的主导性文化形态时,以影像思维为特征的影像文化并没有退出历史舞台,而是在与符号文化分庭抗礼且互相渗透的并行发展中缓缓地变化着。直到电影与电视乃至今日的多媒体技术发明之后,这种文化才得以在科技的"助产"下迅速地发展起来,尤其是电视普及之后,这种思维——文化的一体意义更加鲜明。实际上,目前还不能说这种革命性的转变已经完成,这种人本心理与社会性变异形态的统一只是刚刚开始,而没有完全成为现实。从未来学的观点看,当高清晰度电视、多媒体系统以及其他信息系统的变革完成之时,当信息高速公路真正"通车"之时,这种思维形式的文化意义才会更加明显。未来学家们为人类描绘的前景是,人的起居、通讯以及消遣娱乐,甚至购物等一般文化行为都将伴随着影像思维;远在他方的亲戚生病了,千万里之外,可以在壁挂电视上看到真实的一切;需要通话,普通电话将被可视电话所代替;可以任意选择世界各地正在进行的娱乐为观看对象;坐在家里可以看清购物中心每一件商品的质地与标价。如此等等,人们才真正找到了在纯粹符号文化阶段所丢失的"自己",在形式上也在内涵上更多地找到了自己。在世纪之交的今天,我们不能不承认,影像思维与影像文化正在成为一种无所不在的景观。事实上,影像思维对符号文化的冲击,现已露端倪。试举一例。

日出,曾是古往今来文人墨客的主要审美对象之一,无论国内国外,均有大量佳作名篇,但它仍然是写不尽的。中国当代诗人刘湛秋 1988 年访美时以"飞越太平洋"为题,写出诗人在飞机上俯视海上日出的情景。他从太阳的第一次跃动到周围天幕的色彩变幻,从他内心的感触到对日出壮观景象的感慨,真有落笔生辉之感。然而,他的这篇散文的最后结论却令人深思。他说:"我无法复述这一影像。但我觉得灵魂已为这辉煌的瞬间镀上了一层亮色"。"无法复述"是一种感慨,是一种代码意义上的技巧性处理,目的在于给读者以更深广的联想的余地。但同时,我们又会从中发现符号文化的欠缺,即当我们视现实与影像一体时,具有代码意义的语言永远无法使影像世界真正地还原。反之,又可视为影像的不可描述性。假如我们以绘画为例,人们对世界名画《蒙娜丽莎》不知进行了多少研究,甚至动用了现代科技的静电扫描等技术手段,以求证明这幅画中的美人的微笑的内涵,诸如"永恒的微笑","神经病患者的痴笑"等等,但得出的都是不同的"结论"——表现为代码意义的文字对影像文化描述的困惑。应该承认,不同的主体,在《蒙娜丽莎》面前的整体悟性是各不相同的。静态影像中的这种不可描述性,在动态影像或者说在电视影像的构成中,同样存在着。影像思维的特征便在这里得以显露。

由于影像思维具有不可描述性,形成一种影像接受的特定的"真",其直接的心理效应是影像接受的直捷性——直感与快捷,同时也简单、明确。这种直捷性又导致电视影像的另一特点的形成(电影亦同)。在旧有的语言(符号)文化中,文化接受明显受制于人种、民族、历史等差异,这种差异在形式上首先表现为符号文化的语音性障碍,其次才是文化接受的心理、民族、历史等方面的相异性。随着文化的发达,对于语言艺术来说,翻译成为沟通地域性差别的第一桥梁。但在影像文化中,这种语音性障碍已经大大缩小了:动态的、直感的影像给人们带来了新的跨国界沟通的渠道——如人们已经不需要太复杂的翻译,便可看懂美国电视动画片《米老鼠和唐老鸭》。其深层意义上可以表述为人们找到了新的对世界认同的方式,或者说人们在新的层次上找到了已经失落了的认同方式。

总之,影像思维改变了人类的思维定势。电视中的影像超出一般文艺的范围,具有更广泛的文化意义。由于电视已经全面蚕食了旧有文艺,形成了新的电视文艺体系;由于电视已经向旧的教育形式展开了全面攻势,形成了新的电视教育形态;由于电视的商业形式的存在,以及以上诸方面的杂处形式在电视中形成的新景观的产生,仅仅在文化——电视文化、思维——影像思维的理论意义上论断电视文化或描述电视观众与电视文化,只能是一种理论的前提。所以,具体的文化形态的分析,应是研究电视观众与电视文化的进一步的分析对象。

(成果发布时间为1993年)

参考文献:

① 〔俄〕马林诺夫斯基.文化论[M].费孝通等译.北京:中国民间文学出版社,1987:4.

② 北辰编译.当代文化人类学概要[M].杭州:浙江人民出版社,1985.

③ Andrew, Dudley, Conceptsin Film Theory.NewYork:OxfordU -niversityPress. 1984.

影视文化特征论

——以影视艺术存在为例

摘　要：在“文化”与“影视文化”分别作为“种属”概念的前提下，以影视艺术存在为例，阐释了影视文化的主要特征，认为影视文化的特征表现为广泛性与普及性、娱心性与价值功能的统一；而在受众心理的意义上理解，娱心是影视文化的主要价值承载层面。

无论是理论界还是受众群体都普遍认为，电影或电视是一种文化，并由此而派生出“影视文化”。笔者以为，不管这种概念界定是否需要重新定位，找出其自身特质以及与广义文化密切相关的特征，应是充分理解、认可这类概念的必要前提。而问题在于，从文化到影视文化，二者之间并不是一个等号，因此，对影视文化特征的分析必须在文化与影视文化双重概念的制约下进行探讨。

就文化而言，无论从广义还是从狭义方面去理解，都是人的活动，既是一种历史，又是一种环境，且具有实践性和层次性。从宏观文化和微观文化统一的视觉中观察，文化是历史进步的标志，是人类生存方式的定位，既有群体性特征，又具有个体差异性；既有可探询的规律性，又有变异性；既无所不在，又因其内容的不同而具有相异的存在状态。而影视文化的观念体系，除了要遵循以上文化的普遍规律之外，还具有影视一体化、影像本性、趋同与相异等标志性内涵。在文化与影视文化这对种属关系的概念体系下，笔者认为影视文化应该是广泛性与普及性、娱心本性与价值功能的统一。

一、影视文化的广泛性与普及性

在整体认识上，文化具有广泛性与普及性，但在具体认识上，则未必尽然，比如政治文化、科学文化等分别都存在着各自的“领地”。而具体类的存在，如诗，特别是中国古典诗词，其接受的范围显然与电影、电视这类资讯和艺术的接受范围不可同日而语。细究人类思维形式的发展轨迹，不难发现这样一种现象，即人类从童年到今天，大致的思维历程是从缺乏抽象的形象认识到抽象的认识，直到今天的抽象与形象统一的认识；而具体的单个人，从孩童到成人的思维形成过程也是如此。这里的形象大致与影像相同，所以，思维又有影像的高级与低级之分。所谓高级的思维是指融合了理性的影像思维，相反，缺乏理性的则是低级的影像思维。但在统一的意义上，以影像思维为主要特征的影视艺术较之他种存在形式不同，即在不同文化层次中，都能争得对应者。当然，传播方式的现代化也是影视作为一种文化所具有的广泛性与普及性的前提条件之一。而影视艺术发展本身，已经深刻地证明了不同文化层次接受的需求心理和可能性，以及现代技术发展所造就的此类资讯与艺术的文化特征。例如，早期的电影文化被所谓上流社会视为“俚俗之物”而不屑一顾，但时至今日，固有的高雅艺术为电影和电视提供着越来越宽广的领域，甚至令人费解的所谓现代派艺术也不能排斥电影的“侵入”；再者，无论是三尺童子，还是七旬老翁，抑或发达城市的市民与偏僻农村的农民，由于影像接受的可能性以及科技为社会带来的方便条件都受到影视的影响，使如上论点找到了最好的论据。但是，如果将影视艺术产生以来，许多新产生的词汇与旧有词汇之间做一个简单的对比，便会发现影视艺术存在广泛的渗透性以及由此带来的普及性特征。例如：动画片-连环画；儿童电影-儿童文学；武打片-武侠小说；文学电视-小说艺术；侦探片-侦探小说；音乐电视片-音乐等，诸如此类，下至一般通俗范围，上至艰深理论范畴，真是不胜枚举。

此外，作为一种文化特征，影视艺术的广泛性与普及性还表现为对人类生活各个方面的渗透。例如，现代社会服饰的更新换代，其时髦程度往往与影视艺术有直接的关系。众所周知，在 20 世纪 80 年代中期，一部电视剧《血疑》带来了“幸子衫”的畅销，而一部《安娜·卡列尼娜》又曾使多少贵妇人风靡一种黑色晚礼服，所有这些都充分说明了影视文化所特有的功能。现代社会在生活形式上的变化既广又快，这不能不承认影视艺术的传播在其中起到了重要作用。

二、影视文化是娱心本性与价值功能的统一

就目的论而言，娱心本性即艺术的目的是直接或间接的功利性。在我国，无论是古典文学，还是旧有的艺术理论都以“教化”为中心，即所谓“歌诗合为事而作”。与这种目的论相对应的则是娱心本性说，诸如“世总为情，情生诗歌，而行于神，天下之声音笑貌大小生死，不出乎是。因以坦荡人意，欢乐舞蹈，悲壮感鬼神风雨鸟兽，摇动草木，洞袭金石。”便是最好的证明。那么，在以影视为核心的影视文化中，这两种目的论是否都有其合理性呢？

在影视文化及影视艺术的理论研究中，常有娱乐片的说法，其大致意思无非是指一些能够争得最广泛大众的“通俗性”类型样式，为了强调曾经被忽略的问题而加强“大众意识”，这无可厚非，但其偏狭也显而易见。一种旧有的理论框架认为娱乐片等于通俗文艺；艺术片等于高雅艺术，并强调“大众意识”，强调所谓广泛接受的可能性。由此看来，娱乐片缺少思想性和艺术性。笔者认为，相对地承认娱乐片及其存在价值是有道理的，但在整体艺术乃至文化中，必须承认娱心是一种“本体质”。事实上，这种娱心本性并不排斥思想性和艺术性。一般说来，对于“有目的的欣赏”者来说，任何积极的思想都可能是反向接受，而消极的思想亦可能是正向接受，至于“积极-正向”“消极-反向”的接受，更是见于一斑。例如，美国电影《音乐之声》和苏联电影《办公室的故事》都属于娱乐片，但二者又都属“高雅艺术”。就思想性而言，《音乐之声》潜存的反战思想及《办公室的故事》中对社会主义制度下，人与人特殊关系的文化意义上的认可与肯定都有积极意义。就娱心性而言，《音乐之声》的优美音乐和歌曲以及《办公室的故事》中诙谐、调侃的喜剧氛围，都使它们成为普遍接受的对象化的审美客体，而“娱心”又始终贯穿在这种普遍的接受之中。由此推衍开来，便不难发现，在世界上获大奖的或公认的优秀影片都不能免“俗”，而一般以武打情节为主的娱乐片所强调的只能是“娱心本性”。由于影视文化广泛性与普及性特征的影响，致使这种文化在表现为与接受者“和谐一致”的同时，又确立了另一文化特征即娱乐性。这种推论的主要依据建立在一种文化接受意义对观众心态的分析之上。那么，观众心态的基本状态究竟如何呢？

观众心态是千变万化的，但又有万变不离其宗的一面。从历史视角观察中可知，整体人类的观赏心理经历过从悲剧到喜剧的重大历程转折。如果说娱乐主要表现在喜剧之中，那么，娱乐在历史、文化方面的根据就表现在远古时代人类自发的庆典和幻想、滑稽剧和民间游艺节目以及种种狂欢活动之中。这种表现已成为一种文化积淀且渗透在艺术的各种类型之中。此间的欢笑，作为与过去诀别的形式之一，表现出合乎“历史”的性质，只是在不同的历史时期，社会对娱乐的需要是通过不同手段来满足的。从人类狂欢的传统，到今天仍然存在的儿童游戏以及在与影视文化中呈现出的这种历史文化心态的联系中考察，不难断定一种群众文化对“娱心”的整体需求心理。如果将这种整体需求“肢解”开来，便又可在不同层面中窥见观众心态的不同形式。例如“认同心理”，以情节剧为例，其引人入胜的情节、丰富的动作、人物的鲜明性格以及富于感染力的场面，都能够迅捷地唤起种种外露的情感。而观众在这里的接受形式主要有两个方面：一方面，人类自身具有的崇高精神和高尚品格，对美满爱情和善的高扬的期盼，在这时寻到了一种“形象化的现实”；另一方面，则表现为这种期盼心情的“自我塑造”，假定自己就是银幕上的英雄、公正的法官、幸福的恋人和忠勇的骑士，这种感同身受、顾影自怜与自爱便呈现出一种文化接受意义上的“认同心理”。再如“逃避心理”与“调节心理”，以娱乐片为例，观众面对社会的动荡和人心的难测，在与现实拉开时间距离的艺术中，在通俗、动人、优美的艺术氛围里，进入了幻象的世界，似乎忘掉了生活，超然于社会之外，得到一种“逃避心理”的满足或称暂时的“精神解脱”，从而达到一种“娱乐”的目的。

另外，由于现代社会高度“整齐”的发展，致使人们的生活处于一种简单的紧张而平淡之中，于是，观众便自然产生了寻求浪漫色彩的“调节心理”，以便求得心理的平衡。以情节剧为例，那田园诗般的生活、甜蜜的爱情、和谐的人际关系、善与恶的决战，以及惊险的格斗、紧张的追逐、复杂的推理、离奇的事件，都为观众提供了与平淡生活对应的“奇异”色彩和与紧张生活对应的“释然”的情感，由此为人类的生活构成了理想的补充，由“调节”带来了满足和娱乐。例如，在巴基斯坦电影《田园情侣》中，女主人以慈善之心善待大家，情同手足的兄弟由亲情到误伤，而至获得新的亲情，那美丽的庄园、纯真的少女情意、情人之间的悲欢离合，曾使多少观众为之倾倒。虽然人们并不认为这就是“真实”,但人们宁愿相信这是“真实”,一种解脱与调节,一种“娱心”的满足昭然若揭。

承认“娱心”是影视文化的特征之一,并不意味着贬低影视功能论。如果说“娱心”是一种目的的话,那么,“教化”亦应是一种目的。事实上,“娱心”仅是一个载体,在这个载体中包含着多种多样的教化形态。所以,娱乐有一定的价值,但绝不是唯一的价值。与各种非艺术的教化相比,这里的教化不表现为终极目的形式,而是表现为一种潜移默化的渗透,诸如政治、阶级、神话、宗教、民族意识等一切观念的形态,都可以在这里寻找到一种带有自身价值的位置。但由于电影及电视仅仅是一种艺术和一种文化接受,所以,它又不可能将自己等同于各种观念形态及其表现范畴。但是,如果仅仅强调“娱乐”或“娱心”,便会有将一种文化孤立于“金字塔”之中的嫌疑,上文提及的《音乐之声》与《办公室的故事》就已经证实了一种教化观的潜在价值。例如,《田园情侣》《哑女》一类的影片,其劝善惩恶的思想价值是不容置疑的。再如,经典影片《罗马假日》是一部相当高雅的作品,剧中主人翁是一位从未涉足宫廷外民间社会的年轻公主,面对种种令人心烦的“政事”,她产生了厌倦思想,一种想自由呼吸新鲜空气的感觉促使她在一个偶然的机会步入了“真实的社会”,在与穷记者邂逅并萌发了爱情的一系列令观众忍俊不禁的事件中,公主度过了最自由也是最幸福的一天。在爱情与国事不能两全的情况下,美貌、年轻、机智而又多情的公主不得不选择了后者,给那位穷记者以及观念留下了兴奋和遗憾、娱乐与思考。如果说等级是人性的天敌,而一旦观众从中理解了这一点,便在娱乐中完成了一次精神的自我陶冶,其文化属性的价值也得到了再次确认。正是由于这种价值的内涵十分丰富,致使人们无法寻出其全部“踪迹”。

总而言之,由影视文化的特征引出具体的价值观,其目的只有一个,即在影视艺术存在的分析中探寻一种文化意义的对应关系,而这种对应关系表现出的复杂形态是不能在影视艺术中逐一寻出确切内涵的。但就总体而言,由于影视艺术是影视文化系统的子系统,而影视文化又应具备一种文化所应该具备的最基本特征,所以,这只是在主要特征上寻找影视艺术作为一种文化现象的各种文化属性。当然,这类属性的主要特征又表现为人与文化的关系,而在整体观上,正如人们在对文化概念的阐释中所理解的那样:人,始终处在从原生自然界通过实践迈入第二自然界的过程中,人创造了文化,文化也重建了人本身。至于任何一种具体的文化形式,如神话、宗教、科学、艺术、历史等,向人们呈现出的是一个新的世界,并且向人们显示了其自身的人性一个新方面的存在价值。因此,人与文化是互为一体的,文化是人的一切创造活动的不可置换的背景,而任何文化都是人的文化。所以说,如果将人的本质、人的创造和人性的负面影响等作为文化的层面,那么人们均可将其作为一个整体的人类文化来认识。如果解剖开来,便会发现其与一种文化特征紧密相连的价值属性主要表现为伦理道德、阶级政治、神话宗教、科学经济的不同子系统。由于艺术创造与艺术欣赏是人类专有的情感活动,因此,与如上所列诸范畴相关的。属于整体艺术通则的机制还应包括带有文化制约性色彩的社会情感的生态系统。具体到人们特指的影视艺术存在,则又存在着一种泛文化意义上的外在化形态——群体化状态与辐射式形态。以上多方面的有机统一,便是人们所给出的影视艺术存在的文化属性的“规定性”。

(成果发布时间为2004年)

参考文献:

① 连文光.世纪之交的影视文化[J].嘉应大学学报,1997(1).
② 戴代红.对影视文化的深层思考[J].现代传播,2002(2).
③ 胡智锋.影视文化三论(下)[J].现代传播,2000(6).
④ 南怀瑾.中国文化泛言[M].上海:复旦大学出版社,1996.

一种文化机制：
广义影视教育的通俗形态及其构架

摘　要：造成电影教育学没有得到相应发展的原因主要有两点。一是电影本身的发展，以艺术为主要存在形式，致使理论家们将其归入文艺体系，注意力大多集中在电影的艺术本性上；二是电视诞生之后，人们在传播文化的系统意义上研讨电视，并确立了电视教育的理论地位，从而使理论家忽略了电影与电视之间的联系。由于存在着对教育的广义与狭义理解，仅取广义教育的角度，在对接影视时，势必涉及影像性、类型化及其变异形态的统一构成的广义影视教育的通俗形态。假以一类艺术的接受为基点，一种具有广泛渗透性的文化机制正在形成。其意义和价值是不可低估的。

电影诞生至今已经近一个世纪。作为一种社会存在，关于电影的科学研究同一切既存的科学现实一样，存在着两大分支：一是电影科技，一是电影的社会科学。由于电影科技已经达到一定的水准，加之电视的冲击，电影科技似乎正在进入世界性的疲软状态。相映成趣的是，电影的社会科学却方兴未艾：在理论与历史两大方面，这种发展的标志是电影历史、电影美学、电影哲学、电影社会学、电影符号学、电影文化学等等。令人遗憾的是，电影教育学却没有得到相应的发展。造成这种现象的原因主要有两点：一是电影本身的发展以艺术为主要的存在形式，致使理论家们将其归入文艺体系，注意力大多集中在电影的艺术本性上；二是电视诞生之后，人们在传播文化的系统意义上研讨电视，并确立了电视教育的理论地位，从而使理论家忽略了电影与电视之间的联系。显然，这里出现了概念的歧义，即广义教育与狭义教育，引申到我们论述的命题，便是广义影视教育与狭义影视教育。

在旧有的关于教育的解释中，往往注重两个方面，即“培养新的一代”和

“传授知识的过程”，同时，又将这两个方面确定为对儿童、青少年实施教育的目标。这明显是指学校教育，而教育概念在实质上包括广义教育即教育的社会化变异形态，以及狭义的教育即特指的学校教育两个方面。显然，教育体系由社会教育与学校教育两大系统构成并表现为：一切意识形态领域中的宣传、文化、文艺、传播等部门在实现自身多功能价值的同时，也体现出教育的功能；一切与从幼儿园到大学所形成的学校教育有关的教育部门，担负着人类文化全面继承与发展的教育任务。前者是广义教育，后者是狭义教育。在电影与电视对人类产生强大影响的社会中，怎样在一种文化机制的意义上界定广义教育——广义影视教育呢？

在电影理论中，不管是西方还是东方的理论家们，谁也没有否认电影作为艺术的教育功能。电影作为单独的教育体系，虽然也有科技影片等，却终未形成自身独存的价值。电视问世之后，旧有教育体系的两大方面却出现了新的形态：广义教育的各个方面都在电视中寻找到新的位置，诸如电视新闻、电视文艺以及其他一切通过电视媒介所进行的传播，均为教育构造了新的形式。而狭义教育的各个方面，又以视听媒体为中介，形成了新的“学校体系”，如电视大学等。问题在于，这里的广义电视教育形态除了载体的物质材料不同之外，与电影的既存现实并没有什么两样，尤其是从电影艺术、电视文艺及其一体的视角观察时，二者的相近更为明显。尽管电视并不全是文艺节目，但电视中非文艺节目的艺术化倾向却是显而易见的。这样，我们就有理由认为，在广义教育的前提下，广义的影视教育是具有一体化特征的。那么，广义影视教育及其对影视观众的文化影响，状态如何呢？

诚如上述，广义影视教育与广义教育是相通的，只不过是广义教育通过电影、电视形式达到完成形态时，才认定为广义的影视教育。它在电影、电视形态中主要包括新闻电影、电视新闻、电影艺术片、电视文艺节目以及其他有关的电影、电视形式。据统计，1983年日本的电影观众为1.7亿人次，1984年美国电影观众为12亿人次，中国的年度统计数字均为数十亿人次以上。至于电视的收视率，更是高得惊人。以直接贴近教育命题的青少年为例，西方发达国家儿童看电视的时间已经超出了接受学校教育的正规的上课时间。一位美国学者指出：“对于儿童来说，从他们很小的时候起，电视就已成为不可缺少的伙伴。到高中毕业前，美国学生用来看电视的时间总计可达二万四千小时，而他们上课的时间只有一万二千个小时。"[1]可以想见,在一代新人的成长过程中,影视扮演了多么重要的角色。在儿童的身心发展历程中,影视对他们的智力开发、审美情趣、道德观念、法律意识、社会责任感以及生活常识、处世哲学等都不同程度地成为推动性因素。以中国儿童为例,20 世纪 80 年代中期之后,全国各影院、电视台陆续播放了一些国外的科幻片,这些科幻片虽然在迎合儿童的打斗心理上存在着一定的偏颇,但关于未来科学的幻想则以广义教育的形式渗入中国儿童的心灵,诸如外星人、宇宙空间意识、能源危机意识、机器人与人的关系、生物人等一系列有意义的课题已成为儿童思维中潜在的积极因素。这一事实,成为广义影视教育有探讨意义的"个例"。这种教育呈现出全社会性、开放性、非强制性,赋予人以新的社会化程序观念。这种教育也有负面作用,比如武打片、功夫片,在迎合儿童心理的意义上就存在着不足。当然,从人本心理上看,儿童需要一种嬉戏、一种发泄也是既存事实。这是一个问题的两个方面。

广义影视教育对人类文化发展的影响深刻而广远。作为一个系统,在一种文化机制的意义上,广义影视教育绝不仅仅有益或有害于儿童,而是涉及社会各个层面的泛文化形态。它表现为不是教育的教育本体,不是人本心理的人本心理,不是社会政治的社会政治,不是行为规范的行为规范,不是道德伦理的道德伦理。如此等等,在大文艺与影视形式之间,这一切都是相通的,而尤以影视艺术为立足点,它的自身价值又表现为以情感为中介。但"情感中介"对于任何种类的艺术及其在文化意义上的教育渗透都是合适的,所以,要确立广义影视教育的理论体系,必须在"情感中介"的前提下,探讨属于电影与电视独特层面的属性,且以影视艺术为主要的观照对象,才能在宏观与微观相统一的意义上解开这类理论问题的"结"。

在与广义影视教育相关的命题中,影视作为一类艺术的独特层面包括哪些内容呢?我们认为影像本性、类型化及其叙事特征,与人本心理的社会性变异等两个方面,是区别作为艺术的影视与他种文艺形式的基本点,此两方面的融合,形成了广义影视教育的通俗形态。试分而述之。

先看影像。影像是电影与电视的基本构成形态。但是,影像又不仅仅是影视的"专利"。在法语中,影像被界定为"生理器官通过光的刺激产生的感觉",在英语中影像又被解释为"通过视觉器官获得意像"。无论是感觉还是意像,都存在着一个前提,即视觉器官(表现为看到)与光影的生成(表现为光的一般原理),而这两个方面又都以人的接受与反映为表现形态。人的接受与反映显然是一种社会化行为,所以影像是一种自然形态,也是一种社会的变异形态。在理论上可以如此界定:影像是以人为本,并以其与视知觉的关系为表征的,在自然与社会融合意义上生成的一种人的特殊心态。显然,要点在于社会性变异。其表现大致有两个方面:一是影像的社会性变异表现为人对自身形象的认同欲望及满足的过程。存在形式便是艺术接受,而一类艺术史的发展,在外形式(物质媒介生成的形式因素)[2] 的延传变化中则明显体现出影像的这种特殊性质。当人在现实世界中发现"类"的存在时,便自然地产生了类的认同心理,比如"人是什么"的古老命题,比如"我是怎样的我呢"这样的疑问,都于外在形式上为影像的认同提供了内在的动力。人们在一切与影像有关的艺术面前,都会产生"这就是人类"的判断。其中,内容与本质表现为潜在的决定性,广义影视教育则是这类潜在性的一个层面。至于影像,在这里明显成为一种形式中介,做稍稍的回顾,便不难看出,在人类社会中,一类艺术史的轨迹是:绘画、雕塑、戏剧、摄影,直至今天的电影、电视等都有一种外形式意义上的内在联系[1],即表现为人对自身形象的认同。所以,影像性应视为整体人类艺术心态发展的一个方面的侧影,只是到了电影与电视这儿,由一种"动的形式"引发,使影像成为可感的更为真实的"对象化",亦即人们将影像仅仅归在影视名下的理由之所在。影像的社会性变异的另一层面即为社会内容的制约性。同一切艺术一样,影像的形式认同本身在社会化演进中自然包含着丰富的内容。以"观赏性"为例,明显存在两个层次,一是"看"与影像的内在联系,一是"赏"的目的与内容。正是在"目的与内容"这里,出现了艺术通则的制约性,一切与意识形态、社会思潮、哲理思考、政治观念、阶级意识、文化意识等相关的内容便表现为影像的变化的"内涵"。而这诸多因素无疑会成为广义影视教育的"变化的内容",任何一种"内容"视角的观察,都会带来一种既定的关于影视艺术与影视教育的一种答案,即"横看成岭侧成峰"。那么,为什么说在广义影视教育的命题中,当以一类艺术为审视的主体时,影像性是构成广义影视教育通俗形态的一个方面呢?我们认为,从形式发展的角度观察,艺术进步的标志之一便是人在假定性形式中逐渐与现实人的真实性趋于一致,形成一条永远不能相交的"渐近线"。正是在这个意义上,影像性呈现出艺术接受的普及性，其中的要义在于符号文化与影像文化的中介属性的不同。在人类文化史中，从总体上看，人的思维是从简单到复杂的发展形态。在茹毛饮血的时代，人所具有的思维是一种前影像思维，或称简单的初级的影像思维，它以自然本能的影像形态看取世界，不具备抽象的能力。当文字产生之后，这种前影像形态便在人的思维中退居次要地位。一种崭新的符号文化及其抽象的思维形态便成为人类思维的主要形态。但是，在艺术的创作和欣赏中，以影像为表征的一类思维仍然占据着重要地位，只是这时的影像思维是与前影像思维不尽相同的，在前影像思维中，抽象的成分极少，但在影像思维中，抽象与逻辑成分已成为不可或缺的部分，甚至以符号为表征的抽象思维如文字的符号性思维在文艺接受中，也必须依赖符号或文字代码的分解、重组，且以潜在的影像性出现。

时至今日，符号思维与影像思维已成为互补的思维形态。应该指出的是，前影像思维具有鲜明的“影像”特征，类似单个人的婴幼儿时期的思维，主要表现为现实世界“实像”的“影像认同”，所谓树木就是树木，河水就是河水，而没有创造出树木、河水的具有代码意义的文字形态。在这种前影像文化基础上逐渐产生的符号文化也存在着一个过渡时期，如中国文字的象形本质便是这种发展的一个例证。当以图形的“鸟”字终于成为代码意义上的“鸟”字时，前影像文化便不在人的思维中占据主导地位，而代之以符号的思维形式。这是人类智力发展脱胎换骨的革命的完成。但是，当符号文化成为人类的主导性文化形态时，以影像思维为特征的影像文化并没有退出历史舞台，而是在与符号文化分庭抗礼且互相渗透的并行发展中缓慢地变化着，直到电影与电视技术发明之后，这种文化才在科技的“助产”下迅速地发展起来，尤其是电视普及之后，这种思维——文化的一体意义才更加鲜明。

从以上两种不同载体的文化看，影像思维的普及性表现为影像的不可描叙性以及影像接受的直捷性——直感与快捷、简单亦明确。[3]从文化接受的角度看，人种、民族、历史等的差异性在符号文化中首先表现为语音性障碍，其次才是心理、民族、历史等方面的相异性。但在影像文化中，这种语音性障碍已经大大缩小了：动态的、直感的影像给人们带来了新的跨国界的沟通，其深层意义可以表述为人们找到了新的对世界认同的方式，或者说人们在新的形式中找到了已经失落，且应该属于自己的对世界的认同途径。显然，影像文化的普及性远较符号文化更为广阔，由于其在形式上更接近人自身，使一切有益、有害、有利、有弊的各种复杂的人文因素更宜于被作为教育的内容与接受主体形成融合。当然，影像在这里仅仅是一种形态观念，一种假借文艺形式完成的、具有通俗特征的广义影视教育的形态观念。

广义影视教育的通俗形态的另一个层面，我们认为是这种形态在以文艺为主体而完成的创作与接受的动态结构中，存在着另一种形式的内涵，或者称为内形式的内涵，一般主要指影视艺术的类型意识与类型化形态，因为类型在理论研究中属于"内结构"，因此，这个问题又涉及叙事形态与人本心理的社会性变异。

所谓类型(genre)，在艺术理论中，常与"样式"通用，也有的理论认为类型就是由于主题或技巧的不同而形成的"种类"。只是当类型与意识构成一体时，便不能仅仅用"样式"或"种类"来概括。因为类型电影或类型电视主要是指具有某种固定化模式(类型意识)的影视创作。西方学者认为：划分文艺类型的标准，一个是外在形式(如特殊的格律或结构)，一个是内在的形式(如态度、情调、目的等)，以及大致的题材和读者观众范围。④ 以青年群体论，性知识的科教片未必能起到青春片的震撼作用，因为在接受主体这里，需要的不是解剖人的生理，而是一种青春期的情感满足。所以，当我们审视广义影视教育时，便会发现影视艺术的类型意识并不仅仅是形式，而是形式(影像)与内容的中间状态。因此，青春片的创作就不能过分刺激感官，而应以追求净化心灵、美化情感为宗旨，从而寻求广义影视教育积极层面的发展，尽量回避其负面作用。这里，影视教育反作用于影视文艺，形成一种拥有特定观众群的类型影视作品。既如此，类型意识怎样与影视教育的通俗形态相通连呢？有必要以影视文艺为表述对象，全面解剖影视的类型。

我们认为，在总体上电影、电视仅有三大类型，即先锋电影与电视、严肃电影和电视以及娱乐电影和电视。广义影视教育的因素全面地存在于这三大类型之中，但在三种类型中的表现却存在着一定的差异：在先锋电影、电视中，由于其创作的主要注意力在于形式的发展，所以，它的观众面较窄，一般与通俗形态有一定的差距；在严肃电影、电视中，由于其表现内容的严肃性，如哲理性、历史性等，使这类影视片中的教育因素只能具有较为严肃的面影，因此，虽有通俗成分，却不以"通俗的影视"为主；只有在娱乐电影与电视中，一切普及性、一切通俗性都成为此类影、视片内形式与外形式统一的形态，从而使广义影视教育的因素在这里寻到了一种更宜于被接受的“保护色”。从创作与欣赏相统一的角度出发，不难发现娱乐电影、电视作为类型电影或类型电视是具有某些较为固定的形态的，而这些固定的形态又与叙事密不可分。

对于人来说，每一个个体均对情感有一定的要求，而这种要求在文艺接受中又常常表现为对叙事的依附。对于前者，在整体文艺中又视为一种艺术通则，而对于后者在不同的叙事文艺中，却有不同的形态，即表现为怎样叙述。以最常见的电视文艺中的家庭剧为例，我们会发现，这是一种广泛流行并被普遍接受的电视文艺的类型。人们正是通过电视文艺对世态人生中的浑浑噩噩、复杂的情感纠葛予以心理上的认同，一切情感均建立在人性的基础上，并且披上社会、家庭、伦理、阶级、政治、神话的外衣，被纳入一种情节框架之中，形成人们普遍接受的景观，形成通俗电视文艺的完成形态，亦形成广义影视教育的通俗形态。当创作主体与接受主体形成一种审美对应时，类型意识便在两方面形成了共同的积淀——新一轮的审美实践便会不自觉地因袭一种“模式”。广义影视教育诸因素便在这类模式中寻找关系，其中，尤以人本心理为重，因为只有在与人本心理的需要相关的因素中，“模式”才能够形成并逐渐演化为固定形态。如与人的性意识相关联的观淫癖、性爱价值等因素；如与人的生存——竞争本能相关联的英雄崇拜意识、自我调节心理因素；如与人的忧郁本性相通的对人生的虚拟化因素等，都可能成为影视文艺的类型化因素，亦将成为广义影视教育内容与形式的统一形态。

显然，由影像到类型，我们已全面理清了广义影视教育因接受特点、接受形式不同所形成的内外形式的线索，这种线索与通俗的文化形态融为一体。因此，对广义影视教育的全面考查必须涉及内容问题。事实上，广义影视教育是一个无所不包的概念，一切构成理性思维的有机部分，一切通过情感中介传达的悟性，一切与人生、哲理、政治、阶级、宗教、神话，以及意识形态等等相关的命题及其在影视中的变异形态，都可以表现为广义影视教育的内容。在广义影视教育范围里，影视文艺的渗透如同影视文艺本体一样，以一种人本心理为轴心，形成多侧面、多层次、全方位的转动，织构出一幅多彩多姿的“图画”。如同体操比赛中的“托马斯旋转”一样，站在任何一个角度，都能从一种内容的意义上找出其价值。但只有全面审视，才能解剖“这一个”的动态结构，发现广义影视教育作为一种文化机制在内容上的通俗性。

在中国，进入 20 世纪 80 年代之后，电视开始形成普及态势，日本和香港的电视剧曾垄断了我们的电视剧节目。以其中较有影响的日本电视连续剧《血疑》及其“血的系列”片为例。许多评论认为人们欣赏此类电视剧主要是冲着影星山口百惠的，这不无道理。但如果做深层分析，便会发现纯情少女的形象在我国文艺创作中，因时代与历史的限制，较长时期里已不复存在了。因此，在大众心理中积存着一种企求，所以才会形成这种家庭剧的普遍接受，并因此使这种欣赏成为通俗文艺欣赏的一部分：教育因素在这里表现为对异族文化的概括性了解，以及对本民族文艺政策变化的理解与认可。当然，情节与情节心理在这里也成为艺术接受与教育接受的形式因素。反观这类电视剧在日本也曾引起轰动，从轰动效应的角度看，除了对山口百惠的审美认同心理之外，还存在着对剧中人大岛茂作为慈祥父亲的崇拜心理，日本影评人称其为标准的、现代的、理想的父亲。艺术接受与教育接受的融合，明显反映出一种文化的师承性与变异性的统一，主要表现为社会既存伦理观念与社会逆反心理的潜在冲突：只要我们回顾一下“严父慈母”的古训，只要分析一下日本男性主宰地位的文化形态，便会发现这种对“慈父”的全社会性的崇拜是有其深刻的文化根源的。由此，一种艺术接受与教育接受的普及性或称通俗形态便昭然若揭了——只有具有深刻文化背景的内容，才可能成为广大观众的审美及审美教育的“对象化”。在当今时代，与人类曾经从崇拜神到崇拜人的历史发展相似，人们乞求的是新的英雄化时代的到来，美国西部片 20 世纪七八十年代卷土重来的事实便是一个证明。而这种总体心理在个体中的表现可解剖为：假定我就是促成文明发展的“勇士”这种潜在的骑士精神，便表现为一种英雄崇拜的社会心理。但是，上举“大岛茂的慈父”形象则与西部英雄崇拜在内蕴上呈反向性，即对英雄内涵的理解不甚相同，但二者共同表现的对英雄的崇拜心理明显系一种人本心理的再现，即呼唤英雄与呼唤慈父具有不同的文化背景，却有相同的文化意义。教育的渗透性之所以在这里表现为通俗形态的意义，显然在于一种文化接受的广泛性。

再以言情影视片与武打影视片为例予以进一步说明。

同样是20世纪80年代中期,台湾女作家琼瑶的作品曾风靡大陆并成为影视竞拍的对象。联系到台湾琼瑶电影兴盛的历史,我们可以从中窥见一种心理认同,即一种青春意识与言情形式的结合,已经外化为人们通过电影、电视等艺术形式认识世界的情感形式。其中,主题性抽取与教育因素可以表述为对世态人生中的浑浑噩噩、复杂的情感纠葛的认识。大千世界中,最复杂也最简单的就是人情,这种人情建立在人性的基础上,披上社会、家庭、伦理等外衣,被创作者纳入一种情节框架之中,便自然形成艺术的通俗形态。美国电影《走向现实》虽不属于严格意义上的言情片,而是严肃的社会问题片,但当男主人公在真正的爱情与他执着地追求了多年的事业发生冲突的时刻,他最后的抉择便将一种教育内涵显露无遗:社会竞争的残酷性是社会的一种弊病,当男主人公在达到事业全盛却又突然抛弃它时,便立刻表达了一种"人—社会"的观念,即张扬人的本性的真与善、鞭挞异化了的人与社会的假与恶。由于这种命题在人性的意义上拥有最广大的观众,所以,一种艺术与一类教育便以一种通俗的形态巧妙地结合在一起。

至于武打片,与西方的警匪片具有同样的类型意义。这类影视片在反映社会问题的面纱下,主要与观众主体意识中的"打破平衡"的心理相关。著名文化人类学家普列斯顿曾提出人始终在平衡与非平衡之间的论题,武打片或警匪片也可以从这一视角予以解剖。事实上,从心理学角度看,这类影视片的惊险性、打斗性与人本心理中的征服欲相关:征服与占有是人本心理中的一个层面。但在道德社会中,秩序、伦理、法律,早已成为随意征服、随意占有的强有力的约束。于是,这种人本心理所产生的"能量"便在社会与艺术中寻找发泄点——在社会中,成为罪犯;在艺术接受中,成为潜在犯罪及其假释。越轨社会心理学告诉我们,在这类艺术接受中,人们在心理上假定自己就是警察或者匪徒、假定自己就是能够飞檐走壁的武林人士,人本心理中的能量便在这种假定中得以释放。而社会道德的规范在这类艺术中已变化为具有教育属性的"扬善惩恶"的具体内涵。所以,人在这类艺术接受中的总体特征依然是积极的,至于这类艺术接受存在着负面作用,即个体接受可能导致社会犯罪与文艺欣赏及其负面教育之间的联系,我们认为,这是一种复杂的社会集合效应,单单采取回避的对策是不妥的。由影像性、类型化及其变异形态的统一构成的广义影视教育的通俗形态,以一类艺术的接受为基本点，正在形成一种具有广泛渗透性的文化机制。加强这方面的深入研究是理论界的重要任务。

(成果发布时间为 1990 年)

【注　释】

⑴ 艺术的分类有多种途径，仅以一种视角观之。参见拙作《论电影剧作本体》，载《湖北师范学院学报》1989 年第 1 期。

参考文献：

① ［美］J·库尼.儿童影视的未来[N].今日美国，1984–9–6.
② 戴剑平.新中国成立以来电影文学本体研究中纵横[J].当代电影，1987，(6).
③ 戴剑平.影像本体及感应的直捷性[J].长沙水电师院学报，1987，(3).
④ ［美］韦勒克，沃伦.文学理论[M].北京：文化艺术出版社，1988.

论文化与影视文化

摘　要： 无论是广义还是狭义，文化都是人的活动，既是一种历史，又是一种环境，且具有实践性和层次性；影视文化是狭义文化的类存在，具有普及性、实践性特点，又改变了人类传统的感知方式和广义文化意义上的心理结构。

文化者曰何？自古至今，关于文化这一概念的使用和演义已经达到了相对泛滥的程度，以至于我们认为，是否能够给予一种评价：文化概念的泛化性使用，已使人文科学界出现了“理论灾难”的状况。但是，在语义文化学的意义上，直到今天，面对“泛滥之灾”的文化概念的混乱现状，我们仍然无法摆脱对这个概念的依赖。原因在于，文化的确是一个“纲举目张”类的概念，舍此，则人文研究将无所依附。故，我们仍以“文化”的概念导入。

一、广义、狭义及其针对性：文化概念的界定与取舍

什么是文化？哲学、政治是文化吗？经济、艺术是文化吗？人的衣食住行以及人类历史是文化吗？文化的范围之大，表现为无所不包。世界上对文化的定义虽不能说是汗牛充栋，却也是众说纷纭，莫衷一是。对文化的每一种定义都可以是一种观察“视角”。如此，便所有的东西都可以称“文化”——从衣、食、住、行到思想、意识，甚至社会历史，难道不都是文化吗？如果说这是一种广义文化观的话，那么，与之对应的则是狭义的文化观。所谓狭义文化主要指一种精神文化，比如我们常说的传统文化，尽管在内质的解释上各不相同，但更主要的是指社会历史的精神现象，像具体的儒家文化等更具这种判断的表征。如此，文化又什么都不是，文化就是文化自身。那么，在与我们特指的影视存在相关联的视角中，应取何种文化观呢？显然，要全面解释这个命题的内

涵,仅仅承认文化是一种精神现象是不够的。比如,我们说影视艺术是一种科技发展的产物,就未必不涉及人的物质生产。所以,任何绝对的限定都是不存在的。正如对任何艺术作品的主题应取"主要的而不是次要的题旨"一样,我们这里主要取一种精神现象的判断,问题的关键在于,只有给出关于文化及影视文化内质上的最一般意义的回答,才能全面解释影视作为一种物质与精神双重存在的文化属性。文化是人的活动,是一种历史,又表现为一种环境。任何历史总是特定环境下的历史,任何环境都表现为人类在社会生产和生活过程中与周围其他事物的联系。具体到人的活动,大致可分为两个方面:与物(自然)的关系和与人(社会)的交往。由此,环境又有地理与人文之分,前者反映着与人类活动密切相关的那部分自然社会,后者则反映着与人类活动密切关联的那部分社会背景;前者较多地体现为横向的空间的联系,后者较多地体现为纵向的时间联系。人文环境主要表现为文化的历史,它在人类历史发展进程中的地位十分重要,它反映累积的文化传统的历史再现,并表现为历史对现实的干预,又通过这种干预去塑造未来的历史,即它作为历史的产物,同时又参与了历史的创造。认定了文化环境与人类社会的同步产生,也就得出了相应的答案, 即人们的社会生产和生活方式构成了一定的文化形态,反之,一定的文化形态同时成为人们社会生产和生活的环境条件。具体说来,由于文化是一种生态形式,所以,就存在着原生成形式和社会历史形式,而后者又可分为社会发展的融合及文化反作用于社会历史的制约性两大方面。在原生成形式的文化范围里,我们看到的主要因素有地理环境、生产方式、社会文化心理等。比如在地理因素上,南方人崇拜蛇,北方人崇拜熊;在生产方式上,有农业民族和游牧民族;在社会文化心理上,一种风俗和一种神祇崇拜表现为一种社会化的文化心理,如文身、如基督教与穆斯林教就在文化语言的内质上形成相异的心理模式。在文化是社会发展的融合的范围内,我们看到随着社会的发展,不断有新文化因素的生成和发展。一切新的社会生活方式取代了落后的生活方式,先进的科技淘汰了落后的工艺,进步的社会意识形态战胜了旧的道德观和价值观——正是在这里,文化的历史形成了全球范围的传播与联系、融合与分解,这种与历史发展同步进行的形式标志着文化的新陈代谢。以我们特指的影视尤其是电影的发展为例,在文化融合的意义上,我们看到以下事实:中国的影戏(皮影)形式先传至德国,继而传至法国,直至

1769年后才在西方正式称为影戏,并成为重要的通俗娱乐形式。这种事实表明,以一种文化发展论,它直接刺激了未来电影生成的技术与艺术统一的文化意识。同样,从文化反作用于社会历史的一面理解,文化的发展及变化始终与社会的发展及变化联接在一起,并往往形成一种先声的姿态,如20世纪初中国的"五·四"新文化运动与现代中国革命历史的生成。相反的事实也证明,文化环境所制约的惰性亦有一种历史的姿态,如中国传统文化中对自然科学思想的排斥,便是形成近代以来中国落后的原因之一。但是,在整体上又必须看到文化的进步性。如此,有必要对文化传统与现时文化做稍稍的解释。

所谓传统就是储存,储存就是积累。"过去时"的知识传到"现在时"的一代,并经过某种程度的变异再传给"未来时"——传统是知识或者说是观念的流传,这种流传主要通过符号、语言、形象与概念以及一切人际交流活动而实现;传统是人类高级思维活动的产物;传统的运动特性是引导和制约精神活动,统而观之,传统可以表述为观众的储存与流传。传统不等于历史,就文化本身而言,它并不是一种凝结了的过去的实体,而是永远在"现实"中被理解和复制的流程。这样,任何现实文化都应是传统与现实的统一。因为每一代人不仅是文化的承受者,也是文化的创造者,所以,尽管传统是在历史中形成的,但对任何人来说,它们都不仅仅是"历时性"的,还是"共时性"的——任何时代的文化都是历史的积淀、凝聚、结晶、筛选及融合的一体。所以,人们就生活在这样一种文化氛围中:过去的历史与现实生活中的事物和观念,以及二者的统一及各自的扬弃的总和。

此外,必需提到,文化还是一种社会实践并且具有层次性。在整体意义上,社会生活的本质是实践的,人正是在实践中使自己获得区别于自然并超越自然的内在本质。所以,文化可以视为人类实践的功能、方式的总和,或称为人与自然、人与世界全部复杂关系种种表现方式的总和,是人类实践的产物。正由于文化是人向自己所面对的自然和世界做出的实践反应,是人对社会实践的一种回答,又有文化非统一的现象产生——生活在不同的自然条件下,有着不同的历史经验和心理结构的人们,实际上面对的是各不相同的世界,因而在不同的社会实践中,文化也就呈现相异状态。以艺术为例,影视艺术就与非现代的文学或戏剧有着实践意义的巨大差异,而这种差异又标志着文化的层次性。假如对文化作剖面观察,便会发现除了哲学、法律、意识形态等上层建筑表现为一种理性形式之外，在非理性或不完全理性的范围中，还存在着风俗习惯、生活方式、民族心理、国民性、思维方式等许多层次，当然，在每一具体的范畴中，亦有更进一步的层次划分。我们所特指的影视艺术作为一种文化现象，显然与这类文化的特性有着不解之缘。

在进一步说明一种特指的文化特征之前，参照如上所述，我们究竟应该给出怎样一种背景意义上的“文化前提”呢？我们认为，在泛文化（宏观文化）与具体文化（微观文化）统一的视角中观察，文化的主要特点可以表述为：一、文化是有进步发展态势的历史的世界的标志；二、文化具有人类生存方式的系统性、群体性特征；三、文化无所不在；四、文化具有个人性且与群体性相统一；五、文化具有可探寻的规律性；六、文化有地域性、时代性的差别；七、文化有变化或变异的特性；八、文化具有不同的呈现形式且受制于其内容。

如此，便是我们对文化概念的界定与取舍。那么，与之对应的，我们特指的影视文化的面影该如何勾画呢？

二、既往与现实的影视文化概念认同及解析

影视文化，显然是将电影与电视作为一体的形式认识的。事实上，电影与电视的区别却是明显的，所以，就有电影文化与电视文化之别，进而又有以电视文化取代电影文化之说。我们以为，电影与电视的差别固然存在，但上升到一种文化观念上认识，二者的统一又是主要的。为了明确地说明这一点，我们在与电视文化概念对比的意义上确立影视文化观念。

电视文化论者认为电视文化之所以成为一种独立的文化形态，其标志是电视引起文化系统内部结构的变动，带来了人类文化活动方式的革命，而且改变着人类传统的感知方式和文化心理。那么，作为姐妹形态的电影是否也具有以上几方面的意义呢？回答是肯定的。

所谓文化系统内部结构的变动，主要指一种艺术产生之后所形成的其他艺术的变化及各种对应关系的调整。如电视产生之后，在世界范围内出现的“戏剧危机”“电影危机”，甚至一般以登载小说等为主的书刊危机等。的确，电视的产生所带来的这方面的变化是巨大的，如美国 1951 年各拥有电视台的城市的电影观众就下降 20%～40%，甚至关闭了几百个电影院。相同的事实

是,电影产生之后,也出现过类似的戏剧危机,甚至当时就有人提出戏剧消亡的问题,但事实上戏剧与电影直至今日仍在不断发展着。问题的关键在于电影与电视的产生对一类资讯、文艺接受所产生的巨大冲击,在实质上是接受形式,即在技术与艺术统一意义上认识的影像本体的冲击。这种影像接受改变了人们固有的艺术思维形式,使人们找到了对自身、对世界形式的最佳认同形式——绘画的静态、戏剧的间离效果、小说的语言符号重组,在其单独的意义上都是人类认识自己的形式之一。但是,在形式的接受历史中,其形态的演变却存在着与世界本来面目的"本体异化"问题,主要表现为对从真人(实体)传播到虚拟传播的变化及其不平衡,而电影,进而至电视则一扫这种不平衡,在人类文明从电的时代到电子的时代的历史发展中,借助现代科技,适应了人类原有的形式认识本能。当然,这种本能性适应也因而改变着对世界内容的认识。但这里的关键在前者,因为"内容"在不同的艺术的发展中都可以随着社会的变革而变革,而这种形式的变化是导致此刻人类文化系统变动的重要原因。

再者,关于人类文化活动方式的革命,电视倒的确不同于电影:电影没有改变戏剧原有的生活意义上的接受方式,即是从戏院到电影院;而在同等意义上,电视将观众从影剧院拉回到家庭里,这种变革的意义十分重大,"整个人类生活方式"因一种技术与艺术结合的产物的诞生,发生变化的内涵将有无限宽广的内容。如果我们仅仅在阶段意义上认识这个问题是不妥当的,因为任何一种发展观都不能仅仅是静止的观察事物。请看这样的事实:由于电视把人们从群体的社会拉回到个体的家庭,便带来了人际关系的新型淡化形式——人们可以在极短的时间内了解世界各地发生的一切,却也在相当长的时间里不知道新近的邻居为何许人也,甚至楼上的老人死去多日也无人知晓。这绝不仅仅是电视的罪过,但电视成为人际关系新型淡化原因之一的事实却是公认的。

当然,作为媒体资讯的电视,其接受的整体性和广泛性,又在制造着电视接受的滞后性的同一舆论的话题,如次时性的办公室话语状态多表现为对前时性的电视资讯内容的讨论。这就使电视接受形态具有了分散接受的同步认可性:一方面是人与人的隔膜化,另一方面又是话语的同步性。进一步的变化是,电影重新振兴,电视在媒介上向有线方向发展即形成电影——电视的统一体制。以美国为例，早在20世纪80年代中期，两亿人口平均每100人就拥有77台电视机，但9大制片公司每年仍生产故事片150部左右。另外，还有一些独立公司生产近百部影片，在世纪转换前后的数年间，其电影利润也在不断上升；同样，日本、法国等发达国家都有类似情况。所以，仅以阶段的一些变化来断定电视是使人类文化活动方式发生了彻底的变革是欠全面的，未来的发展还是一个未知数。根据目前世界各国的趋势看，自电影、电视产生以来，大都经历了一个从电影危机到电影再度繁荣的阶段，并且是以一种与电视一体化的趋势发展着。电视电影的产生，多媒体的发展，特别是网络的建立，都为二者的一体化提供了理论实践和技术背景。因此，在一定的体制下，电影与电视将更好地一体化地为人类文明服务。

电视改变着人类传统的感知方式和文化心理的判断，显然是指以上两个方面的统一，但由于电视文化论者的以上两种意见尚不全面，则造成这一立论的不足。电视文化论者在这里主要提出两个论据，在展开的时空里，这两个论据并不排斥电影的类型质论据之一，即借助爱因汉姆的说法，认为电影向人类提供了一种特殊的视觉映现世界的方式，这种方式在人们的认识能力、认知心理、感知方式上都带来了巨大的变化，从而对人的意识范围、观念系统产生一种前所未有的扩展和冲击。的确，在这一点上，电视较电影前进了一步，其标志是电影主要是一种艺术接受，而电视则是广阔的信息传达，但在视觉方式的内质上，二者的共同点表现为影像本体质，这种本体质包涵两种基本内容，即影像性与广阔的时空观。这样，我们就无法排除电影于一种影像文化之外。举一个具体的例子便能更好地认识这一问题。电视，在目前阶段有许多技术原因造成的不足，因而，现代电视的技术研究有以下几种趋势：高清晰度、特大屏幕和超小屏幕、超薄形态以及数字化等。毋庸赘述，这几种趋势，除超小屏幕有追求"动态连环画"和"有像收音机"的态势之外，其余几种趋势都潜在地证明，电视在拼命模仿电影——清晰、大屏幕，可以挂在墙壁上的超薄形态的"电影"，而且，现在这些技术形态已有相当一部分已成为现实并已进入消费市场。如果再联想到录像及磁盘系统的普及，便不难发现，尽管在时间观念上，电视与电影不同，但在影像与时空统一的意义上，二者仍然是类同之物。论据之二，电视文化论者借美国未来学家阿尔温·托夫勒的观点，认为电视带来了人类思维方式的变化。这里，不妨也将托夫勒的原话照录于后："电视这种视觉技术的迅速发展,尤其同电脑、新的形象和数据储存等相结合,可能不仅仅对文娱节目、纪录片或一般意义上的信息产生巨大影响,同时对我们的思维方式——我们思维的层面,以及对我们自己在宇宙中的概念也会产生影响。"[①]显然,这主要指一种人类思维方式的变化。这种变化的意义是巨大的,但如果在这里割断了电影与电视的必然联系,则又是失之偏颇的意见。事实上,在电影产生之后,许多艺术大师和理论家都对这一问题有本质的认识。早年,格里菲斯就依据电影的产生推断人类未来的影像思维特性,并以现代图书馆将被影像收藏形式取而代之的例证加以说明;贝拉·巴拉兹则提出,电影的诞生使人类有了"新的感受能力";我国电影理论家于敏则将电影思维提高到一种思维形式的高度来认识,他认为所谓电影思维是一种独特的形象思维,是按电影的特殊规律所进行的想象活动,进而言之,电影思维之不同于文学的、戏剧的、美术的、音乐的形象思维,其区别是"质的区别"。显然,这里"电影思维"的概念是值得推敲的,但其内质则是在"影像本体质"的意义上首肯了电影的独特价值。再联想到电视将这种"新质"推而广之的事实,便不难看出,要在一种感知方式的意义上,断然将电影与电视统一的文化意义割裂开来,是欠妥的。事实上,电视文化论者在这一论据中所提到的托夫勒的观点,并不排斥影视一体的意义。所以,电视文化论者也不得不承认,电影的发展,培养了观众新的思维形式,如属于电影的时空交错、快速切换的节奏、闪回手法等艺术特点已成为一种"思维定式"。事实上,电视在类同的意义上并没有完全"换一副面孔",只是有进一步的发展罢了。由此,在以上三方面的对比分析中,我们已经确定了一种影视文化观念。这种观念主要包括:影视一体化,影像本体,未来的趋同走向以及电影与电视在发展阶段意义上的区别。

(成果发布时间为 2004 年)

参考文献:

①〔美〕阿尔温·托夫勒.预测与前提[M].北京:国际文化出版公司,1984.

电视文艺电视教育电视的商业形态

——论电视文化的三种基本类型

摘　要：随着电视的普及，电视文化也已成为一种普通的而作用很大的文化形态，根据其作用、特点及性质可分为三种类型：一是电视文艺，它作为电视文化一般的形式出现，既表现出通俗的文艺特征，也显示出雅文化的特征；二是电视教育，构成电视文化的又一种形态，具有“选本”文化的特点；三是商业形式，电视文化的商业性远远超过以往一切文化的商业性。

一、作为一般文化形态的电视文艺

电视最初并不是用来传播文艺，而是“可以看见的无线电”，但很快，以电视剧为主体的电视文艺便在电视中占据了重要位置。应该承认，作为文化形态，电视文艺是观众与电视之间联系的桥梁之一。观众，作为自然人与社会人的统一，在其复杂的心理需要中，往往以文艺为自己的第二世界，并借以达到多方面的心理满足，而电视中的电视文艺便具有与一般文艺相同的性质，即电视文艺作为一般的文化形态适应了观众的心理需求。在这个意义上，我们认为电视文艺一方面表现出通俗的文化特征，另一方面又显示出雅文化对比的变异，二者共同构成一种审美价值，形成电视文艺的特殊性与规律性的统一。显然，我们必须先给出电视文艺的理论描述，然后才能具体分析以上的三个层面。

所谓电视文艺，主要是指以电视剧为主，包括通过电视转播达到与观众交流目的的一类视听艺术。在目前阶段，大致有这样一些形式：电视剧，包括电视单本剧、电视连续剧、电视短剧、电视小品等；其他电视文艺形态，包括电视报告、电视小说、电视诗、电视散文等；转借电视形态问津观众的文艺形态，包括通过电视转播实现交流形态的电视戏剧、电视电影、电视歌舞、电视音乐等。从接受美学的观点看，任何艺术形态只有在与观众形成交流的过程中才能有最后的完成形式，以上电视文艺的种类亦同。作为整体文艺的“种属”部分，电视文艺同样具有教育、审美等多复合效应。电视文艺发展的实际证明，它打进了其他艺术领地，而其他艺术也大规模地渗透到电视中来，电视不仅承担了大量传播几乎所有艺术部门的艺术成果的使命，而且直接参与了文艺创作的过程，产生与形成了一些仅仅与电视存在联系的艺术样式或品种，这便是电视剧、电视艺术片、电视报告等电视文艺样式。应该承认，这类艺术给人们的审美活动带来了变化，它不仅冲击了其他文艺部门，而且已经引起了其他文艺结构的调整，人们已经越来越多地通过电视来接受各类艺术，并从中获得大量信息和审美上的满足。这使电视文艺必须具有较之其他文艺形式更通俗的特征，因为它拥有广大的接受面，才使得电视文艺成为普及的文艺形式，一种大面积传播的载体属性制约了这一点。同时，由于各种固有文艺形式已具有雅文化的属性，当这些文艺形式通过电视与更广大的观众的心灵形成碰撞时，便自然形成了雅文化的扩展形态。可见，由于文化本身具有社区属性，处在社区文化之中的电视文艺也自然具有了社区文化的属性。此外，由于电视传播形式的制约，由于电视接受的随意性较强(时间的随意性与家庭环境制约的随意性)，电视文艺在形式上必须具有较强的自身独存的特点，比如为了抵消观众接受的非注意心理，更有效地将观众拉在电视机前，电视文艺或者说是叙述形态的电视文艺就应该具有较强的情节性；再如，由于电视接受的视听原则的存在，所以，电视文艺在“看”与“听”两方面都应追求一种形式之真，使观众自然地将身心融人一种特定的审美环境之中，从而形成电视文艺接受的真实性。

从以上对电视文艺的基本描述可以看出，在观众与电视一体的意义上，通俗的电视文艺、雅文化在电视文艺中的变异以及电视文艺的审美价值应是电视文化作为一般文化形态必须论辩的课题。

我们认为，在与观众一体的意义上，作为通俗文化的电视文艺既要表现为形式中介的通俗意义或称为通俗的形式，又可分解为影像接受的普及性和类型意识与类型化形态。

所谓“影像接受的普及性”，其要点在于符号文化与影像文化的中介属性的不同，即影像文化主要依赖影像的直观感受的直接性而存留自身。显然，这种以“看”为主的影视艺术在形式上拥有更多的“读者（观众）”是确定无疑的。至于类型意识与类型化形态，与电视文艺的另一种分类无关。我们所给出的这种分类意见认为：电视文艺可分为先锋的、严肃的和娱乐的。一切具有形式创新且超出大众接受能力限度的具有发展意义的电视文艺属于先锋的电视文艺；一切具有思辨价值的伦理电视片、战争反思电视片、传记电视片等是严肃电视的“中坚”；一切具有“喜”“闹”“幻想”“神奇”等色彩的电视片，如惊险电视片、推理电视片、喜剧电视片、科幻电视片、歌舞电视片、武打电视片等都属娱乐的电视文艺。显然，只有在后者这里，一切普及性、一切通俗性才有较强烈的表现。从电视创作与电视观众欣赏相统一的角度考察，便会发现娱乐的电视文艺是有某些较为固定的形态的。如情节性与情节心理的统一便是这种固定形态的一种重要的理论命题。以最常见的电视文艺中的家庭电视剧为例，这是一种广泛流行并被普遍接受的电视文艺的类型。显然，由类型化作品到类型意识，是创作与欣赏，或者说是电视与观众的共同性产物。当创作的主体意识与欣赏的主体意识在影片中充分体现时，当二者的合拍形成一种纯美对应时，类型意识便在创作与欣赏两方面形成了共同的积淀——新一轮的审美实践便会不自觉地因袭一种“模式”。显然，这类模式的形成与人本心理有关，因为只有在与人本心理的需要相关的因素中，“模式”才能形成并逐渐演化成固定形态。如与人的生存——竞争本能相关的英雄崇拜意识、自我调节心理的因素；如与人的忧郁本性相通的对人生的虚拟化因素等，都可能成为电视文艺的类型化因素。它们共同构成电视文艺通俗化的基础。

既然电视文艺已经表现为通俗的存在，是否就不具有雅文化的属性了呢？

所谓雅文化只是相对于文化的通俗性而言的。它在一般意义上代表提高的文化层次，而提高的文化层次显然是既相对于普及文化又相对于固有的雅文化的。因此，雅文化应是一个变体。在电视文艺中该如何认识雅文化呢？以电视文艺中的形式论，在电视中播放的具有先锋意识的探索性电视艺术片、电影艺术片、特供的电视歌曲、电视舞蹈；具有时代思潮性质具有历史思辨色彩的电视报告、电视新闻中的某些高科技、高文化层次的报道等，都可能成为雅文化的组成部分。在内容上，这些组成部分一般都具有雅文化的多重属性：

反叛性、继承性、时代感、历史意识等等。但是,与其他文艺形式不同的是,电视文化中的雅文化属性往往与通俗的形式结合在一起,而不是像曾在20世纪80年代中国风行过的寻根小说那样,仅具有一定的读者层次,电视文艺可以是纯粹的雅文化形式如先锋电影《雾界》(中国广西电影制片厂制作的先锋电影),在未公开放映之前就先在中央电视二套热播;同样,电视文艺也可以通俗的形式达到雅文化的渗透。比如20世纪80年代末期,中国各电视台先后播放了美国电视动画片《变形金刚》和电视连续剧《恐龙特急克塞号》,这类电视片曾引起一定的争议。一种意见认为这种打斗的形式会造成儿童变态心理的形成;另一种意见认为这类电视文艺片是充满了现代意识的现代神话片,具有启迪儿童思考未来科技和文化的重要价值。事实上,在西方一些发达国家,自20世纪70年代起,这类科幻片已成为通俗电视或通俗电影的主流。由于文化的基本素质的原因,当这类电视文艺形式在中国播放时,我们只能在城市文化的意义上认定其为通俗文化,原因之一便是在这种通俗作品的背后,潜存着强烈的雅文化意识及发展意识的辩证统一,人的善恶本性与人的情感,及其在未来机器人时代可能形成的变异意识等,都与雅文化的发展观念相连接。

通俗属性与雅文化属性是电视文艺作为一般文艺形态必然具有的两种属性,这两种属性的统一构成电视文艺的基本规律,即电视文艺既是娱乐的又是功利的,既是直觉的又是理性的。此四者的统一又形成电视文艺的审美价值,而这种审美价值又与整体文艺的审美价值是一致的。

二、作为"选本"文化的电视教育形态

电视教育形态是电视文化的另一类基本形态。

在旧有的关于教育的解释中,往往注重两个方面即"培养新的一代"和"传授知识的过程"。同时,又将这两个方面确定为对儿童、青少年实施教育的目标。应该指出的是,这种教育主要指的是学校教育,而教育概念在实质上是包括广义教育,即教育的社会化和狭义的教育即特指的学校教育两个方面。在这个意义上,教育包括社会教育和学校教育两大组成部分:一切意识形态领域中的宣传、文化、文艺、传播等部门在实现自身多功能价值的同时,也体

现出教育的功能。一切与从幼儿园到高等教育所形成的学校教育有关的教育部门,担负着人类文化全面继承与发展的教育任务。电视问世之后,时至今日,并没有完全改变旧的教育体系,但在教育形式上却使教育出现新的综合的特点——广义教育的各个方面都在电视中寻找到新的位置,诸如电视新闻、电视文艺以及其他一切通过电视媒介所进行的传播,都为新的教育形态构造出新的形式;而狭义教育的各方面,又以视听媒介为中介,形成了新的"学校体系",诸如电视大学、电视中专以及各种与学校教育内容相类似,但形式却不同的新的"学校教育形态"。这两个方面共同构成了新的电视教育体系,一种以综合形式出现的教育体系。我们认为,这种教育体系目前只是初级阶段的形态,未来的发展是不可估计的。而且它的出现,很明显地形成了对固有文化形态的冲击。要在理论上辨明它的地位和意义,应该注意的问题大致有:广义电视教育的影响;狭义电视教育及其未来发展前景;电视教育的"选本"属性等。

之所以仍以旧有的体系为参照,划分出广义电视教育和狭义电视教育两个方面,原因在于目前阶段的电视教育虽然是综合的形态,但仍分为不同的两大类型。那么,广义电视教育及其对电视观众的文化影响的状态如何呢?

诚如广义电视教育与广义教育是相同的,只不过是广义教育通过电视形式达到完成形态时,才认定为广义的电视教育。它在电视中主要包括电视新闻、电视文艺以及其他有关的电视节目的形式。据统计,西方发达国家的儿童看电视的时间已经超过了他们接受学校教育的正规的上课时间。一位美国学者指出,对于儿童来说,从他们很小的时候起,电视就已成为不可缺少的伙伴。到高中毕业前美国学生用来看电视的时间总计可达 24000 小时,而他们上课的时间只有 12000 个小时。可以想见,在一代新人的成长过程中,电视扮演了多么重要的角色。在儿童的身心发展历程中,电视对他们的智力开发、审美情趣、道德观念、法律意识、社会责任感以及生活常识、处世哲学等都程度不同地成为发展的推动因素。以中国儿童为例,20 世纪 80 年代中期以后,全国各电视台陆续播放了国外的一些科幻片,这些科幻片虽然在迎合儿童的打斗心理上存在着一定的偏颇,但关于未来科学的幻想则以广义教育的形式影响中国儿童的心灵,什么外星人、宇宙空间意识、能源危机意识、机器人与人的关系、生物人等一系列有意义的课题,已经成为儿童思维中的潜在性积极因素，从而使电视的广义教育成为新一代教育的不可或缺的“老师”。这种教育呈现出全社会性、开放性、非强制性。问题在于，这种教育也有负面作用。比如上面提到的武打片、功夫片，在迎合儿童心理的意义上存在的不足。这种不足也应从两方面看，一是脱离一定积极思想内容的单纯的打斗形式可能带来负面效果；一是具有一定积极思想内容的武打片，会带来一般学校教育不能带来的教育后果。再者，从人本心理而言，连华罗庚都认为武打小说是成年人的“童趣”，而对儿童而言，武打形式不失为引导发泄的一种方式。所以，轻率地认为武打电视片等对儿童有损害的意见是偏颇的。广义电视教育的影响是深刻而广远的，对人类文化发展的影响当是不可低估的。

由于受固有教育形式的影响，狭义的电视教育体系很快就在世界各国迅速发展起来。1950 年，美国创办了第一座教育电视台。进入 20 世纪 60 年代之后，以“视听教育中心”“电视大学”等为主体，开始形成专门的电视教育系统。1965 年，日本创办了电视大学，中国虽然在 1960 年就建立了北京广播电视大学，但直到 20 世纪 80 年代初期，才在全国形成电视教育的网络。苏联在 1982 年也创办了广播电视大学。电视教育发展最快的是美国，目前全美教育电视台已超过 100 个，教育闭路电视系统也超过 300 套，几乎所有的主要课程都有了电视讲座。资料表明，仅 1979 年，英国从电视大学获得学士学位的就有 38000 人。20 世纪 80 年代以来，电视从高等教育向中等教育及初级教育发展，在形式上，学生与教师的双向视听交流也成为可能。

综上所述，在当今世界范围内，电视教育体系已日渐完善，它与广义的电视教育共同构成现代教育的一种革命性的发展态势。那么，狭义电视教育的未来发展前景如何呢？从技术方面看，未来电视教育的发展将进入多媒体发展系统，如计算机教育通信系统、智能型 CBE 系统等，以及不受时空限制的双向交流系统、联机检索系统即将逐步得以完善。从社会意义上看，这类电视教育的发展将使现有的学校教育处于一个被动的地位，从而将导致各级各类学校程度不同的变革。同时，它也将为人类的终身教育提供了一个新的环境。事实上，电视教育无论从广义还是从狭义来讲，都存在着一个向旧有的教育系统靠拢和走出自己的道路的问题，而涉及这个问题的核心是电视教育的“选本”属性。

何谓选本属性？从文化角度看，既定社会的教育是由既定的教育阶层的教育思想所决定的，经过筛选、整理、集中之后传授给受教育者的内容，无论通过什么形式传递，它对广泛教育内容的选择，包括对教材内容的选择，对宣传、对文艺的方针制定、对教育指导原则的制定等，均表现出电视教育的“选本”属性。通俗地说，一切文化都具有“选本属性”。但在教育中，或从广义教育的角度加以认定，这一点更加明显，电视教育自然也不例外，只是在广义电视教育与狭义教育相统一的意义上，电视文化又具有或者说已经逐渐呈现出一种“反选本”的属性。

进入20世纪80年代之后，狭义电视教育在中国刚形成大潮却又出现停滞局面，其原因是复杂而多样的。以高等教育为例，诸如电视教育体系照搬普通高校的教育体系，教育内容的单调、教学专业设立与社会需要的脱节等等都是原因之一。从“电视文化和电视教育”是传播与接受双方合力的存在形态看，这些因素明显反映出“传播”的一方在“选本”上的失误。同时，也反映出“接受”一方的“反选本”倾向。正是在这两种互为动力的促成下，80年代中期之后，中国电视教育的体系才开始向实用、多样化、多层次以及普及性方面调整，使电视教育的选择性在“选本文化”的意义上更加适合社会文化的发展。这仅仅是电视教育选本文化在宏观上的一个例证。在具体乃至微观上，狭义电视教育也不能回避“选本”问题。诸如由于既定的电视教育各专业的限制，以及电视载播能力的限制，与人的社会需要相关的很多专业不能在电视教育体系中谋得一席地位，而接受者也只能在既定的通过传播者选择了的教育形式下发挥自己的选择性。无疑，这是整个社会文化发展的制约，而电视文化与电视教育本身的“选本”的局限性也是无法超越的。因为对电视教育而言，狭义的电视教育在选本意义上表现为直观的现实，易于被理解被认识，而广义电视教育的选本属性则表现为潜在的“观念的现实”，不易被认识，其影响力却又是广义的。以电视文艺为例，其中透露出的世界观、道德意识、政治观念、阶级意识、行为准则以及一切与精神现象有关的方方面面，无不反映出既定的社会存在的“选本意识”。不以创作者、传播者的意志为转移的种种社会反映，以电视文艺作品的情节、人物等为中介，实施一种“选本传播”，而作为社会存在的接受个体与接受群体在接受过程中就具有了充分的选择性。这样，合拍与顺应成为电视文化与电视教育中选本属性的中坚，而错位与对抗则作为选本属性的对应面而存在:“选本”与“反选本”共同构成一种“互动”的文化形态。

在前面,我们曾提到带有打斗性质的科幻片对儿童的影响问题,这也可以从选本文化的角度加以分析。对于接受主体的儿童而言,它在人本心理的意义上存在着“争战”的潜意识,当电视文艺中出现带有这种因素的形态时,在接受美学的前提下,一种合拍与顺应的接受形态便不可避免,这时的“选本”是一种“中性”,绝对的排斥与绝对的迎合都不是合乎规律的选择,假如创作主体仅仅注意了迎合而没有注意“引导选本”,就呈现出对个体心理乃至群体心理的“顺应性毁坏”形态;反之,如果创作主体在顺应人本心理的同时,注意了对这种“争战”意识的适度的调适,并附以经过人类文化检验被证明是真与善相统一的积极的文化因素,像“惩恶扬善”等,这时的“选本”将呈现“顺应与引导”相统一的形态,成为文化积极发展的动力。

问题的另一层面是“选本”与“反选本”的“同一”的存在:当我们由儿童接受主体转向知识者接受主体时,面对电视文艺创作中的“顺应性毁坏”假以“消极的武打”等形态为存在特征,则接受主体势必出现一种“逆反心理”:一种积极文化观念的制约所形成的既定的文化心态,这便是“反选本”属性。当然,这种情况是复杂的,就世界文化发展的总趋势而言,“反选本”主要是积极的文化因素,但就具体的接受个体而言,“反选本”往往还会出现消极的姿态,比如面对具有真与善相统一的艺术,消极的接受主体“反选本”属性的“选择性”仅仅选择与自我观念中的非健康因素,并且往往是一种文艺接受过程中的自我的重新设计。一代文豪鲁迅就讥讽过这种现象:读《红楼梦》就将自己设想为贾宝玉,而且只是能得到许多女人爱的“少年郎”。再以电视文艺中的裸体为例,就明显存在积极的与消极的两种“反选本”属性。当然,从“选本”的一面讲,亦然。所以,理论上一般只将“选本”与“反选本”视为一体,只是在一定条件下描述时才加以概念的区分。正如我们以上提到的,在实质上,这是“选本”属性的“错位与对抗”的一面。结论是:选本是一种互动的文化形态,由于电视文艺乃至电视文化具有较为广阔的接受面,这个问题就呈现出社会伦理、政治经济、道德文化、阶级集团、社区属性等文化因素的复杂的制约性。我们仅仅在宏观意义上认定电视文化的这种总体特征。广义的电视文艺接受正是在这里呈现出广义电视教育的形态。

电视教育作为电视文化的一种形态，在广义与狭义两方面都存在“选本”与“反选本”的对立统一。

三、电视文化的商业形式

在旧有文艺样式中，虽然不能完全排除商业属性，但其商业性毕竟比较淡薄。一幅画可以卖到几千万美元，一部手稿可以价值连城，但这些不过是商业经营文艺品的结果，这些画与手稿在刚刚问世的历史时代中，主要还是艺术的文化形态，而不是文化的商业形式。同样，电影的创作与欣赏，虽然与大量的金钱投入有关，也仅是艺术文化发展中的商业形式。只有到了电视时代，艺术文化的商业形式才真正进入系统化时期，其主要原因如下：一是电视的传播性远较电影等其他艺术形态宽泛得多，它集新闻、政治、经济、文化、艺术的传播为一身，使自身具有了迅速传达信息的可能性；二是电视接受群体分布广泛，甚至表现为无所不在。因此，电视的文化形态也表现为社会因素多方面渗透的潜在性；三是商品经济社会中，旧有的纯文化早已被新的变化了的商业文化所蚕食，文化的商业形式、商业的文化形式都在寻找最直接、最敏感、最迅速、最具效力的传播形态，深入每一个家庭的电视，顺其自然地成为这种“文化—商业”传播的最佳载体。因此，电视文化的商业形式便成为电视的一种范本的文化类型。

在电视文化的商业类型中，一般仅有直接与间接两种形态。

直接的商业形式便是电视传播中的电视广告，它集视与听为一体，使观众能够直接接收到被传播的对象。听到播音员的解说，从而形成较易接受的感受形态，也使电视广告具有了较强的效益潜在质。电视新闻中的商业报道，以及能够影响商业变化的其他方面的新闻与电视广告具有同样的效力，所不同的是，电视广告具有连续性、持久性，而电视新闻中的商业报道及同类型报道仅具有较短的时效性，而且一般不具有连续性。

间接的形式主要是电视文艺中的商业性宣传，一般表现为文艺与商业广告的一体化或以文艺为主要存在形式的商业广告，并且以潜存的形式出现。电视连续剧《空中小姐》便是这种文化形式的例证。剧中以一种三角恋爱为轴心，全面铺展了具有吸引观众的情节，将人性、人情等融为一体，为观众提供了情感接受的对象化主体。在多集的叙述中，一切人物均以日本航空公司为背景，展示了日航严格的训练、紧张的工作以及设备、航线等情境，突出了“日航人”的精神，使一种商业宣传完全融解在一种文艺的情感世界之中，从而使这种电视文艺成为一种商业文化的产物。

至于电视广告文艺，似乎既具有直接性特征又具有间接性属性，但一般理论上总是认定电视广告文艺仍然是直接的电视广告，只不过在传播形式中，加入了歌曲、舞蹈、造型动作及其他具有文艺因素的成分，其核心仍在于直接的商业宣传而不是间接的商业宣传。

那么，电视文化的商业类型在总体上具有怎样的理论特征呢？

首先，电视文化的商业类型以影像传播的直观性为存在形式。在旧有的传播渠道中，以语言、文字符号为主的文化类型承担着主要的商业宣传任务，而静态的绘画、商标、路牌等虽然具有形象性的特征，但由于缺少一种“动感”，仍然缺少一种更符合人本心理的真实感。电视文艺的商业类型便顺应了一种人本心理的欲望，让观众看到更为逼真的商品存在形态，进而产生一种亲近感，使其商业宣传达到更为深入的境地。当这种亲近感产生的时刻，人本心理便转化成一种普遍的社会心态，从而形成一种社会心理。事实上，由于社会多元文化形态的复合效应，由于文化既存形式的制约，一种商业宣传的社会心理早已形成，因此，现时代任何时刻的商业文化形式都是社会心理与人本心理的重新碰撞，而电视文化的商业类型只是在外在形式上使这种碰撞具有了新的面影。

其次，电视文化的商业类型在商业宣传的意义上具有伴随性特征。即这种文化形态往往不以商业宣传为表象的功利，即便是直接性较强的电视广告，在电视节目的整体安排中也主要以间接插播的形式出现，在电视文艺一类的电视文化的商业类型中，这种特征更为明显。从社会心理来看，由于商业宣传中存在着真诚与欺骗的统一，人本心理中也存在着深信与怀疑的矛盾心理，在电视文化的商业形式中，尽管直观的影像传播已相对抵消了部分怀疑的成分，但这种矛盾心态却是无法超越的。因此，电视文化的商业宣传便在外在形式上尽量回避直接的宣传与直接的功利性，将这种功利性隐藏起来，甚至越隐蔽越好，这也是形成电视文化商业类型伴随性特征的原因之一。

因此，电视文化的商业类型的本质仍然是商业的宣传，这是无法逃避的现实，只是在“电视人”的意义上，电视文化的商业类型并不仅仅表现为一种商业宣传，它不同于前文所述的文化品的拍卖、电影的拍摄等文化的商业形态，而表现为反向的商业的文化形态。实际上，在现代社会中，文化的商业形式与商业的文化形式是商品社会的两大商品宣传的方式，它们共同构成一种崭新的商品文化。只是两者在外在形式上具有一定差别。因此，我们在理论上将电视文化的商业形式界定为：伴随性与影像传播的直观性的统一共同构成了电视文化商业形式的一般性社会心理与人本心理的融合形态。

（成果发布时间为 1991 年）

电视文化环境说略

摘　要： 兼容性、舆论导向性、消遣性和替代性，是"电视·电视观众·电视文化"新景观较为突出的几个方面的特征，它们互为独立，又统一于一体，有时共同发生，有时交叉存在，成为进入电视时代之后，人类文化生活改观的部分标志。或许，这就是电视文化环境的基本判定。

一

环境一般是指客观存在的周围的情况和状态。文化环境是指人的客观存在的周围的文化情况和文化状态。这里的"客观存在"明显将一种"精神"现象物态化了，因为文化环境不仅包括客观存在的物态化的现实，还包括精神领域中的现实形态，所以，文化环境又是这二者的统一。

在纵向坐标中，文化环境是历史、现实与未来的发展趋势。这种划分没有严格的时间标准，常以已经发展的重大历史事件及社会急变为划分的大致的标尺。如中国文化的历史常以 1840 年的鸦片战争为断限，划开中国古代文化与近代文化，而现阶段常以 20 世纪和 21 世纪为断限，区分现实文化与未来文化，可见其划分依据并不是绝对统一的，甚至时间也只是一个大致的阶段并且常以政治事件为观察文化变化的出发点。此外，文化环境三大段并不表明历史、现实与未来的决然对立，历史是相对于现实与未来而言的，反之亦同。但历史文化作为一种因素，又始终在现实文化与未来文中存在着，所谓历史是昨天的现实，现实是明天的历史便是这个道理。问题在于，文化是就整体客观而言，文化环境就具体而论，这便是二者的不同。

在横向坐标中，文化环境是本文化与外来文化的对抗、消融、一体发展趋势。以中国 20 世纪 10 年代末发生的"五四"运动为例，这种促使中国文化发生改变的运动所产生的影响是巨大的，其发生的原因是极为复杂的。从文化的角度观察，便会看到一种文化环境的改变所产生的裂变：中国传统文化中腐朽的一面与外来文化中驳杂的方方面面形成对抗，于是，中国文化自身发生蜕变，吸收了外来文化中的积极的一面，形成了新文化环境中以民主与科学为主要旗帜的文化环境。

政治文化如此，其他文化形态的发展是否也如此呢？答案显然是肯定的。就我们所指的一种具体文化——电视文化而言，也不可避免地在大文化环境中具有自己的纵横坐标系。从这种具体文化的具体存在出发，现阶段的电视文化环境与未来电视文化环境便自然成为论证的要点了。按一般理论表述，电视文化在“电视观众——电视人”的意义上，其本质方面主要表现为影像性——影像思维及其对人的思维形式的冲击。[①] 事实上，任何社会存在的具体内容或精神形态都可能因这种冲击而改变接受方式，但却不会改变“内容”。问题在于，接受形式的改变会促使内容的流向发生改变。以舆论导向为例，电视媒介的形象化、快捷性可以引导舆论的正向流动，同样也可以导致其负向流动。在这个意义上，电视文化仅仅是“中性”的社会内容的载体，也正是在这个前提下，我们对现阶段的电视文化环境进行特征性概括。显然，我们必须稍稍解释一下电视文化环境的源起，或称电视文化环境的确立。

一般说来，文化具有较为广泛的代表性，但在历史文化的历程中，又常常以某一种具体的文化存在来概括一个文化的时代。以艺术文化史为例，公元前10世纪，由于古希腊雕塑艺术的空前繁荣，就曾有“雕塑时代”的美称；以莎士比亚为旗帜的英国戏剧所处的16世纪，不也被尊称为“戏剧时代”吗？欧洲文艺复兴时期的意大利，更由于达·芬奇、米开朗基罗、拉斐尔等一代天才画家的杰出贡献，出现了极盛时期的“绘画时代”……既如此，电视文化的时代正是由于电视成为历史文化的代表性存在而形成的一个“文化的时代”。这个文化时代的发展不是一蹴而就的。国内理论界对这一发展事实的认定与分析是可以借鉴的。《影视美学》的作者曾就这一问题提出，“影视在自己的生成过程中，正沿着否定之否定的规律螺旋式上升：从纯科技、非艺术、次文化形态的东西上升为艺术和文化形态的东西，再上升为大艺术、大科学、大文化形态的东西”。[②] “影视之所以为影视，不仅仅是艺术内部诸元素之整合，更重要的是艺术、科技、文化诸因子之大整合。这种整合，是以当代科技的社会化、艺术的科学化、文化的信息化即自然科学和社会科学的一体化趋向为前提条件，以被科技手段控制的电磁波的声光转换为物质载体，以声画组合再现或创造一种时空存在为结构机制，以实现人对主客体世界的审美把握为目的……"[③]显然，电视(包括电影)时代所确立的电视文化环境，是基于一类高度发达的视听物质媒介的。这种崭新的时空，与当代人的生活方式、感知方式、思维方式以及文化心态形成适应性结构，从而确立了一种"文化时代"。

现阶段电视文化环境究竟有哪些作为文化形态而存在的基本特征呢？

首先是兼容性。我们认为电视文化的基本形态可分为文艺的、教育的、商业的等形式，实际上，从一种大文化的角度看，电视已经形成了无所不包的特征，我们称之为兼容性。以电视文艺而论，除电视剧等形式外，电视小说、电视散文、电视报告、"电视诗"均已成为电视的叙述形式，只是这些形式已不是旧有的小说、散文等概念所能涵盖的。同样，电视教育既问津旧的教育形式如学历教育、职业教育等，又具备鲜明的非直接教育的功能。再者，电视的商业形态与审美形式如艺术化的商品宣传构成一体，也就不是严格意义上的商业宣传了。由此，我们可以看到，电视文化已不是单一的文化形式，而是复合的文化形态。这种复合的内容是极为广泛的，凡与人的听、看两大接受系统有关的文化存在，都可能在电视中寻到一块领地。以中国古典戏曲论，电视就有戏曲电视片这种被电视形式改造了的戏曲形式与之相对应，它既不脱离旧有的艺术形式，又辅以现代科技的声光技术，加上适当的画面调动，就形成了一种"新戏曲"形式。再如电视新闻，既具有报纸、电台新闻的时效性，又具有其他新闻媒介所不具备的形象性。总之，电视文化对旧有文化的吸收是快捷而广泛的，只是在吸收的过程中，形成了一种自身独存的特点，在既同非同的形式意义上，电视文化正在形成以电视为中心媒介(中介)的文化环境。之所以是以电视为中心，正因为电视具备非常强烈的兼容性，其他传媒形式在这一点上，只能是一种弱化的"现实"。

其次是舆论导向性。我们认为电视离开了观众(人)，就不成其为电视了，只有在与观众的双向建构中，电视才能成为一种文化的存在。在现代社会中，新闻及其要害——舆论的导向性在电视这里便成为电视文化及电视文化环境的另一个显著特点。

当改革开放的大潮在中国形成巨大的社会冲击力的时刻，电视与其他传媒共同承担着舆论的传播作用。多年的改革实践证明，电视传播的文化效应更为突出：人们坐在家里亲眼看到深圳从4个小渔村发展成为现代化城市，同时，也在心理上接受了一大批具有轰动效应的社会改革家。应该承认，这是一种正向的舆论导向，但恰恰是在这种宣传导向中，存在着负面值：将改革视为单纯的“赚钱”的潜在性，对以亿为单位的中国电视观众产生了强大的心理震撼。加之国门打开伊始，人们的心理承受能力还负载不起贫、富之间的差异之大这样的事实，生活渺茫论、一切向钱看等思想便适应这种导向而滋生。当舆论导向在上述问题中发生新的转折之后，公众舆论又发生新的变化。一种事实并不证明观众心理是以舆论导向为流向的，因为从运动与发展的观点看，一时期的舆论可以影响一时期的观众心理，但真理的客观存在又是不以人的意志为转移的，因此，舆论的导向是与新闻的时效性结合在一起的。当然，从阶段意义上看，电视舆论与其他传媒一样，具有两面性，即正向引导与负向引导。正向引导中有负向的“内容质”，负向引导中又有正向的“内容质”，正是在这个意义上，舆论的导向有时也呈现“中性”，即不带有更多主观色彩的对传播对象的描述。需要提出的是，电视文化的这一特征是与它的兼容性分不开的——报纸、电台同样具有这种负载作用，而电视由于直观、形象等特点不过更适于承担这种负载罢了。从接受心理来说，观众对影像真实的接受的可能性是大于非影像文化形态的接受的，电视文化正是在这个意义上，同样创造着新的文化环境。仅仅是“兼容”“舆论导向”，还没有全面描绘出电视创新的文化环境的全部。显然，消遣性特征不能不予以分析。

现代大工业社会的特征之一就是人们的生活节奏逐渐加快，因此，一种逆反心理便自然形成，即对消遣娱乐生活的追求，加之在人的心理中，原本就存在娱心和自娱的属性，消遣便成为当今社会人类生活的一种典型的文化形式。问题是，电视文化中的消遣性同样具有正向引导与反向诱导两方面的属性。电视文化中的消遣过程是在客厅里完成的。电视诞生后不久，便促成了一种社会效应的产生，即人们纷纷从夜生活或其他娱乐性社交活动中走回家庭，使电视的消遣具有了明显的“家庭性”。但是，一种效应的持续性是较差的，于是，电视文化便在双向选择中出现了多重面影。或通过暴力、性爱的刺激达到使消遣主体更易接受的目的，或通过追求新奇、惊险而求得与消遣主体的心理认同。前者如有些国家和地区在晚间播放的春宫电视片，没有积极意义的武打电视片，以及通过电视播放的A级影片；后者如美国的“吉尼斯世界大全”等。应该承认,从适合人本心理一方面而言,一种具体电视节目所带来的文化环境有一定的合理性。但是,理论与社会存在的偏差都证明,人本心理必须有一定的社会约束力,否则,社会就可能形成没有道德、没有伦理、没有社会制约力的社会。基于这种理论,有些国家就严禁在电视上播放具有像“性的诱惑”一类的电视节目。在中国的消遣性电视文化的双向选择中,除了正常的文艺节目,如电视剧、歌舞之外,还有一些文化生活,各类通过电视举行的具有吸引相当社会群体注意力的一些竞赛都具有不同程度的消遣性。像青年演讲电视大奖赛,表现为一种青年消遣的形式,在理论上,这种竞赛也具有顺应人本心理中的“竞争性”“荣誉感”的意义。当然,它的积极的消遣意义是占主导地位的。电视文化所造就的这种文化环境显然是极为复杂的、多侧面的,所以,任何理论的总结都不能以某一方面来涵盖全部,否则,只能是以偏概全的认识。

最后,电视文化所创造的新文化环境的另一特征是替代性。

替代性是兼容性、舆论导向性和消遣性的综合补充性特征。电视文化“兼容”的内容,如电视教育就可部分地替代旧有的正规教育;再如,异域文化的语言障碍在电视文化的翻译节目的传播中,就可以替代以语言形式问津读者的“读的文化”,当然,这是电视这种“看”的文化的通俗性所决定的。电视文化的“舆论导向”的内容从社会存在的实际情况看,在整体上并不与一般报纸、电台等其他传媒形式相异,但唯其快捷、直观、形象,接受方便,也就在一定程度上冲击了其他传媒形式,尽管人们仍然要看报、听广播,但其时间占有率则明显下降,这种下降的部分对观众——人的整体接受而言,并没有“损失”,而是以电视文化的“替代性”出现,形成了文化接受形式的新环境因素。至于电视文化中的“消遣的内容”,正如上文分析的那样,明显是其他文化形式被电视文化所替代的结果,只是这种替代性呈现出不稳定性。

电视文化新环境的这种替代性并不仅仅表现为电视文化其他三个特性方面的补充,还具有自身的一些特点,其中,最主要的是文化平衡的作用。文化平衡是与文化非平衡相对的。在绝对意义上,文化从来都是不平衡的,但从走向上看,文化又必须向平衡方向发展,尽管这一目标永远不可能绝对实现,但这种发展趋向所呈现的文化流动状态却是一切文化现实所不可回避的。以文化的具体形式之一的体育为例,由于受经济条件、广义文化条件等的限制,其发展也是不平衡的，大城市与中、小城市的差别；城市与乡村的差别；发达地区与落后地区的差别；不同民族的体育作为一种具体文化所具有的传统性的差别等等都是既存的事实。在现代社会中，区域性乃至全球性的体育比赛已成为人类文化生活中的大事，而新闻媒介的宣传正是适当消除以上差别所造成的人的心理上的不平衡的最佳渠道，在这种补偿性文化中，电视，尤其是电视的现场直播形式更是独占鳌头。20世纪80年代初期，中国女排一举夺得多项世界冠军，这对中华民族经历过沉重的灾难之后恢复民族自信心，是极为重要的。当时的新闻媒介中，电视的普及率还较低，于是出现了大街小巷围观电视现场直播排球大赛的景观。事实上，人们可以通过尔后的报纸、电台等了解赛事，但一种要求直接观看的补偿性心理，使电视成为一种文化景观的"缔造者"，实际上应是电视与观众共同实践了这种文化景观的"建造"。我们视这种心理补偿及其与电视文化的适应性的统一为电视文化新环境的替代性特征。

总之，兼容性、舆论导向性、消遣性和替代性，是电视—电视观众—电视文化新景观较为突出的几个方面的特征，它们互为独立，又统一于一体，有时共同发生，有时交叉存在，成为进入电视时代之后，人类文化生活改观的部分标志。应该看到，电视与电视人共同创造的新文化环境并不是固定不变的，未来电视文化还将继续发展。这种未来电视文化的新环境该是怎样的面影呢？

二

对未来电视文化环境的分析，只能是预测性的，其预测的前提有两大方面，一是自然环境，主要表现为现代科技发展在电视行业的渗透和影响；二是人文环境，主要表现为"电视人"的时代全面来临之后，作为受众的"人"的多重心理变化。

在前一方面，电视科技的进步将促成电视本身的更新换代，这种趋势在目前阶段已初露端倪，其具体表现有以下几个方面：首先是电视在清晰度上将赶超电影，最大限度地满足受众看的需要。日本NHK新开发的高清晰度电视（亦称高品位电视），其清晰度就已超过了电影。其次是有线电视将成为受众拥有更多选择余地的"中介"，这种有线电视（CableTV）如同电话系统一样，是利用电缆把讯号传送到每一个家庭的，美国、加拿大、日本等国均已开辟了相当数量的有线电视的“频道”。据估计，即将开播的香港有线电视公司的潜在门户是160万户，届时，“点看”将成为受众“自我实现”心理的一种满足方式；再次，电视的存在形态趋于多样化，从超薄形态到微型电视、从壁挂电视到超大屏幕电视（如住宅内墙的屏幕化）都将使电视进入“全天候”“多时空”的文化存在；另外，电视与人们的生活的同步化，也是电视文化技术发展未来远景的战略目标。

在现阶段，电视文化环境的几个方面的特征，在一定程度上改变了人们的家庭生活、社会生活的既定形式。未来的家庭和社会生活形式，也将随着电视文化的新发展而有所改变，这是毋庸置疑的。问题是另一方面，即“电视人”时代全面来临之时，人们所处的文化环境的另一方面，也就是人在电视新文化环境中的心理状态是怎样的。

在美国，在西方，当电视问世不久，就有人宣称电影将完成它的历史使命而被电视所取代，当时的电影确实出现了危机，但不久，电影又复苏了，原因有两大方面：

一是在技术上，电影远较电视更符合“看”的要求，如清晰度、如银幕宽大等；二是在心理上，人们既要独立的观赏，又期盼与许多人一起喜、怒、哀、乐，从而排遣一种孤独感，于是，电影又重新受到青睐。未来电视的发展，将再次把受众拉回到家庭去，和亲人一起坐在客厅里，一边谈话，一边交流观感地看着电视，因为这时电视的清晰、视角“规模”都不亚于电影了。这并不等于承认，新的电视文化将消灭电影，而是将电视与电影视为同一类技术发展的不同阶段的产物，电影不会消亡，但电视的发展将限制电影的发展。如果我们视电视与电影同为一类“技术的文化”，在“看”的意义上，电视发展将成为影视技术——影视艺术——影视文化自身蜕变的重要阶段。只是，假如人们重新回到客厅去看电视，那么，电影怎么办呢？目前发达国家对这种状况的实践已经出现：可以开进汽车的电影院，为青年恋人设计的“恋人席”（包厢式的）等都证明观众心理上的两难境地：既要与别人在一起，又不愿意与别人掺和；既要独处，又不要寂寞，这便是未来电视（包括电影）观众的一种普遍性心态，所以，回到影院去呢，还是返回客厅？两者都存在可能性。

说得通俗一些，现代电视文化新环境中的电视兼容性实际上是一种侵略性的兼并，它取代部分教育、取代部分文艺、取代相当一部分新闻等的事实，都证明了这一点。未来电视文化环境中,被取代的那部分教育、文艺等将成为一种“历史文化”而存在。但既存教育、既存文艺又都有自己发展的“领地”,所以,电视教育、电视文艺实质上仅是教育、文艺形态的一个补充。未来电视文化中,电视教育、电视文艺将成为独立的系统。以电视教育为例,有线电视的发展,将为开播更多更复杂的教育形式提供方便,如儿童节目将成为单独的播放系统。1989 年 5 月,日本东京中野区的一所公寓,新设了“儿童频道”的有线电视。社长见濑牧一说,他们的主顾是 6 岁以下的儿童,今后的目标是在全国幼儿园之间,建立一个节目网。一旦这种“节目网”真正的形成,电视的儿童教育形式就会出现新的局面。但是,这种新局面的发展也是受局限的,因为在儿童教育方面,电视形式只能是一种形式,而不是形式的全部。人类文化生活的其他方面,面对电视的大规模蚕食,也会出现不同程度的反映,而电视文化本身有限度的发展也将制约电视在人的生活中的全面普及形态的发展。所以,电视为中介文化的发展远景较为广阔,但又必然受到固有文化形态的制约。再如电视新闻,在旧有的观念中,新闻只报道已经发生的事,而目前有些电视新闻则可以报道正在发生的事件的经过,预测未来事件的发展。以侦破案件为例,电视记者与警察行动的同步性就提早了新闻的传播时间,最大限度地满足了观众“涉入惊险”的心理。对这种“电视行为”,已经出现了截然相反的两种意见,反对与赞同都有自己的立论前提,所以,未来电视文化将是一种十分复杂的状态。

通过对文化环境、现阶段电视文化环境及未来电视文化环境的分析,我们大致描绘了文化—文化环境—电视文化环境的存在形态及基本走向。必须强调的是,在我们所描述的现象中,各种特征性因素、制约性因素等都是互相影响的统一的形态,均属于电视文化整体,也受制于整体文化。

(成果发布时间为 1992 年)

参考文献:

① 戴剑平.影视本体及其文化意义[J].海南师院学院学报,1989(3).
②③ 张涵,王冠华,戴剑平.影视美学[M].太原:山西人民出版社,1989.

文化观念视域中的电视文化系统

摘　要：电视文化是文化观念视域中的类存在，其观念系统主要包括以下几个方面：一、电视文化是作为历史的世界的标志，有进步的发展态势；二、电视文化是人类生存方式正在发生变化的系统；三、电视文化具有一般文化的特征且表现为无所不在、个人性与群体性的统一、具有可探寻的规律性、有时代与区域性差别、有变异性和多种形态。

如果说电视是一类存在、文化是一种观念的话，那么，电视文化就应该被界定为文化观念视域中的类存在。问题在于，我们通常意义上所指的电视文化更多的是对电视存在本身的状态性描述，缺少对此类存在的观念性界定。事实上，只有对电视现象和文化观念做出整一性描述和判断，才能给出电视存在的系统观念，也才能真正确立电视作为一类文化存在的价值体系。

对电视文化存在的状态性描述，其观念系统主要应包括以下几个方面：一、电视文化是作为历史的世界的标志，有进步的发展态势；二、电视文化是人类生存方式正在发生变化的系统；三、电视文化具有一般文化的特点。以上三个方面的总前提或基本出发点是泛文化(宏观文化)与具体文化(微观文化)的统一。

首先，文化是人的活动，是一种历史，又表现为一种环境。任何历史总是特定环境下的历史，任何环境都表现为人类在社会生产和生活过程中与周围其他事物的联系。具体到人的活动，文化大致可分为两个方面：与物(自然)的关系和与人(社会)的交往。由此，环境又有地理与人文之分，前者反映着与人类活动密切相关的那部分自然社会，后者则反映着与人类活动密切关联的那部分社会背景；前者较多地体现为横向的空间的联系，后者较多地体现为纵向的时间联系。人文环境主要表现为文化的历史，它在人类历史发展进程中的地位十分重要，它反映累积的文化传统的历史再现，并表现为历史对现实的干预，又通过这种干预去塑造未来的历史，即它作为历史的产物，同时又参与了历史的创造。认定了文化环境与人类社会的同步产生，也就得出了相应的答案，即人们的社会生产和生活方式构成了一定的文化形态。反之，一定的文化形态同时成为人们社会生产和生活的环境条件。具体说来，由于文化是一种生态形式，所以，就存在着原生成形式和社会历史形式，而后者又可分为社会发展的融合及文化反作用于社会历史的制约性两大方面。在原生成形式的文化范围里，我们看到的主要因素有地理环境、生产方式、社会文化心理等。比如在地理因素上，南方人崇拜蛇，北方人崇拜熊；在生产方式上，有农业民族和游牧民族；在社会文化心理上，一种风俗和一种神祇崇拜表现为一种社会化的文化心理，如文身，如基督教与穆斯林教就在文化语言的内质上形成相异的心理模式。在文化是社会发展的融合的范围内，我们看到随着社会的发展，不断有新文化因素的生成和发展。一切新的社会生活方式取代了落后的生活方式，先进的科技淘汰了落后的工艺，进步的社会意识形态战胜了旧的道德观和价值观——正是在这里，文化的历史形成了全球范围的传播与联系、融合与分解，这种与历史发展同步进行的形式标志着文化的新陈代谢。以我们特指的电视的发展为例，在文化融合与技术史的意义上，我们看到以下事实：在“看”的本源意义上，电视师承于电影又超越了电影。从电影发展历史看，中国的影戏（皮影）形式先传至德国，继而传至法国，直至 1769 年后才在西方正式称为影戏并成为重要的通俗的娱乐形式。而爱迪生的仅供单个人连续观看的电影透镜仅仅是过渡时期的发明，只有到了卢米埃尔兄弟让大众同时分享视觉消费时，电影才真正有了文化存在的价值和意义。这种事实表明，以一种文化发展论，视觉消费的大众化直接刺激了未来电影生成的技术与艺术统一的文化意识，而源于声源意义上的电视最初只不过是可以看见的无线电。问题在于，一旦可以看见，电视立即在“看”的道路上狂奔，其主要标志是电视技术直指人类看的行为和看的形态——更具适应大众消费的适时性、广普性、私密性和随意性，电视技术的高清晰、屏幕的多类型化以及观看场景无处不在的发展态势充分证明了这一点。无疑，电视文化已经在人文层面和技术层面成为世界历史的标志且具有进步发展的态势。

其次，电视文化是人类生存方式的系统。亚里士多德有一句名言：整体大于各孤立部分之和，这是最早的系统思想。作为观念形态的文化，在 1+1>2 的意义上始终是系统性存在，而作为类文化存在的电视文化也必然是一类系统存在。这种存在于文化和电视文化一体化的意义上所涉及的主要是传统与现实、历时性和共时性等范畴。

所谓传统就是储存，储存就是积累。“过去时”的知识传到“现在时”的一代，并经过某种程度的变异再传给“未来时”——传统是知识或者说是观念的流传，这种流传主要通过符号、语言、形象与概念以及一切人际交流活动而实现；传统是人类高级思维活动的产物；传统的运动特性是引导和制约精神活动。统而观之，传统可以表述为观念的储存与流传。传统不等于历史，就文化本身而言，它并不是一种凝结了的、过去的实体，而是永远在“现实”中被理解和复制的流程。这样，任何现实文化都应是传统与现实的统一。因为每一代人不仅是文化的承受者，也是文化的创造者。所以，尽管传统是在历史中形成的，但对任何人来说，它们都不仅仅是“历时性”的，还是“共时性”的——任何时代的文化都是历史的积淀、凝聚、结晶、筛选及溶化的一体。所以，人们就生活在这样一种文化氛围的系统中：过去的历史与现实生活中的事物和观念以及二者的统一及各自的扬弃的总和。

显然，电视在承传电影及其“看”的本源意义上，在承传广播及其“听”的本源意义上构成了电视文化的视听特征并具有了文化流传的载体价值。这种承传除了视听的形式价值之外，还具有承传观念的属性。所谓看什么、听什么与如何看、如何听及其统一，便成为电视存在的系统性生存。由于看什么、听什么与如何看、如何听是以人为出发点的，就使电视生存成为人类现时生存方式的系统。

在上述传统与现实、历时性和共时性的文化观念前提下，对电视作为文化系统的深入分析，其要义应该是：电视引起文化系统的内部结构的变动，带来了人类文化活动方式的革命，而且改变着人类传统的感知方式和文化心理。

所谓文化系统的内部结构的变动，主要指一种事物产生之后，所形成的与其相关的其他事物的变化及各种对应关系的调整。如电视产生之后，在世界范围内出现的“戏剧危机”、“电影危机”甚至以登载小说等为主的书刊危机等。的确，电视的产生所带来的这方面的变化是巨大的，如美国 1951 年各拥有电视台的城市的电影观众就下降 20%～40%，甚至关闭了几百个电影院。相同的事实是，电影产生之后，也出现过类似的戏剧危机，甚至当时就有人提出戏剧消亡的问题。但事实上,戏剧与电影直至今日仍在不断发展着。问题的关键在于,电影与电视的产生对一类艺术和资讯的接受所产生的巨大冲击,在实质上是接受形式,即在技术与艺术统一意义上认识的影像本体的冲击。这种影像接受改变了人们固有的艺术思维形式和传播接受形态,使人们找到了对自身、对世界形式的最佳认同形式——从绘画的静态、戏剧的间离效果、小说的语言符号重组等,在单独的意义上都是人类认识自己的形式之一的观点出发,在传播接受的形式的发展历程中,电视(电影)接受形态的演变却存在着与世界本来面目的“返璞归真”的问题。自“前电视”时代到电视时代,传播接受形态主要表现为从真人(实体)传播到虚拟传播的变化及其不平衡,而电视(电影)则一扫这种不平衡,在人类文明从“电”的时代到“电子”时代的历史发展中,借助现代科技,适应了人类原有的形式认识本能。当然,这种本能性适应也因而改变着对“世界内容”的认识。但这里的关键在前者,因为“内容”在不同的艺术的发展中都可以随着社会的变化而演变,而这种形式的变化是导致人类文化系统变动的重要原因。

关于人类文化活动方式的革命,电视倒的确不同于电影:电影没有改变戏剧原有的生活意义上的接受方式,即是从戏院到电影院;而在同等意义上,电视将观众从影剧院拉回到家庭里。这种变革的意义十分重大,“整个人类生活方式”因一种技术与艺术结合的产物的诞生发生变化的内涵将有无限宽广的内容。如果我们仅仅在阶段意义上认识这个问题是不妥当的,因为任何一种发展观都不能仅仅是静止地观察事物。请看这样的事实:由于电视把人们从群体的社会拉回到个体的家庭,便带来了人际关系的新型淡化形式——人们可以在极短的时间内了解世界各地发生的一切,却可以在相当长的时间里不知道新近的邻居为何许人也,甚至楼上的老人死去多日也无人知晓。这决不仅仅是电视的罪过,但电视成为人际关系新型淡化的原因之一的事实却是公认的。

当然,作为媒体资讯的电视,其接受的整体性和广泛性,又在制造着电视接受的滞后性的“舆论的话题”,如“次时性”的“办公室话语状态”多表现为对“前时性”的电视资讯内容的讨论。这就使电视接受形态具有了分散接受的同步认可性:一方面是人与人的隔膜化,另一方面又是话语的同步性。进一步的变化是,电影重新振兴,电视在媒介上向有线方向发展即形成电影——电视的统一体制。以美国为例,早在20世纪80年代中期,两亿人口平均每100人就拥有77台电视机,但9大制片公司每年仍生产故事片150部左右。另外,还有一些独立公司生产近百部影片,在世纪转换前后的数年间,其电影利润也在不断上升;同样,日本、法国等发达国家都有类似情况。所以,仅以阶段的一些变化来断定"电视使人类文化活动方式发生了彻底的变革"的判断还是欠全面的,未来的发展还是一个未知数(若当下的电视形式发生巨大变异或真的消失,会怎样呢?)。根据目前世界各国的趋势看,自电影、电视产生以来,大都经历了一个从电影危机到电影再度繁荣的阶段,并且是以一种与电视一体化的趋势发展着,电视电影的产生、多媒体的发展,特别是网络和新媒体的建立,都为二者的一体化提供了理论实践和技术背景。因此,在一定的系统中,电视(电影)将更好地一体化地为人类文明服务。当然,电视对人类传统的感知方式和文化心理的影响与改变应是值得高度重视的文化系统运动的问题。

再次,电视文化具有的一般文化的特点是电视能够成为文化类型的"内涵性"存在。在电视发展的历程和现状中,这类特点的主要表征是:无所不在;个人性与群体性的统一;具有可探寻的规律性;有时代、区域性差别;有变异性和多种形态。

无所不在是作为文化的即在事实和观念的表征,对前电视时代和电视时代而言,电视文化的无所不在更多地表现为传播行为的广泛和深入。当今时代,信息爆炸已成不争的事实,而电视在这个"爆炸"的过程中居于举足轻重的位置。以中国电视行业为例,2005年全国播出公共电视节目1283.38万小时,制作电视剧976部共15801集,电视人口综合覆盖率达到95.81%,全国有线电视用户1.26亿户,数字电视用户413万户,付费数字电视用户139万户。在世界范围内,美国、日本和欧洲各国的人口绝对数字还高于以上统计,其影响力可见一斑。

个人性与群体性的统一也是文化存在的事实和观念的表征。毫无疑问,电视媒体诞生之前的平面媒体形式在阅读的意义上既具有个人性又具有群体性,但这种群体阅读是靠复制方式进行的,只有到了电视时代,人的视觉阅读也才真正具有了更为广泛的群体属性。问题在于,这种以大众传播形式实施的群体行为在内外两方面又有不同的意义:在外在形式上,这种群体行为的共时性使电视显现了大众文化属性;而在内在影响方面,诚如上文所述,电视接受的家居形式却造成了人们心理距离的加大，所谓电视直接或间接所造成的个体人的自闭行为，正在演绎成一类风险性社会存在。对于电视接受行为而言，其个体的线性接受只是一个外在形式，因为同时存在着选择的“面”，即共同的鉴赏和接受标准是构成群体接受的标尺。所以，在电视文化特征中，个人性和群体性的统一是一种相互制约和辩证的关系。

电视文化具有可探寻的规律性，有时代、区域性差别，有变异性和多种存在形态是其与文化整体存在相一致的表征。

所谓规律即法则，其探寻的是事物在发展过程中内部的本质联系和必然趋势。在泛普的意义上，任何事物都有自己的发展规律且不以人们的意志为转移。对于文化而言，亦然。文化的发展规律常常表现为时代性、继承性和发展观的统一，电视文化也不例外。诚如前文所述，电视从诞生到未来发展，其继承性和发展观均源于“看”和“看的完善”，而作为媒介，电视的时代性始终是其生存的基础。在短短几十年间，电视在自身发展的同时不断地见证世界历史的演绎：近年来的“9·11”、伊拉克战争等都是明证。只是电视作为媒介的这类见证在电视自身发展的意义上，仍然遵循的是大众文化的发展规律，即大众需求和媒介舆论导向的多重排列与组合。虽然见证时代或具有时代感是电视发展的规律之一，但这种时代性也存在着区域性差别：在文化背景中，电视依附于东西方文化；在政治意义上，电视受制于制度差异。所谓区域文化和区域电视更多的是指电视在差异性生存中所体现的区域特征。此外，电视文化还存在着变异性和多种形态。电视的变异性往往表现为吸纳性和衍生性。诸如“电视电影”是一种新艺术形式，它表现为电视对电影因素的吸纳，并在吸纳的过程中形成新的形态；至于衍生性，诸如迪士尼乐园之类就与电视文化相关：当电视符号成为人们心理认同的文化因素之时，所有与之相关的变异形态就成为电视文化的衍生物，而电视具有多种存在形态的判断也源出于此。电视文化具有可探寻的规律性，有时代性、区域性、变异性和多样性判断，只能证明电视作为类型文化形态具有不同的特征。进一步的说明是，电视文化的多样性与文化整体存在的表征是一致的。

此外，需要补充说明的是，文化还是一种社会实践并且具有层次性。在整体意义上，社会生活的本质是实践的，人正是在实践中使自己获得区别于自然，并超越自然的内在本质。所以，文化可以视为人类实践的功能、方式的总和,或称为人与自然、人与世界全部复杂关系种种表现方式的总和,是人类实践的产物。正由于文化是人向自己所面对的自然和世界做出的实践反应,是人对社会实践的一种回答,才又有文化非统一的现象产生——生活在不同的自然条件下,有着不同的历史经验和心理结构的人们实际上面对的是各不相同的世界。因而在不同的社会实践中,文化也就呈现出层次性。电视文化当然也不例外,诸如对电视不同类型节目的批评常常表现出相左的观点就是证明。20 世纪 80 年代中期,中国大陆各电视台曾引进《变形金刚》等科幻片并引发了净化荧屏的讨论。一种意见认为从保护儿童心理健康的角度应该减少尚武意识的影像化,不同的观点则认为对未来的幻想是推动科技意识发展的基础。这种差异标志着电视文化的层次性。

假如对电视文化作剖面观察,便会发现除了哲学、法律、意识形态等上层建筑表现为一种理性渗透之外,在非理性或不完全理性的范围中,还存在着风俗习惯、生活方式、民族心理、国民性、思维方式等许多层次的影响。当然,在每一具体的范畴中,亦有更进一步的层次划分。我们所指的电视文化作为一种文化现象,显然与诸类文化有着不解之缘,并从而显现出与“广普文化”的一致性。

简言之,电视是一类技术形态,又是一类文化状态;电视文化具有自身的价值属性又与“广义文化观”形成一致性,文化的观念与电视文化系统是互在的生存状态。

(成果发布时间为 2007 年)

参考文献:

① 〔美〕阿尔温·托夫勒.预测与前提[M].国际文化出版公司,1984.
② 戴剑平.影像美论[M].海口:南方出版社,1998.
③ 陈卫星.传播的观念[M].人民出版社,2004.
④ 〔美〕保罗·莱斯特.视觉传播[M].北京广播学院出版社,2003.
⑤ 〔美〕戴维·哈伯斯塔姆.媒介与权势[M].国际文化出版公司,2006.

第三编

电视艺术与受众心理研究

广义文化范畴中的
电视接受及受众心理分析

摘　要：在广义的文化视野中，电视接受是一种全方位的精神活动，影响电视接受及受众心理的三大因素分别是人本心理、社会属性和审美境界。就具体的电视接受行为而言，受众的心理意向可以界定为求真、求知、求美三种形态的辩证统一，并以参与、选择及自然完善等心理为基础，共同构成了当代受众的电视文化心理。

一、电视接受是一种全方位的精神活动

人，作为社会存在的主体，具有双重的“生产—消费”属性；作为电视接受的观众，也不可避免地受“生产—消费”的社会机制的制约。广义而论，人的这种“生产—消费”属性具有两大方面的内容，即物质产品的生产与消费和精神产品的生产与消费，电视接受在文化形态上，正是这两种生产与消费的统一体，但在观众心理的意义上，它更多地体现为精神生产与精神消费。就“精神”的内涵而言，这是一个无所不包的世界，正如电影主要表现为艺术的精神现象一样，小说、诗歌，更多地表现为文学的精神现象，而政治、经济等的观念形态，则表现为社会意识的分类的精神现象。那么，电视的“精神”生产与消费该如何理解呢？我们认为，电视的消费不是单一类型的精神消费，而是一种全方位的精神活动。

一般而论，电视文化的基本形态由电视文化的文艺形态、教育形态及商业形态构成，从这个意义出发，电视接受是否也可以理解为三种类型的文化接受呢？的确，这三种类型可以是电视观众接受形态的基本类型，但在整体上，电视接受并不是这三种类型的绝然对立，而是这三种形态以及其他形态的杂处形式。人们在新闻节目中感受政治、经济、文化等观念的冲击，在文艺

节目中接受伦理、道德的熏陶和审美教育，在广告节目中领略现代经济、文化的新风采，在各种知识性节目中获得广义教育的知识，在与观众相关联的节目安排中，寻找人与人的沟通、理解等。我们甚至还可以进入深层去寻找这种杂处形式，如在文艺节目中，人们既可以窥视现代服饰与服饰的演变，又可发现某一时代的社会心理、人情冷暖；既可以发现古代战争的隐秘，亦可看到现代政治的演变；既可以了解旧文化的发展，又可畅想未来世界的景象；既可以认识教育儿童的价值，亦可觉察老年人的“童心”世界；既可看到罪犯的猖狂，又可体验到英雄的伟大。我们甚至可以无限制地写下来，因为生活有多丰富，文艺就有多丰富。在新闻及其他节目中，社会变化的丰富同样可以在电视接受中形成多重文化因素的复合，诸如政治心理的演变，阶级意识的渗透，伦理观念的净化等，都可以成为电视接受中的心理效应。正是在这个意义上，电视接受可以看作是一种全方位的精神活动——无论是接受的具体形态，还是深层意蕴，都统一在“全方位”的前提之下。但“全方位”并不与“不可知”相等同。在心理意义上，电视接受可分为三个层次：一是电视接受与人本心理的关系；二是电视接受心理的社会性变异；三是电视接受心理的审美升华。事实上，电视节目的制作与编排也必须以观众心理为出发点，也应按照人本心理—社会心理—审美升华的心理趋向加以考虑，否则将出现电视接受的非积极性效应。从电视观众的接受而言，这种层次的划分也将为顺应观众心理——重塑观众心理奠定理论基础。

二、电视接受心理与人本心理的关系

电视接受是一种实质性的精神消费，精神消费的核心是心理问题，从接受主体出发，这种心理表现为人本心理及其在变异过程中的寻求与满足。

所谓人本心理即存在于人的内心世界的本体。对于人而言，物质世界的对象是客观的物质存在，心理世界的内涵则是一种主观的精神状态，这种精神状态表现为人的内心的体验，这种体验又离不开人的生理存在。著名的心理学家、被称为“第三思潮”代表人物的马斯洛将人的需要分为五个层次，即生存需要、安全需要、归属需要、尊重需要和自我实现的需要。但这五种需要并不是单独孤立的存在，而是一种杂处的形态，表现为多重的动态复合。生存也是自我实现的一种形式，归属也不排除生存的成分。这样，这些需要仅仅表现为人的需要及其实现的一般过程，并不能显示出人本心理的具体内涵。所以，理论上又将弗洛伊德的学说视为人本心理的“恰当”的概括。但实际而论，性心理作为一种人本心理的确存在着，但它绝不代表一切，性心理是生存需要也是自我实现的需要，却不是存在着的人的唯一需要。我们认为，从人本心理角度讲，性爱心理、主宰意志、服从意识、尚武心理、慈善心理、娱心心理都是人本心理的具体表现形式，这些形式在人的心理中按照马斯洛所归纳的五个需要的层次发生运动，而在具体的特定的心理过程中，又常常以某一种具体形态如性爱心理的爱情显现，慈善心理的母爱意识显现而表现为“个体的体验”。

电视接受显然在最基本的意义上与上述各种人本心理有着密切的联系，当电视观众作为被动接受者时，接受主体并没有固定接受意向，但接受主体在五彩缤纷的世界中，就不可避免地出现选择与认同、排斥与超越等心理趋向，在这种趋向的流程中形成“历史”与“现实”、与“未来”相交融的心理定势。于是，人本心理种种内涵的面影便在一种“消费”中成为一种“消费的基础”。以性爱心理为例，鲁迅曾说过“才子”从《红楼梦》中看到的是“缠绵”这样的话。事实上，这种心理体验并不仅仅存在于“才子”之中，凡具有正常的性心理的接受个体都会从中体验到这种性爱意识及其心理显现。当《红楼梦》拍成电视剧并在电视中广为传播时，作为人本心理之一的性心理，便在与艺术中的情爱现实的对应中形成心理碰撞，生成以性爱心理为基础的各种观念形态的爱情观[①]。再以尚武心理为例，人，尤其是在男性儿童心理中，以父性为崇拜对象的心理外化为一种“权力意志”，进而演化成一种破坏性心理积淀，于是就有男性儿童经常性的“斗殴”事件的发生。这种事件的内涵便是人本心理的征服欲或称“尚武心理”。不用说这种心理与电视文艺中的武打类型的节目相对应，就是在一般新闻节目中，这种本能的心理也能找到对应关系。假如新闻中播出某某国与某某国正在开战，并以清晰的图像报道了战斗的情况，接受个体在接受过程中，除了对时势等内容的顺应或逆反的接受之外，还潜存着对战争的厌恶感——表现为人本心理中的慈善性，同时也潜存着对“征服欲”的认同感——表现为人的“尚武心理”，比如可能会出现“假如我是指挥官”这样的潜意识，也不能排斥“假如我是总统”这样的潜意识的出现，其中，人的荣誉感、权力意志也表现为儿童期尚武心理的变异形态。显然，在电视接受中，从最基本的层面出发，人本心理与电视接受心理是一种同构关系，且由于人本心理与电视的传播接受都是动态的结构，人本心理与电视接受心理的关系可表述为动态的同构关系：任何一种人本心理都可能在潜存意识中突发性地与一种电视内容的接受现实形成对应，个体与群体，都无法超越这种关系。

三、电视接受心理的社会变异

电视接受是社会存在的人的行为，社会存在的人的主要特征便是人的社会属性，所以，电视接受主体的心理状态就必然受社会属性的制约，这种制约又表现为电视接受心理中的决定性因素，由于这种决定性因素导源于人本心理，又称为电视接受心理的社会变异。

西方心理学家弗洛伊德将人的性意识界定为人的原欲，并在此意义上认定人的心理是性本能的显现，成为轰动世界的理论，但很快，连他的最有力的支持者荣格也另起炉灶，举起“集体潜意识”的旗帜，从而将人的本能看作是一种社会发展的产物。后来的科学家曾就这些问题加以研究，如雅克·莫诺在《偶然性和必然性——略论现代生物学的自然哲学》一书中说：万物都来源于经验，这并不等于都来源于每一新世界的每一个体所反复进行的当前的经验，而是来源于物种在其进化过程中的所有祖先积累起来的经验。只有那些被选择的和经过磨练的无数次尝试——才能同其他器官在一起，使得中枢神经系统变成一个器官，使之适合于它自已的特殊功能[2] 接着，这位 1965 年诺贝尔医学和生理学奖获得者又说：每个活着的生物也是一种化石。在每一个生物体内，所有的结构，包括蛋白质的微观结构，都带有它祖先遗留下来的痕迹……同其他动物物种相比，人类更是依赖物质的和观念的双重进化的力量，人就是这种双重进行过程的继承人[3]。

显然，生物学家也认为人作为生物物种的进化，存在着先验形态。那么，作为物质与精神一体的存在着的电视观众，不也同人的存在一样，具有多重的社会性吗？马克思和恩格斯在《德意志意识形态》中明确说过：“人们是自己的观念思想等等的生产者，但这里所说的是现实的、从事活动的人们，他们受着自己的生产力的一定发展以及与这种发展相适应的交往（直到它的最遥远的形式）的制约。”[④] 交往，是人的需要，也是人的社会属性的外在形态。对于电视接受心理而言，这种精神生产与消费是人的交往的直接产物。仅以电视接受中的艺术接受为例，人们普遍认为艺术的起源是个体人为了将自己体验过的感情传达给别人，在自己心中重新唤起这种情感，并以某种外在形式表现出来的心理历程。反之，艺术接受也不仅仅是一种感情的需要，因为接受主体的情感创造欲也是一种客观的潜在结构，正如我们在前一问题的分析中所表述的，这是一种同构关系。只是这种关系是以整个社会为背景而存在的，因此，电视接受心理就不可避免地具有社会性变异——人本心理的客观存在是一种无序的杂乱形式，人本心理的社会性变异，则表现为人的社会心理的有序结构，正如法律道德是人的存在的制约机制一样，这种社会性变异是一切精神活动的制约性存在机制，电视接受作为精神现象之一类，亦不能例外。

那么，电视接受心理的社会性变异有哪些基本形态呢？

首先是时代精神与历史意识。20 世纪 80 年代初，在日本和中国均形成一股旋风的电视连续剧《阿信》及其所形成的接受心理，是值得引起注意的。在宏观背景上，二次世界大战后日本的文艺发展有很多积极的现象，其中，作为一种美学风范的“坚忍心理”，便是重要的时代精神。一方面，它表现为民族心理的重建；另一方面，它体现出对传统文化的顶礼膜拜；同时，它还与吸收外来文化的心态构成矛盾的统一。当《阿信》播放时，一时形成人人足不出户的景观，尤其是一代女性，更视其为“慰安的天国。”人们希望在电视接受中得到什么呢？这与其时日本国民的思维定势有关。通观全剧，人们看到的是阿信的一生与近代日本历史的侧面，从明治、大正、昭和三个历史时期的世态和人际关系中，从阿信由一个贫家女而成为拥有众多超级市场的老板娘的历程中，一种接受关系在内质上表露为对日本从战败到经济繁荣的社会心理的认可与梳理、反思与前瞻。同辈人在阿信身上寻找逝去的年代，晚辈人在阿信身上寻找一个民族的历史。显然，一种时代精神与一种历史意识是紧密地联系在一起的。与此同时，人本心理的面影也寓于其中。在阿信的情感生活中，可以发现人本心理的性爱意识。在她为人帮工的苦难生活中，隐蔽着接受者的主宰意识与服从意识的矛盾，以及慈善意识所展示的同情心，进而与社会属性的阶级观念联系在一起。这些具体的接受内容在总体上又与时代精神及历史意识相对应而存在。所以说，电视接受中的人本心理只能是一种“集体无意识”的存在形态，只有与社会属性构成一体时才有意义。

其次，是道德与文化意识。道德是人的自我规范，往往表现为“历史与现实的统一”；道德又是一种具体的精神文化现象，与文化意识相关联。如电视接受心理中的性爱心理，已超出了一般的性的规范，成为一种文化形态。接受主体可能会对电视中的情爱现实予以性心理的一般认同，但更多的是性爱心理的道德化认可。以电视连续剧《红楼梦》为例，对于最主要的两个女人，人们的道德评价往往是多种多样的。人们认为薛宝钗知书达理、有品有貌，在经济上也不依赖别人，在她身上最完整地体现了两种规范，一是作为女人的贤妻良女，一是封建时代的传统道德，也正由此，才使得她终于陷入被遗弃的境地；同样，人们认为林黛玉缺少一种封建淑女应该具有的道德条律，加上她天资聪颖、多情善感，使她在一种不适宜的环境中显得有点“超越”。而正是由此，不难看出所谓人本心理的情爱观念，是与性爱意识的社会化分不开的。

电视接受心理社会性变异的其他类型包括神话意识、宗教意识、政治意识、阶级意识等等。以神话意识为例，电视连续剧《济公》之所以在接受群体中成为普遍欢迎的对象，就在于济公形象满足了一种扶正除邪的社会心理，而这种“匡扶正义”的意识自古以来已经成为一种社会的崇拜意识，并且已经“神话化”了。其中，也难以回避“慈善心理”的潜在的影响。

总之，社会的精神现象已随着人类的历史发展逐渐形成了有序的结构形态，作为精神现象之一的电视接受，尽管以人本心理为基础，但起决定作用的仍是社会精神的心理体现。

四、电视接受心理的审美升华

电视接受是社会、节目制作、节目形态与观众的具体接受行为的一体化的凝聚物。从接受理论的角度看，通过影像传播形态问津观众的电视，只有在接受过程中才能完成传播的形式，而作为接受主体的观众又是具体的人、整体的人,甚至是抽象的人。而在人的需要中,审美愉悦又是一种普遍存在却又是最高境界的情致——通过心理活动达到的特定阶段。在现实中,并不缺少美,但在“第二自然”的艺术世界及与此相关的文化传播中,都存在着“更美”的形态。由于人本心理的无序,由于社会心理的有序,审美心理便表现为一种“整合”,即在杂乱的人本心理的基础上,通过社会审美规范化、借助艺术如电视及传播的情感形式,通过审美境界,使接受主体形成心理境界的“审美愉悦”。马克思曾说过:“动物只依照它所属的物种的尺度和需要来造型,但人类能够依照任何物种的尺度来生产,并且能够到处都把内在尺度用到对象上去,因此,人也按照美的规律来造型。”[5]电视节目的制作也体现着这一精神,表现为对对象的主体渗透——主体的意志、主体的情感、主体的道德、主体的美学理想。而作为在一定的前提下完成的电视接受形态,也同样体现自身的美学理想等,以达到满足主体审美需要的目的。电视接受心理正是在这双向的碰撞中形成审美的创造意识,即“按照美的规律来造型。”当我们以电视接受中的艺术接受为主要描述对象时,便会发现以人本心理为基础、以社会属性为制约的这种接受关系在更高层次上是一种审美关系。这主要表现在三个方面:一是没有电视的艺术创造,电视接受必然失去对象之物;二是电视的生产和电视艺术品的审美性质规范着电视接受必须具有审美的形式;三是电视艺术生产出能够消费它的“消费主体”。诚如马克思所说:“艺术对象——任何其他生产物也一样——创造着有艺术情感和审美能力的群众。”[6]因之,电视观众也具有主体的情感和审美能力。换句话说,电视观众的心理状态是一种审美感知和审美理解,这种理解贯穿在整个电视接受过程之中。因为电视观众总是让自己的感知、想象和情感循着对象的指引和规范,自由地和谐地活动起来,而在最终获得审美愉悦中,蕴含着对于对象所具有的社会理性内容的理解和认识。电视文艺节目的接受如此,其他节目也不例外,因为“第一自然”与“第二自然”的和谐一致是靠一种“审美力”来实现的。试举一例。女作家王小鹰喜得“千金”,为普遍流行的杂志《家庭》写了篇“主妇手记”,题为《活杀鱼》。文中叙述了她为了女儿吃鱼,去市场买了活鱼回来,在杀鱼时,如何不忍心,后来竟产生了“毛骨悚然”的心理感觉。这时丈夫探进头来问:怎么回事?我望望我两只沾满鱼血的手,轻轻说:“我简直像个凶恶的刽子手!”丈夫笑了,说你看过《动物世界》的电视节目吗？狮子无比残忍地噬杀了梅花鹿，当它叼着鹿肉去喂它的小狮子时，你又觉得它的慈爱，世界本身就是这样的。赶紧煮鱼吧，棒棒等急了。[7] 这是一篇生活实录，无意中透露出一种电视接受的心态。首先，妻子对杀活鱼之不忍心，是人本心理中的"慈善心理"，但又必须杀鱼，则是一种社会规范——人的生存需要，进而这种生活需要又被一种道德意识所同化——"世界本身就是这样的。"问题在于，这"点睛"之笔的内涵是什么呢？从结局看，鱼总是要杀的，但所举电视节目中的"狮子与梅花鹿"的事实为例，实际上是一种"自然的人化"与"人化的自然"的统一的心态解剖：世界的本来面目就是美与丑共存，离开其中的一方，另一方也就不存在了。显然，这是一种审美判断，而思路的引发又是电视中"凶恶的狮子"与"慈善的狮子"的统一，由此窥见字里行间隐藏着的一句：人，难道不也是如此吗？我们再也无法否认这种道德意识是以审美情感为依附的，人本心理、社会心理和审美心理是三位一体的，这种心理的变化与组合可称之为"审美升华"。在电视文艺接受中，它表现为审美情境的产生；在电视其他形式的接受中，它表现为道德心理的认同与超越——一种审美感的伴随性感知。

五、求真、求知、求美的辩证统一

在前文中，我们将电视的文化类型分为三个最基本的形态，即艺术类型、教育类型和商业类型。这些类型在实质上并不与电视节目形成固定的对应，却又具有一定的对应性，同时我们又认定电视接受心理的基本走向是"人本心理—社会心理—审美心理"。当我们仔细分析电视节目的构成时，便会发现电视接受心理在具体的接受过程中，并不具体地体现为人本心理、社会心理抑或审美心理的单一显现，原因在于，社会存在决定社会意识，在社会意识的大系统中，人的意向是一个复杂的子系统，作为电视接受者来说，其主体意向也必然是这个复杂体的显现。假如一定要寻出人的意向心理，恐怕又有不同层次的划分。如世界观、价值观、人生观、伦理观等属于高级的意向心理，而兴趣、动机、偏好以及环境制约的态度等则属一般的意向心理，这两个方面又共同构成一种需要心理。在电视接受过程中，这种需要心理表现为多种形态，诸如我们曾经分析的道德心理、政治意识、文化心理以及时代精神与历史意识等都是诸形态的具体内容。照此分析,社会的复杂性在内容上的类型是无法穷尽的,因此,我们认为电视观众的接受心理在理论上并不以以上的种种类型加以总体概括,而应在一种社会存在的、既非宏观的又非微观的认识中总结电视接受心理的统一形态,我们将这种统一的心理形态界定为"求真、求知、求美的辩证统一"。这是电视观众接受心理意向的"中观"概括。

何以为"真"?何以为"求真"?生活本身既是一种真。作为"第二自然"的电视形态,在接受的过程中,亦体现为对象化的物态真实。真是一种客观存在;是一种再造的真实;是一种"求真"观念;是"求真"的动态化过程——表现为电视观众接受主体的"善"的选择,"真"与"求真"是一种存在的两个方面。对于观众心理而言,在绝对意义上,真与求真,是一对不变的美学范畴,而与真相联系的"善"的内容,则是变化的,真与善是不可分离的。善的具体内容即如上分析的道德、政治、阶级、文化等因素及其观念的形态。

在电视接受心理中,这种求真心理表现为电视观众在心理上将真实的存在(现实与历史)视为参照系,吸收、评价、舍弃电视接受内容的精神过程。在电视文艺节目中,以曾在电视转播的电影《天云山传奇》为例,接受主体寻求的是一种对复杂历史与现实的重新评价:一个国家、一个民族,在蜕变的过程中不断走向心理的自我完善,这正是民族心理"真"的表现,艺术的再现将这种"真"提高到"更真"的境地,电视(电影)接受主体心理中的"民族心理的真实观"在一种艺术接受中形成"真与善"的统一。在电视的非文艺形态的接受中,这种统一及其心理过程也表现出同样的"结构"。对世界政治事件的报道,观众世界观中的"真"的标准,影响着观众对政治报道的选择与认同,当然,政治报道本身也体现出"真与善"的观念形态。所以,电视观众的"求真"与电视内容之"真"是一种同构形态。

同样,"求知"是电视接受心理的另一种中观形态。人,既要生存,就不能不进行知识的传授与学习。在这种现实的规范下,"求知"的电视接受心理外化为"电视的教育形态",这种形态又有广义与狭义之分,我们是在二者统一的意义上认定这一"求知"的前提的。在人类发展中,知识作为一种文化形态,是人类得以持续不断发展文明的累积的形式进入电视时代之后,知识的传播与接受扩大了范围、加强了深度、提高了速度。在专门的电视教育节目及接受过程中,“求知”成为直接的功利目的;在非专门的电视教育节目中,这种“求知”成为“需要”与“给予”的统一体。“需要”是人的生存本能、自我实现的人本心理的社会化形态;“给予”则是一种“选本文化”属性。电视观众的“求知”心理便在这种对应性结构中完成其运动形态。以儿童为例,社会的环境与儿童希望满足“为什么”的心理共同形成未成年人的教育形态。在电视传播中,专门的儿童教育节目按不同年龄层次设置传播内容,形成正规教育的补充形式,但儿童在电视中捕捉的更多的是非专业性教育节目的传播内容,诸如动画影片等。在正常的具有积极意义的社会秩序中,一切与儿童有关的非专业教育节目的内容,一般都在社会伦理的最基本点上伸展想象,如友谊、同情心、正义感、功善惩恶等,这些内容标志着儿童求知心理在满足过程中接受着既定的文化。由此引申,随着年龄的增长,这种接受心理便成为一种心理定势,在继续不断的求知过程中,一般表现出积极的文化教育成果。同理,在成人的接受心理中,求知在深层内涵上与前述儿童的景况是一致的,只是更为复杂一些。[8]

求真与求知心理是人普遍存在的心理现象,在电视接受中,只不过表现得更为直接且以情感中介为载体。由于电视中存在着大量的文艺、亚文艺形态,由于电视中的非文艺性节目如新闻的影视形态的逼真性的制约,电视观众的接受心理便不自觉地遵守一般文艺接受的规范。文艺节目、亚文艺节目的情感属性自不待言,以影像为主要传播形式的电视新闻给人以亲切感,更能诱引一种情感的认同。在有些特别新闻节目中,时有催情的画面、音乐的陪衬,从而使电视观众的心理在一种情感接受中完成求真与求知的目的。这种求真与求知的目的在接受主体这里并不常常表现为“直接索取”,而表现为不经意的潜移默化形态,进而“真”与“知”的满足往往伴随着的是接受主体的身心愉悦——建立在情感形式与情感内容相统一的“满足”形态基础之上的一种境界。正如前文所述,这是审美境界,所以,在总体上,求真、求知与求美是紧密联系在一起的。这种“联系”所构成的统一形态,便是电视观众接受心理在人本心理、社会属性与审美境界一体化的意义上生成的综合效应。至于影响到求真、求知、求美等形成的深一层次的心理因素,我们认为主要表现为“参与”和“选择”。

六、参与、选择及受众心理的自我完善

影响到接受者求真、求知、求美心理的主要形态是“参与”。人,作为电视接受主体,与通常意义上人的存在并没有什么本质的不同。电视接受主体是个体的存在又是社会群体的存在,个人与社会、个体与群体,共同构成相互依存的关系。个体除了生理、生存的需要之外,还有自我实现、审美等需要;而群体除了群体的生存需要之外,也有价值需要、经验的需要等。二者的统一构成社会的信息性传播、审美性的情感联结等。于是,尊重自我与尊重别人、保持个人心理平衡与平衡社会心理、个体的成就感与社会的发展目标等,共同形成主体人的社会存在与社会需要。在电视接受心理中,接受主体的参与意识便在这个意义上生成。中央电视台1986年的一次调查证明,电视观众首先是渴望获得各种信息,其次就是消遣娱乐。假如再深入地看这个问题,便会发现,获得信息的深层意蕴便是“参与”,比如政治信息的获取,便表现为公民的潜在的参政意识。西方各国的选举如全国大选等,均借助电视完成信息传播与信息接受,选民的参政即参与的意识是极为鲜明的。决定这种参与意识的是公民(在这里具体化为电视受众)的存在观念:经济的、文化的、社会的或政治的观念,而这些观念又与观众的主体需要紧密地联系在一起:妇女对主张妇女解放的竞选者予以青睐,老人对关心社会老龄化的竞选者予以认可。因此,需要与参与构成了一体。就娱乐而言,它也是人的消费需要的一种主要形态,从接受心理角度讲,主体的需要在这里要寻觅的具体内容是“情感的参与”与“身心的愉悦”。

显然,电视受众在屏幕前潜存着一种“参与”的心理,这种参与心理在与接受内容形成一致时,便构成“需要”与“需要的满足”。接下来的问题便是,主体的参与是否有选择性?

参与是一种选择,在受众的接受心理中表现为主体存在的复杂性。需要进一步说明的问题是,这种选择表现为多种存在形态与真实观念的有机统一。

首先,在宏观上,这种选择是确定性与非确定性的统一。所谓确定性是指电视接受主体的世界观、生存意识等精神现象,对个体与群体而言,都是既存的“真理性”形态,基本观念形态一经形成就会规范着主体的选择;而非确定

性主要是指个体选择的随意性结构——不同的心境、不同的需要、不同的需要对象、变化的社会环境、动态的人际关系等，是构成个体接受选择的因素。由于确定性与非确定性是主体接受过程中同时出现的不可分割的两个方面，所以，二者在制约选择心理的同时表现为“对立的统一”。

其次，选择的多种存在形态具有民族差异、社区差异、阶级差异、性格差异等特征。1987年，美国广播公司拍摄完成了一部描述苏联占领美国之后社会状况的电视连续剧《亚美利加》，该片尚未上映即遭到两种意见的攻击，左派影评家认为这是对苏联的污蔑，右派则抱怨说，电视剧将俄国人描写得太富有同情心了。试播之后，立即遭到苏联的反对。其中，接受心理的选择性便表现为对立的阶级、民族及至意识形态的制约。选择，在这里表现为对政治的认同。再如20世纪80年代初期，在中国大陆各地电视台相继播映了中国台湾、香港地区的一批电视剧，其中，《射雕英雄传》《霍元甲》《上海滩》《十三妹》等在内容上明显存在着虚构甚至荒诞性，同时，还存在着游离于情节之外的“爱国主义金粉”。尽管如此，这些电视节目在当时依然大受欢迎，其原因是多方面的，但从群体的选择性出发，我们发现接受主体的选择性在这里隐藏着一种民族崇拜心理，所谓一民族对一民族的心理认同在这里得到最佳体现。当然，正义、真诚与不太协调的爱国主题在接受心理上也是形成对应性选择的基础，但民族崇拜心理却是更深层的主体的选择倾向。

电视接受的参与心理表现的选择性还表现为对表面的固定节目的选择，如对新闻节目的选择，对文艺节目的选择，对体育及其他节目的选择等。这种选择在参与的意义上更多地表现为个体或个性色彩。我们认为，这一问题在理论上的表述应是“参与是自我完善的机制”。

电视受众的参与心理是接受主体的自我完善的命题，更多体现为个体性，而个体性则主要表现为个体存在的创造性和自主意识，在人格完善的意义上，我们称其为“自我完善”。显然，我们从人的存在的角度为这一问题寻找最基本的理论支架。

亚里士多德曾把人定义为“社会动物”，事实上，这是不全面的。社会性，比如人的社会分工甚至还不如某些动物如蜜蜂和蚂蚁更明确，但是，人的社会决不仅仅是一种“分工”的社会。在人的社会里，我们看到另一种仅仅专属于人的社会性——语言、神话、艺术、政治、科学等高级的社会形式或社会的构成条件，这是人的社会意识的产物。换句话说，人只在与上述各因素相关的社会生活发生关系时，才能发现人自己，进而言之，人才能在个体的意义上找到“个体性”或“自我完善”的契机。电视接受，正是人的这种社会活动之一类，所以，一种参与感便不可避免地体现为“自我完善”。稍再深层剖析，便会发现这个论题仍然缺少点什么——“自我完善”在上述的分析中，实质上还是指人的群体，而不单单是指个体，作为补充，我们以如下的事实为例：自古以来，人们就发现蜜蜂在筑巢时，就像一个出色的几何学家那样达到了最高的准确性和精确性，这样的活动需要一种非常复杂的协调和协作系统，但是在这类动物的所有行为中，我们看不到任何个体的差别，而仅仅是单一的“物种”的尺度。相对于此，人的任何正常的个体选择都体现出“自由”以及发挥自由的能动性，人不仅建筑自己的“巢穴”，而且还建筑千姿百态的不同风格的“巢穴”，所以，人在整体和个体两方面都追寻着“自我完善”。电视接受作为人的社会化行为的中介，就无法避免参与心理的“自我完善”，假如以对电视中体育节目的偏好为例，我们可以找到多种既复杂又简单的个性和自我完善心理：对比赛节目十分热衷，通过电视弥补不能直接观看的损失，充满“热量”的个体借体育比赛的竞争排遣“能量”；弱者对强者的崇拜，打斗心理的另一种满足形式……这类一般形态的概括虽不能说是对“自我完善”心理的极为恰当的解释，但在个性心理的意义上足以证明“自我完善”意识的存在。在电视接受的其他类型的接受中，这种体现为“自我完善”的参与心理的例证俯拾皆是，但对每一种特定心理的个性显现，又极难做到绝对的准确，因为心理在这里的存在形态不是固定不变的，而是动态多变的。况且，人本心理、社会心理、审美意识等方面的具体性因素又直接影响到参与心理，所以“自我完善”又是一种“运动”的形态结构“自身”，我们称之为“自我完善的机制”。这种机制的构成，是人的存在因素的多重组合，而不能仅以某一方面的内容加以概括，因此，“自我完善”在电视接受中又具有普遍性。

电视接受行为中的参与意识，是接受主体的需要，是一种随机选择，是接受主体心理的自我完善的机制。

总而言之，在广义文化范畴中，电视观赏行为及受众心理，涉及人本心理、社会属性、审美境界等三大方面。在具体的接受行为中，对作为主体的受众而言，其求真、求知、求美的辩证需求心理，又以参与、选择及自我完善等心理因素为基础，共同构成了广义的电视时代电视人的电视文化心理。

（成果发布时间为1998年。

中国人民大学报刊社《影视艺术》1999年第1期全文转载）

参考文献：

①⑧ 戴剑平.一种文化机制：广义影视教育的形态及其构架[J].北京电影学院学报，1990(1).
②③ 〔法〕雅克·莫诺.偶然性和必然性[M].上海：上海人民出版社，1977.
④ 〔德〕马克思.马克思恩格斯选集[M].北京：人民出版社，1972.
⑤ 〔德〕马克思.1844年经济学——哲学手稿[M].北京：人民出版社，1979.
⑥ 〔德〕马克思.《政治经济学批判》导言[M].北京：人民出版社，1971.
⑦ 王小鹰.活杀鱼[J].家庭，1990(5).

互动与双解:“电视艺术”辩证

摘　要:电视是一类大众传播媒介;电视与艺术是互动的且密不可分的;电视艺术是一个带有非确指性的“双解”的概念。

电视艺术是一个再普通不过的概念了,人们在多种场合下使用这个概念,却未必深究其中的含义。但在学术界,对这一概念的争议却是明显存在的。其渊源大概来源于“电视是艺术”的判断。目前,学术界对电视是否是艺术,有两种说法:一是电视是艺术,故常有电视艺术的概念在各种场合下被通用,甚至有以“电视艺术”命名的专著问世;二是电视不是艺术,其语源意义主要来自于“电视是大众文化载体”的判断。对于这样一个看似难解的问题的争论,其歧义所在,应与“观念形态”的界定有关,而“观念形态”的界定,常与事物本身的生存和发展紧密相连。

从历史观出发,电视的产生尚不足百年,只有几十年的历史。但电视以“看”为本的形态却是有其渊源的。无论是中国的“皮影”,还是西方的“电匣子”,以看为表征的观念形态,促使着以“看”为行为的人类在科技、文化各个方面的发展,其直接结果便是电影的产生及其对人类“观看史”的重大突破,而后诞生的电视更是以史无前例的形态改变了人类的“看”的行为和“看”的心理结构。当下,从录像系统、光盘系统,到网络形态直至新媒体,都可与电影和电视视为“同类”。铺天盖地的光盘系统常以发行电影类型的影碟为己任;而在网络传媒中,以专事播放电影的网站与综合的视频网站也逐渐增多。在人类的生活形态中,“看”成了不可或缺甚至主要的方面:看戏、看电影、看电视、看演出、看书(有别于读书)、看报(报纸已经进入“读图时代”),其中,以看电视为“看之首位”。我们无意展开分析其中的内涵,仅一个“看”字,怎生了得,几乎已占据着个体生命的全部,甚至于出现了人在即将离开这个世界时最想说的一句话,便是:谢谢电视!

问题在于,对于电视、电视文艺、电视艺术的争论虽然与前述“观念形态”密切相联,但概念界定本身的歧义往往来源于事物的“前存在状态”。以电视为例,其实,它只是一种技术的发明而已,在诞生之初,它并不具备自身独存的价值,而只能是其他存在的一种“中介”:相对于报刊,电视改变了人的阅读行为;相对于电影,电视改变了观看人的“梦境”而进入了现实(或同步)接受;相对于广播,电视则将听觉转换成“视听一体化”;相对于戏曲,相对于人类其他的嬉戏活动,电视则提供了一个比真实更真实的“中介形态”。那么,在电视与艺术之间,究竟是“电视艺术”“电视文艺”还是“电视中的艺术类型(节目)”或其他什么名称呢?这里的关键仍在于人们对艺术的理解。

艺术,已成为人类的伴随性产物。在意识形态领域,它既不是政治、哲学、宗教或其他,也不是形而上的理论判断或其他,但艺术从来都是政治、历史、哲学、伦理等范畴的一个反映,只不过,它所表现的形式是“审美和愉悦”。当这种非常普遍的“艺术观”具有具体的存在形态指向时,便出现了小说、戏剧、戏曲、绘画、雕塑、建筑、歌舞,甚至电影等艺术的形态判断。当电视与此类艺术相链接时,套用“猫是虎的老师”的话,电影无疑也是电视的“老师”,只不过电视并不是电影的翻版,而是集电影与广播为一体的新技术催生的新“媒介”(当然,这是一种技术意义上的判断)。新媒介一经诞生,便显示出超强的“能力”,它以席卷三军之势迅速蚕食着旧有的艺术形式,当然,也包括其他文化的传播方式。在这个意义上,应该承认,电视是未完成的一种媒介形式。在网络媒介飞速发展的今天,未来的视听媒介的雏形正在形成,比如当下越说越热乎的“新媒体”,似乎可以视为“后电视时代”的来临,甚至未来没有“介质”(纸、电子、网络)可以“当空看到”的真正的虚拟媒体,会在不远的将来出现的事实都证明,所谓新媒介都是相对而言的。

在以上分析中,我们从观念形态到发展历程直至未来走向,在宏观的意义上认定了电视是一类“介质”的判断,但就电视本身而言,我们仍然认为艺术与电视的伴随性生存是不可分割的。从20世纪30年代中期,英国播出“嘴里叼花的人”开始,到1958年北京电视台播出“一口菜饼子”,直至当下铺天盖地的电视剧,以及电视中的以千万小时计算的各类电视综艺节目,都使我们看到:艺术,始终与电视结合在一起。如在电视诞生之后,电影在世界范围内曾一度衰落,但电影一方面在改变自身的同时,也借用了电视的传播方式,使电影成为电视中的重要的艺术存在类型,甚至出现了专业的电影频道。所以,我们经常使用的电视艺术概念,主要是指以上各个方面、各个领域与电视的相互渗透,而不是指电视的整体。

如果我们仅仅从同类型的传播形式的角度出发,我们可以发现电视是艺术的一类,又不能仅仅称为“电视艺术”,我们将电视、电影和戏剧摆在一起,就可看到一种媒介与纯粹的艺术之间的同异性,从而给出相应的结论。

在以“看”为前提的观念体系下,电视、电影和戏剧都是“看”的存在。它们的区别在于电视的接受是“客厅化”,而电影和戏剧的接受则是影院和剧场;从接受形式上看,电视是“大众”,而电影和戏剧则是“小众”;从接受意念上看,电视是在真实中接受“真实”,而电影和戏剧则是“幻境”或假定真实中的“虚拟真实”;从制作传播的完成过程看,电视的时效性非常明显,甚至已经到了与生活同步的地步,而电影和戏剧则是属于精雕细刻的一类;从表现形态着眼,电视对千变万化的生活已经是无孔不入,且以新闻、报道、历史追踪、现场同步转播等方式完成对生活的全方位观察,而电影和戏剧则仅仅从“故事”或“故事的演绎”的角度对生活进行虚构性“再创造”;如果再细分,可以找出许多在“看”的一体化状态下的二者之间的区别,但细究起来,在总体上,他们的区别只有一个,即电视是生活的实录,而电影、戏剧则是“第二自然”或“第二人生”。如果说电视中的电影和戏剧是艺术的话,那只是电影和戏剧利用电视的传播方式,从而突破“观众有限”的制约,而且这类存在已被冠以“电视电影”和“电视戏剧”,所以他们的区别仍然明显地存在着。在这个意义上,电视中的电影或戏剧以及与此类同的频道或栏目等并不能代表电视整体,而只是电视的构成部分之一,因为,电视是一个宏观概念,而电视艺术只能是一个分支概念。由此引出一个分析问题的视角,即概念界定的体系问题。

自有文字以来,人类文化发展的最基本的“个体单位”或称“因子”就是概念,正如“人”和“狗”的概念,在中国象形文字中,是有严格区别的,即这两个基本概念的指向内涵与其存在的“影像”有密切关系,但在表意文字系统中,“man”和“dog”就没有“象形”的差异。因此,当初如果这两个概念是相反意义的话,那今天的“man”和“dog”就是互换的状态了。这种表述在语言学研究中虽属很浅显的道理,但在社会科学领域,概念界定的模糊性往往与人们使用概念时的涵义指向有关,而且由于人类文化的累积,概念本身的变化也是不断在发生着。正如

“文学”概念,在自先秦两汉以来的数千年中,其内涵所指是历经“所有文字作品”“所有历史、文化作品”“所有文化作品”“所有带有原创性的作品”“所有带有叙事性特征的创作作品”这样一些演变的,甚至直到今天,文学概念仍有广义与狭义之别:以中国的学位授予为例,许多与“文”相关的学科,早已成为独立的分支,却只能授予“文学”类的学位,大致也是概念的区别或系统性所致。

参照上举例证,我们再反思“电视”和“电视文艺”,有人视为二者相同、相通,而有人提出区别,就很好理解了。

我们认为,概念的系统性一般应有“种”和“属”的区别,亦应有“宏观”和“微观”的划分。假如在这一立论前提下,电视就是“种”概念,是指一种“类”存在,而电视艺术则是具有模糊性的非确指性概念,二者是不可混用的。正如电视新闻可以归属为新闻或传播一类一样,电视电影、电视戏剧和电视综艺节目等应归为艺术或电视艺术一类,因为电视新闻是指以电视为媒体的一类新闻,而电视艺术则是指以电视为媒介的一类(群)艺术。如果一定要找出电视文艺与整体电视之间的什么重要关系的话,我们认为,在整体上,电视虽然是一种媒介,但电视毕竟是艺术和传媒的杂交物,且以许多的艺术或变形的艺术为“生存的依赖”,所以,电视艺术是指电视离不开艺术;电视造就了一类新艺术变体;电视的构成之一类是艺术;电视具有艺术性等。但电视艺术不能代替电视的“种”概念,因为电视新闻等与艺术有严格的区分,甚至在电视谈话一类的类型存在中,其所追求的也是“生活的实录意义上的真实性”而不是“艺术创造的真实性”。它们的区别在于,生活从来都是艺术的源泉,但生活从来都不等同于艺术。

倘若一定给出一种界定,那就是:电视是人类科技、文化和艺术发展的阶段性媒介,电视与艺术密不可分。电视在相对的意义上可以说是来源于艺术(在本源意义上应该是来源于人类的“看”的本能和“窥视的欲望”),但已超越了艺术,因为电视只是人类生活的整体“记录者”;由于电视存在形态的先进性,使它可以成为一类艺术或艺术传播的载体;未来艺术的发展,将在电视的催生下,诞生出更灿烂夺目的辉煌。电视与艺术是密不可分的“两位一体”,但二者之间的区别也是明显的,因此,概念的使用也是不可混淆的。电视与艺术,是一对互动且关联的概念,电视艺术呢?应该是一个“双解”的概念吧!

(成果发布时间为 2009 年)

《平民英雄》:新节目 新气象 新追求

摘　要:电视节目的不断出新,给人一种耳目一新的感觉,但如何评价这些新节目,则是一件值得首肯的事。对《平民英雄》而言,其现实观、真实观和受众的接受观紧密联系在一起,共同铸造了这档节目的核心价值。

"观众疲倦了,电视疲惫了。"当观众对电视传播给出如此评价的时候,是否意味着电视节目的转型到了十字路口呢?在受众本位的理念下,电视节目之"新"一定与受众的接受氛围之"新"紧密相连。当然,链接节目之"新"与接受氛围的气象之"新"之间,有一个受众"心"动的问题,这一问题的关键正是受众作为接受主体,对"心"的追求。湖南卫视的《平民英雄》已经为我们带来了新气象。这种新追求表现在大众传播的现实观和真实观两个方面。

一、现实观:从"困在无奈"到"心在气象"

多年来,有领娱乐风气之先的湖南卫视,从"快乐湖南"到"快乐中国",曾在电视传播领域掀起一轮又一轮高潮。其中,频道的专业化和节目的多样化所遵循的是分众的理念,即在媒介传播高度发达的今天,话题的单一、形式的单一,甚至思想的简单化,都是大众传播的障碍。在多元化的现实社会中,媒体在与受众互为主体的条件下,越来越多的以"分类的人群"为目标受众的思想成为节目运营的潜规则。在这一思想指导下,湖南卫视越来越多的分众式栏目成为电视生产的主要样态。只是在一种单纯快乐的潜意识影响下,节目的同质化正在形成一种电视节目的疲惫状态和受众的疲倦感,于是,人们突然有一种警醒:在过往的历史中,人们缺少娱乐,在变化的现实中,娱乐成了人们的首要选择。但是,当这种"首要"如同时针摆动一样,一摆就摆到了唯一的状态,于是分众就仅仅剩下了形式,"逗你玩"就成了电视节目的现实。如果说这是一种困于无奈的现实，倒毋宁说节目的创新缺少一种对现实的认同感。殊不知，改革开放以来的社会现实发展是要多丰富就有多丰富，作为现实见证的电视媒介如何在虚拟快乐的同时给现实多留一份空间呢？

还是湖南卫视，这一次又以直面现实的勇气开办了名为《平民英雄》的新节目。这是湖南卫视 2012 年创新推出的一档道德建设节目，从 2012 年 1 月 2 日起，每周一、周二晚间 9：20 播出，节目时长 30 分钟。节目在选材角度、叙事方式和制作理念上均有较大突破。节目以平民化视角看英雄，将每一个平民英雄的普通身份与最真实的内心表达呈现给观众，让人们感受到英雄就在你我身边，每一个人都有可能成为英雄。所谓平民就是英雄、英雄亦是平民的理念显示出此档节目的受众观，即现实正在表现为“从‘困在无奈’到‘心在气象’”的变化。

改革开放 30 多年来，我们国家在取得巨大成绩的同时也面临着巨大的道德困惑，连助人为乐都成为新闻的重要内容的时候，就显示出社会对一些理念的困惑。曾经令全中国人都汗颜的“小悦悦事件”已经毫不留情地显示出“道德之困”和集体无意识般的“道德无奈”。难道我们要默认这种现实观，难道我们的现实真的只是“道德的无奈”吗？《平民英雄》——这档来源于新闻素材的节目，为受众的“心的气象”展示了又一种道德现实。无论是勇于智斗歹徒的公交车女司机，还是“一吻救一命”的妙龄美女，都显示出“气象在于心变”，而社会的公共道德观不是一成不变的，平民之“心”是心有所属的，好人还是这个社会的主流。

还是那句话，电视媒体永远是一种现实的表达与解读，而节目的创新还是要在贴近感和现场感上下功夫。

《平民英雄》在人物形象的信息传递层面，体现出很强的贴近性。如《疯狂的面包车》报道，两位普通市民杨国华、杨坚偶遇一起金店抢劫案，他们决定用自己的面包车以倒车的方式撞击劫匪的车，以阻止劫匪抢劫。劫匪的疯狂抢劫果真被这起“意外”交通事故所打断，但杨国华、杨坚却面临着被劫匪枪杀的极度危险。他们在受访时说道：“如果再让我重新选择一次，我还是会去撞，但我不会下车了，撞了之后会马上就跑。”“如果是为了钱，你觉得多少钱值得我付出生命的代价？”“家里人很担心，因为劫匪都是当地人，怕他们报复。”按照曾经的理念，或许这些表达不够英雄，不够伟大，但这些最贴近生活的语言是一种最贴近生活的表达,从而大大提升了“英雄就是平民”的亲和力,受众对如此的贴近表现出极大的认同。

《平民英雄》在叙事形式层面表现为一种“实”的特点。从新闻报道来说,陈述是一种方法,评价却是一种理念。《平民英雄》的节目取材均为实实在在的社会生活事件,而且基本上都是采用纪实的呈现方式。每期均大量采用监控视频、群众拍摄的手机视频、DV 视频等还原一种“现场”,具有很强的可看性。如《幼儿园老师解救跳窗母子》事件报道,选用该事件目击者沈阳市民用手机全程拍摄的视频资料,加上模拟还原,整期节目把观众带回到事发当时的情境,具有很强的现场感。

二、真实观:正气,在褒贬中弘扬

诚如上文所述,现实是电视媒体永远贴近的对象,但贴近什么样的现实却是值得人们深思的话题。如果我们说《平民英雄》挖掘百姓身边的凡人壮举,通过富有感染力的故事回溯和现场访谈,塑造了一批平民英雄群像的话,那么,一种“邪不压正、崇尚英雄”的社会正气正随着这档节目的播出得到了彰显。这就是我们所说的“真实观”。

所谓真实观,即表现为如何发现现实中的真人真事以及如何看待这类真人真事。

请看《平民英雄》的真人真事:智斗持刀歹徒救下全车乘客的永州公交女司机、救治受伤便衣警察的杭州环卫工人、勇斗金店抢劫犯的宁乡面包车司机、抓小偷被毁容的武汉 80 后都市白领、用一吻救助轻生男子的打工妹刘文秀、冒生命危险救下 8 楼悬挂幼童的湖北电梯工人、公交车自燃后协助全车乘客逃生的三位四川大学生、与杀人犯斗智斗勇的南京的哥、劝服跳楼母子的沈阳幼儿园女教师、曾经因盗窃罪入狱的贵阳送货员却能够勇斗劫匪、用棉毯接住跳楼妇女的长春普通市民们、劝服“整容失败”大学生轻生举动的河南美女记者、为救女店员心脏中刀的云南超市女老板、与劫持女友的男青年谈判的昆明电视台男主播等等。这哪里是英雄,分明就是平民。但他们的确是英雄。无论是录制现场的观众还是电视机前的受众,所有的人都把这些真实的人物看作是自己身边的英雄。

人们之所以有如上的认识，源于这档节目对对象的评价性报道，即不拔高、不回避、融褒贬为一体，立意在真实的见证。

节目开播以来，先后报道了50多位平民人物。在《血衣男子的呼救》中，一名便衣警察在一次抓捕行动中身中7刀，在无法核实其警察身份的紧急时刻，在周围群众不敢上前援助的危急关头，杭州萧山的普通环卫工人龚德全毅然救下了这位生命垂危的便衣警察。节目凸显了龚德全好管闲事的个性，挖掘出其曾多次帮助他人却反而遭到误会或诽谤的特殊经历，使得该人物的形象及情感更为真实丰满。当主持人问龚德全如此做是否值得时，他回答："虽然遇到过几次误会，但我觉得这个社会还是好人多。""我也很害怕，但我想救命要紧。"这些朴实的话语传达出一名普通环卫工人的善良与真诚，令无数观众动容。在《被劫持的公交女司机》中，当永州市12路公交车被歹徒劫持，29岁的女司机桂艳华临危不惧，为确保乘客安全，跟劫匪巧妙周旋，最后帮助警方将歹徒成功抓获。他们的勇敢、机智、无私、无畏，为广大观众留下最美最深的记忆。

该节目有意识地提炼出社会热议的道德主题，让观众在潜移默化中对身边的这些人物给予了真实的认同感，同时也对自我思想和行为进行深入反思。如："如何让见义勇为的行为更有底气？""(不敢挺身而出)我们是不是把自己的得失考虑得太多？"等。节目通过真实的故事营造出"邪不能压正""好人一定会有好报"等氛围，让百姓深感共鸣。所谓"平民就是英雄，英雄也是平民"正是这个道理。

三、并非结束语：还是大众"心"动那点儿事

《平民英雄》在晚间黄金档播出，观众累计收视率超过28%，在全国29个省会、中心城市的平均收视份额超过2%。截至2012年6月，收视排名进入全国前六的节目有12期，与国内同类节目相比，收视表现也是最好的。

该节目获得了媒体的广泛关注，据百度数据，今年以来该节目的相关新闻近3000篇，《光明日报》、人民网、共产党新闻网等主流媒体对该节目也进行了报道。《光明日报》2012年1月4日刊载《好时段就要留给好节目》一文提到，今年"涌现出一些有特色的新闻栏目……如湖南卫视《平民英雄》等道德

建设类栏目将在大力弘扬社会主义核心价值体系和中华传统美德方面进行积极探索”。人民网刊载《道德建设节目处处开花》《湖南卫视新年主创新闻法制类节目》等报道,也对《平民英雄》节目进行了报道。观众在感动的同时也对《平民英雄》给予很高的评价。有观众评价:“湖南卫视最近让人眼前一亮,《平民英雄》节目倡导正确的价值导向,平民英雄们的事迹令人钦佩、催人泪下。”

电视为谁服务?不说自明。受众之“心”动,一方面表现为社会环境的“气象变化”,另一方面表现为媒体是否能够与受众有共同的“心”动。情之所系是一个多面体。

(合作者李辉系广州大学新闻与传播学院教授。
成果发布时间为 2012 年)

港产 TVB 电视剧口语传播的三类模式及其演变动因

——以香港回归以来为时限

摘　要：TVB 自制剧，在港产电视剧中最具影响力。其有声语言即对白、独白、旁白等是口语传播的重要研究对象。香港回归以来，此类语言所呈现出的“话语权演变”“语言风格日趋‘师奶化’”和“‘金句’的语言表达”形成三类口语传播的模式并产生较大影响。分析导致这些变化的动因，是华语电视剧口语传播研究不可或缺的内容。

一、口语传播模式之一：话语权演变——以“身份观”的变化为例

在社会整合过程中，意识形态作为一种传播中最基本的潜在力量时刻存在着，而且在不断地改变公众的观点。特别是在社会转型期，新旧不同的意识形态发生碰撞，暂时占据优势地位的一方，仿佛掌握着宣扬自身价值观的强大权力——“话语权”，并通过大众传媒生产隐含倾向性价值观的文化产品，将之广泛传播给受众，发挥“话语权”的现实作用 1。电视剧的传播亦不例外。自 1997 年香港回归以来，TVB 自制电视剧中的口语表达内容有较为深刻的变化，其中，在上述“话语权”的意义上，有两个方面的表现。

（一）“香港人”的身份认同：从“中英混血儿”到“我是中国人”

香港中文大学教授刘兆佳，曾在 1985—1995 年间进行一项有关港人身份认同的研究，发现香港居民更愿意用“香港人”标签自己，而非“中国人”，数据如表 1。

表1 1985—1995 年香港人身份认同调查表

	Hongkongese	Chinese	both	neither	Don 'tnow
1985	59.5	36.2	-	-	4.3
1988	63.6	28.8	-	2.0	5.6
1990	57.2	26.4	12.1	1.0	3.4
1991	56.6	25.4	14.2	1.2	2.4
1992	49.3	27.0	21.1	0.7	1.9
1993	53.3	32.7	10.1	1.6	2.4
1994	56.5	24.2	16.0	0.5	2.8
1995	20.2	30.9	15.4	1.2	2.8

来源《二十一世纪》,1991 年 6 月第 41 期。

回归前,大陆生活水平和香港差距较大,令港人产生优越感。大陆和香港隔绝,港府又有意无意弱化港人的“中国意识”,港人的“中国人”身份难以建立。

有统计显示,在回归前的十几年中,超过 60 万的港人移民海外,约占香港总人口的十分之一。TVB 在回归前的电视剧口语表达中会经常出现“移民潮”的影子。以《爱情三角错》(1990 年出品)的一幕为例:

——谭媚:“那个人(菲佣)需要重新申请三个多月……我说不行,家里还有两个孩子上学要靠她接送的嘛,没有工人我怎么办呀?多亏她以前的雇主钟太太,她跟我一起去的,你一句、我一句,说着说着那个移民官就点头了。”

——谭媚好友:“你的英文根本不行,怎么跟她说话呀?”

——谭媚:“你放心,看着吧,活动教学……Mana.”

——谭媚女儿:‘行不行的?妈咪!”

——谭媚(一手拿着一盘煎鱼、另一只手指着):鱼……

(捏鼻子、摆手):“不新鲜……NO 新鲜……Next time no buy.”

有关“移民”内容的口语表达,在“回归”前早已是港人家长里短都会提到的普遍现象。同时,人们口语交往中常常夹杂着粤语和英文单词,表现出区域性口语传播的特征,也反映出他们对“中英混血儿”身份的认同。

回归 10 年后,香港大学再次做了“香港人身份认同调查”。发现港人对“中国人”的身份认同在这 10 年里总体呈上升趋势,数据见图 1。

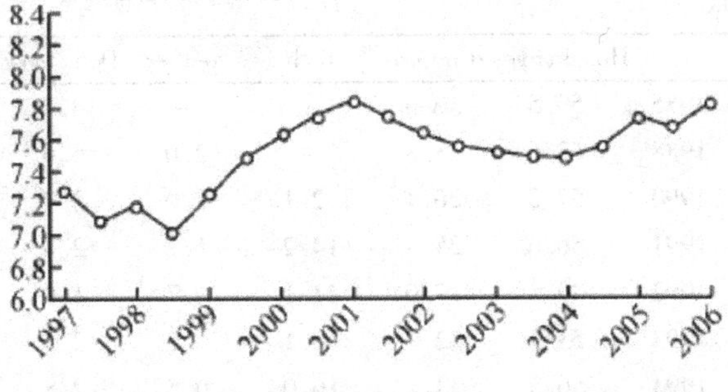

图1 1997—2006年香港认同“中国人”身份的指数

回归以来,香港人在不断寻找自己的身份认同,且大陆日渐崛起“北望神州”已是不少港人的发展趋势,香港与大陆的“界限”在港人心中日渐消解。港人对移民他国的看法,也表现得更理性。这一变化在电视剧口语表达中的例子比较常见。如电视剧《岁月风云》中的人物对话:——华文硕:“其实我的心真的很乱…到了加拿大那边,先别说适不适应生活,最惨就是什么都要重新开始。我都几十岁人,你说还能做什么,难道真是要做‘三等公民’吗?”

——华文鸿:“什么‘三等’?”

——华文硕:“就是等吃等睡等死……”

除了上述身份认同的改变之外,TVB电视剧中,对“大陆人”到“内地人”的变化性表达,也是口语传播在社会与艺术之间寻求一致的见证。

(二)“大陆人”形象在口语传播中的悄然变化

回归前,TVB电视剧口语传播中对“大陆人”最常见的说法大约有三种定性的说法,一是“初来港的大陆人或偷渡客,港人称之为‘阿灿’”;二是“夜总会小姐、妓女和情妇,港人称之为‘北姑(鸡)’”;三是“从大陆来港作案的小偷或悍匪,港人称之‘大圈仔’”。1997年以来,港产电视剧中,上述对“大陆人”的贬义称呼悄然发生变化,一句“哦! 内地来的!”成为港剧中对内地人的总的称呼,由此带来的对“大陆人”的话语表达背后的变化是深刻的,以至于对电视剧中人的形象认同发生了较大改观。究其因,这或许是出于港人对国家的认同,或是对现实的反映。的确“大陆人”的形象在香港电视剧中已经有了很大改变。剧中的"大陆人"不再非得说着奇怪口音的粤语,必要时会有粤语配音,穿着也跟港人没太大区别;"大陆人"还被包装成有高尚情操的成功人士。《岁月风云》里有以下一幕对白:

——华文鸿:"我想将来成熟以后再成立一间汽车大学。"

——曹红:"汽车大学?哇…你简直太有雄心壮志了。"

——华文鸿:"见在中国汽车工业的发展,急需大量这方面的人才,我是觉得我有责任做这方面的工作。"

——曹红:"我看你离开车厂之后不但没放弃你的汽车梦,反而更加发扬光大,真是佩服你。"

——华文鸿:"其实那也是我的一个梦想…你那间出租车公司都办得不错啊,司机都免费接送残障人士去医院,你这么热心去回报社会,我真是挺敬的。"

从稍嫌"高傲"的"我是香港人"和有些贬义甚至敌意的"大陆仔",到"我是中国香港人"以及对"大陆人"概念注入更为正面的内涵,在回归以来 TVB 电视剧的口语传播中,已经形成了一类话语权转变的模式,这一语言模式深刻展现了一个新时代属于全社会的语言特征。

二、口语传播模式之二:语言风格日趋"师奶化"

(一)师奶及其在 TVB 电视剧中的口语表达

师奶,是一个变化的概念,在粤语中通常指已婚妇女尤指家庭主妇,是"太太"的俗称。在原发状态下,师奶之说是没有贬义的,后逐渐被添加了"外观老土、俗气、无知、斤斤计较又爱讲是非"的内涵,或专指中下层家庭妇女和有点俗气的未婚女士。在新近的变化中,师奶开始披上 OL(office lady)甚至是女强人的"外衣"而越发光鲜起来。事实上,师奶已经被泛指为中年妇女,并往往被贴上保守、短视、自卑和虚荣等标签。当然,这些标签并非一定表现为否定,有时只是一种调侃,甚至已经有了较多的肯定。这一概念在长期的变化过程中,已经形成为一种价值观。

在师奶的世界观里，温饱、安定、务实、较真、不吃亏等都占据重要位置。由于长期自我感觉欠佳，师奶们普遍存在自卑心理，一方面她们需要感受自己存在的价值，另一方面又拒绝接受新思想、拒绝改变，最常见的外在行为是“大声说话”。又由于师奶们缺乏安全感而带来的强烈自我保护，她们不亦乐乎地共同分享娱乐新闻及邻里的飞短流长，从而封闭自己的内心世界。

随着女性地位的日渐提高，新型的师奶们虽然同样有着短视、凡事算计、自卑又虚荣的特点，但已经彰显出某些“心理强势”，如师奶们对家庭和事业的双重关注以及自我意识的提高等都是此说的证明。正是由于师奶们在生活中的角色地位越来越重要，以密切关注现实见长的TVB电视剧就十分敏锐地捕捉到这种社会发展的新景观，将其融入电视剧的口语叙事，借以提高电视艺术的通俗性、平民化和温情度，以吸引更多目标受众的注意。

摘录2008年《溏心风暴之家好月圆》剧中主角们的语言，以资例证。如：优！优你个死人头！你条裤就未优!(优！优你个屁！你的裤子就还有没有穿上；“优”字粤语读音一语双关)；又例如“乜宜家D人戴住个bra抹窗嘅？(怎么现在的人穿着胸罩擦窗户？)”；又例如“就算佢净翻一条底裤，我都要扯佢一半(就算他只剩下一条内裤，我都要抢他一半)”……此类语言对师奶们的形象而言，是有双重意义的：一是女人在这里成了与男性平等的人，成了有性格的人；二是女人在与男权社会的对话中发出了自己的声音，虽然通俗到有时缺失了文雅，但娱乐效果十分明显。相关语言不胜枚举，可谓TVB电视剧口语传播的又一景观。

(二)口语表达“师奶化”源解

源一：受众定位

在电视传播日益走向“分众”和“窄播”的当下，TVB必须明确自制电视剧的受众定位，方能在市场占有中立于不败之地。在香港，家庭主妇和女白领是TVB最主要的忠实受众，这个群体本身有时间看电视剧，也乐意看电视剧，更重要的是，她们喜欢讨论剧情的发展，等于帮助TVB做“病毒式”口语传播，制造话题、形成效应。因此，TVB电视剧的制作在口语传播方面必须符合师奶的审美叙事情趣和社会心理需求。

源二:“师奶经济”的背景因素

当下的师奶们在经济水平上有了较大提高，其消费能力和潜在的消费欲望,是商家想方设法满足的盈利对象。媒体对此亦推波助澜,针对师奶们的心理进行新闻素材的加工和故事创作，在一种舆论生产的条件下，师奶不再仅仅属于普通的家庭妇女，而是延伸到中产阶层，以及有着相同观念的未婚女性“师奶”这个词甚至已经被抽象成一种价值观,在香港社会的口语传播中,男性也可以很“师奶”学生、老师、警察……也都被“师奶”了。源此,媒介与经济的互补成为 TVB 电视剧中涉及“师奶们”口语表达的重要背景因素。

源三:在“看”与“被看”之间游走的文化变迁因素

在男权文化主导下的意识形态话语世界,女性是“被观看”的“客体”但如今的师奶们已经成为电视接收中“看”的“主体”,问题是在看的内容方面,这种从“被看”到“看”的状态也在发生变化,不再以男性的标准和价值来衡量女性自身,已经成为社会的共识。社会对女性的关注,女性对拥有自己独立的性别意识和审美观念的追求,演变成 TVB 电视剧口语传播中的“师奶现象”。甚至,可以由此解读出“女性对男性的性消费”这的确是一种“女性意识”的进步和突破。当然,TVB 电视剧中师奶们仍然在高声甚至无礼地表达着,但她们的话语,已经彰显出“职业女强人”的性格特征。所以说,TVB 电视剧口语风格的“师奶化”既展示了香港女性的生存状态，又表现了在新形势下香港女性的“自我意识”以及社会对女性价值的再认识。

三、口语传播模式之三:“金句”的语言表达形式

(一)“金句”与 TVB 电视剧的“金句表达”

“金句”一词由来已久,但至今没有一个统一、权威的解释,大概意思是经典的、有哲理的、有趣味的、广为流行的句子,那些句子犹如“金子”那般尊贵闪耀、恒久不衰。对于电视剧来说“金句”的力量一方面可以成就角色,另一方面亦能给予观众以启示。很多时候,就是因为那么几句台词让我们对某一角色产生出眼前一亮的感觉,进而喜欢那部电视剧。“金句”成了电视剧的宣传

标语,越来越被创制人重视。

早在1989年播出的港产电视剧《盖世豪侠》里,周星驰的“无厘头文化”表达中就有了“金句”。如“不如大家坐低,饮杯茶、食个包(不如大家坐下来,喝杯茶、吃个包)”至今仍被广为流传,奉为“TVB金句”的鼻祖。它的“潜文本”是要反映出香港人为人处事的哲学—没有不可商量的事情,大家静下心来好好沟通,一切皆会有可能。

(二)“金句”的设计与传播效果

“金句”看上去像是无意表达,实则多出于有意为之。从香港回归前夕到21世纪初年直至当下,TVB电视剧人物的口语表达,多是为主角量身定做的“口头禅”语言,这种表达既能突出和强化人物形象,又能通过反复向观众传播制造记忆点。如《西游记》中猪八戒(黎耀祥饰)的“多情自古空余恨,此恨绵绵无绝期”(戏中的猪八戒是个“多情种”形象,常常慨叹感情,常说此话);《鹿鼎记》中,韦小宝(陈小春饰)的“你阿爷呀”(戏中,韦小宝每有不爽必讲的骂人话语);2004年《栋笃神探》的警醒式口语传播特点;2005年《金枝欲孽》里众多的女人骂战,语言中富含为人处事的哲学,被不少女白领牢记作为“办公室生存之道”。这些都给受众留下较深的印象。

在此类电视剧的传播中,“金句”是一种模式的示范,受众往往只是根据个人偏好把热播剧中的精妙语言自定为“金句”,但在口语传播借助网络的条件下,其传播效果却是惊人的。君不见,几年前春晚节目中一句“这个可以有”的“金句”至今仍在流传,都是辅助性证明。据不完全统计,2009年的港产电视剧《巾帼枭雄》中,一句“人生有多少个十年”早已成为家喻户晓的“金句”,在百度可以搜到5800000篇相关网页,谷歌则有29400000条相关信息,若加上其他媒体宣传就更是铺天盖地。据笔者统计“人生有多少个十年”这一“金句”的原话及其变体,在《巾帼枭雄》这部共25集的戏里,分别出现在22个场景、共出现24次,即平均约一集就说一遍,其每次出现都能很好地起到起承转合及推动情节发展的作用。可见“金句”的影响是较大的。

从理论上说,在认知层面“金句”是TVB议程设置的表现,意图安排观众讨论的话题,引导受众的思想走向;在心理和态度层面“金句”使传播者所要传递的价值观能更直观迅捷地传达给观众,并且便于受众的心理记忆,借以达到传播效果的理想化状态；在行动层面“金句”有助于形成话题效应“从众心理”，又让电视剧的潜在受众加入口口相传的传播范围。

（国家社科基金艺术学项目“香港回归以来粤港两地电视剧比较研究”的成果之一。合作者曾思美为广州大学毕业生。成果发布时间为 2012 年）

参考文献：

① 刘青峰，关小春.转化中的香港：身份与秩序的再寻求[M].香港：中文大学出版社，1998.

② 刘兆佳.“香港人”或“中国人”香港华人的身份认同 1985—1995[N].二十一世纪，1997.

③ 杨继斌.十年一问香港是谁[N].新京报，2007-6-11.

“学警”与“女警”的意蕴解读

——新世纪以来港产电视剧的一个侧面

摘　要：港产电视剧中，警匪剧是较为重要的一类。新世纪以来，此类电视剧中“学警”和“女警”两种类型的叙事和传播形成模式化发展形态。究其因，此类剧的意蕴表达是其成功的要素之一：所谓青春、励志、成长与女性、平等、情感成为链接叙事和传播的共同的内涵。解剖此类“案例”，将为社会传播视野下香港电视剧的研究提供支撑。

一

以励志奋斗、青年警员成长为背景的“学警戏”是新世纪以来港产电视剧中的重要类型。

表现年轻警员学习和奋斗的历程是这一类型剧的叙事主线，其中较有影响的典型剧目有“学警”系列三部曲，即《学警雄心》《学警出更》和《学警狙击》。其他同样讲述学警初毕业后执行任务的《新扎师兄》系列、讲述消防部队成长的《烈火雄心》系列和讲述飞行师经历的《冲上云霄》等也是香港“学警戏”中的代表性剧作。

“学警系列”三部曲由一系列讲述两个青年成为学警（香港警察学校学员）参加27周的警校训练、毕业到投身警队、经历一系列案件并最终成长为优秀警员的故事组成。这部剧分别于2005、2007和2009年于无线黄金时段首播。该剧围绕男主角钟立文（吴卓羲饰）和李柏翘（陈键锋饰）以及他们的父母、亲友、同事以及与敌对分子（黑社会）的博弈展开故事。《学警雄心》讲述了钟立文和李柏翘二人同期考入警校，在警校教官李文升（苗侨伟饰）严厉刻薄的指导下接受艰苦训练的历程。在学习中，钟立文开始认识到当警察的真正意义，而李柏翘无意中得知教官李文升原来是自己的亲生父亲，但迫于种种原因未能相认。后来,李文升终于知道自己和李柏翘的父子关系,却来不及相认,就在一次行动中英勇殉职。在爱情方面,钟、李二人的故事也颇为曲折。钟立文跟一个普通人家的女子何花(杨怡饰)引发一段故事;而李柏翘同富豪女学警马霭琳(薛凯琪饰)发生感情。无奈两人因家境相差巨大,父母反对,一直未能直接吐露心声。在几经曲折后,有情人终成眷属。经过了严格和艰苦的训练,与钟、李二人同期的青年学警都顺利完成了 2 7 周的学业并顺利毕业。该剧播出后,收视率一直维持良好。顺接第一部的故事,《学警出更》则讲的是钟、李二人毕业后分配到油麻地地区作为真正的警员执行任务的故事。第二部中,二人的恋情都有了甜蜜的发展。而在同一警区担任卧底的张景峰警官(陶大宇饰)与钟、李二人一直有冲突。原来张景峰当年曾经和李柏翘的父亲、已故警官李文升有一场很大的分歧。在一次行动中,李柏翘的女友马霭琳牺牲。这时,三人都需要进入香港警察机动部队(PTS,因其佩戴蓝色贝雷帽而被戏称为“蓝帽子”警员),PTS 的要求更高,是警员提高作战能力和晋升职位的必要途径,三人需要面对为期十二周的严格训练。几经波折,三人终于化敌为友,成为生死兄弟。作为第三部的《学警狙击》则乘胜追击,讲述钟、李二人成为 EU(紧急行动队,即香港警察中的“冲锋队”)成员后的故事。该部剧集已基本脱离“青春励志”的路线,讲述二人与黑社会集团一波三折的故事。

从上述剧集的主要内容看,“学警”系列包含了几乎所有经典警匪剧的必备元素,而这一切元素都与其青春励志(主要是前两部)的主题密切相关。

首先,在《学警雄心》中,由于“警校”特殊的情境设定,警察办案、犯罪活动部可能成为重点,因此对警校内部的矛盾冲突就是重点中的重点,而且任何矛盾都具有复杂性,即并非单一的黑白分明的矛盾。具体来说,有严厉教官与懒惰学员的矛盾,但是该教官是主角之一的、多年未能相认的亲生父亲;有学员之间的矛盾,而警队偏偏又是一个讲求相互协作的团体;故事中的两对恋爱关系也颇有意味:一是学警与平民的爱情,但是这个平民的家族是一个“偷盗世家”;二是学警之间的爱情,然而却是富家女和穷小子的“镜中花”。在后续的《学警出更》和《学警狙击》中,香港普遍存在的社会冲突的症候都成了刻画的重点,如黑帮会议、群架斗殴、贩卖毒品、开设娱乐场所、卧底、牺牲、暗算等层出不穷。若要勾画线索,这部电视剧是对“警匪”社会关系一个较为全面的揭露,大抵就是:“警察←→社会力量←→反势力(黑社会)”三角关系中“你中有我,我中有你”的互动。这是香港警匪剧内容构成的特色所在,学警剧当然也不例外。

问题在于,当我们把香港社会中的诸多矛盾视为学警剧的故事内涵之时,就不自觉地彰显出一类话语,即香港社会可能的动乱成因一直像一把悬在港人心灵之上的刀子,随时都会落下来。回溯香港开埠以来的历史,这虽然是一种港人不争的心理事实,但在进入新世纪以来,香港警匪剧的这种转型却恰到好处地显示了新香港人的社会心态,即原有的打打杀杀的警匪剧变成了青年偶像警员的“宣传片”。或许,这仅仅是一种为了取悦受众的叙事表象,但社会大众在看惯了拼杀的警匪片之后,的确需要调换一下胃口,而“学警戏”在表现“青春励志和成长”之时,其成功还表现在此类剧“仿真”的叙事特点上。

该剧对现实警员的仿真是成功而到位的,收到了较好的社会影响。具体来看,此类剧集对一般民众不为人知的警员生活细节有所描述。国内的警匪电视剧多是表现警员“高大全”的形象,其生活细节无非就是:办案现场、家长里短、办公室。而在学警系列剧中,观众看到了位于香港黄竹坑的警察训练学校的各个细节。在故事第二集,“教官”带着学院逐楼逐层参观警察学校,实际上也是带着所有观众了解香港这一培养警察的学府。还有警察的宿舍、训练场、射击训练场、各种枪械子弹的外形、组装,投考警校的面试情境、警察办案的范围和程序、冲锋车(一种供紧急行动部队日常巡逻、赶赴现场的大功率警车)内座位的分布、各座位人员的职责等等,事无巨细。这种对警员生活“设置”本身的描述,在描述香港政府飞行服务队的电视剧《随时待命》、讲述消防队员的《烈火雄心》、讲述出入境办事程序的《ID 精英》等剧中都有表现。这种细节的展示,显示了港人群体意识中的青春气息,在推动情节的同时,自身也成为剧情的一部分。显然,无论是港人还是内地大众,都在这一类剧中找到了以下的关键语:帅气与青春;责任与义务;爱情与亲情以及正义与付出。

是的,“学警”并非仅仅是娱乐大众的搞笑对象,而是港人变化了的社会心态的意蕴写照。在社会传播的视野下,这种社会元素、娱乐元素和励志教育因素的融合,是进入新世纪以来香港警匪剧的重要变化之一。

二

女人、女性与女警员是新世纪以来港产电视剧中另一类型剧的话题意蕴核心。

如果说这一类型剧可以成为"女警戏"的话,其意蕴表达与一般的女人剧则有明显的不同。纵观此类剧,其重要特点是刻画女警员的成长和生活。也许读者会以为这是所有女人剧的共同的内容表达,但只要我们把"警员"与"女人"链接在一起,就会发现在一个高度男性化、危险化的职业群体中,只有添加了女性,才能显现出不一样的女性特色来。这一类型的作品虽然不算多,但影响较大,比较出名的当属《陀枪师姐》四部曲与《无名天使 3D》两部剧集。

《陀枪师姐》共四辑,是跨越新世纪的系列剧集,分别于 1998 年、2000 年、2001 年及 2004 年播放。主要演员有关咏荷、滕丽明、欧阳震华、魏骏杰等。所谓"陀枪"是一个粤语词,就是"佩枪警员"之意。"枪"作为男性化力量勇气的象征,与"女人"放在一起,本身就是一个不大协调的搭配,在吸引眼球之余,在叙事风格上也有别于其他同类剧集。在"陀枪"系列剧中,与一般剧情中的三角关系不同,重点描述了"四角"关系:"作为女性的警员和作为警员的女性←→其他警员←→社会(包括家庭)关系←→黑恶势力"。首先,女性警员既为人妻,就有家庭中的各类矛盾;其次,女性警员与同行共事之时,自然会因其女性视角的天然特性,而产生新的矛盾;再次,女性对待感情的视角与男性也有较大差异,情感冲突也自然成为矛盾聚焦的热点之一,当然,女警与黑恶势力的博弈更多一种神秘、一种担心和一种吸引力。

《无名天使 3D》的叙事手法又与"陀枪"系列有显著差别。该剧明显突出了女性在男性化职业中独到的特点。一方面,该剧中的三位女主角均年轻貌美(分别由郭羡妮、佘诗曼、杨思琦饰演)且精明干练,并且具有出色的探案能力。这种形象一改其他剧中女性优柔寡断、婆婆妈妈的特点;另一方面,与"陀枪"中的女主角在交通队(一般警员)不同,"无名"中三位主人公都在保安科的反恐部队任职,每天要处理极具危险性的大案要案。在剧中,无论是警察局的男性同事、还是在社会上结交的小混混,经常都不免"遭到"女主角的戏谑、讽刺、调侃。类似展现女性风采的情节还有很多,比如:反恐组需要有一个得以接近黑社会老大的卧底，之前警方排除的卧底身份暴露，英勇牺牲；此时由佘诗曼主演的姚丽花警员化装为年轻貌美的女律师，以美色接近该恐怖分子，获取情报。该剧最后，女主角之一被恐怖分子劫为人质，另两名主角需要打消上级疑虑、通讯联络中断的情况下，冒险拯救该成员……等等。

应该承认，这类女警戏的故事及其意蕴是有双解的。一是女性警员所展现的性别角色的魅力及其社会传播的意义；二是女警成为香港电视剧中新的叙事符号的见证。对于前者，从表象上看只是女性的亮丽、青春和性别困惑，但在深层结构上则是取特定背景条件下女性的情感为解剖对象，并企图为香港电视剧中的女人戏再添亮色。对于后者，香港电视剧中的人物角色符号早已多种多样，但新女警形象在艺术传播条件下，其形式意义在于女性意识正在成为港剧叙事符号中新的话语内涵。

事实上，早在20世纪80年代，港剧中就有《警花出更》一类的女警戏，可见港剧对于性别加职业的思路是由来已久的，而性别魅力也不是一个新鲜视角，但在新世纪以来，《陀枪师姐》等女警戏在承上启下的过程中，更加推动了女警戏的发展也是一个不争的事实。按常规，解读这一现象的一般答案往往停留在性别角色的表象的定位上，即女性在家从夫和职场女性从属的身份定位是女警形象的意蕴所在，事实上，新世纪以来的女警戏除了展示这种传统的角色定位之外，更多增加了受众的心里追求因素，如果说早年的《警花出更》还有一种"调笑"色彩的话，《陀枪师姐》则是女警生活的"正经版"。此类剧集中，所有情节都围绕着女警员的工作、家庭、孩子、与男警员的关系等予以展开，不追求花里胡哨的细节，给观众犹如与女警生活在一起的"同在感"，这种变化企图告诉观众的是，警员是人、女警员也是人。这种判断拉近了媒介与受众的心理距离。究其因，乃在于警匪剧在常态下表现为离奇和搞笑，从而获得娱乐价值，但"同在感"却让人感受到生活的现实价值，诸如《陀枪师姐》中女警员作为单身妈妈的细节描述，以及女警员找男朋友的困难状态的展现都是上述判断的例证。

至于女警成为香港电视剧中新的叙事符号的见证，可从受众对女警戏的反应的角度予以评判。网上调查显示，观众对《陀枪师姐》和《无名天使3D》的关注主要包括那位主演更漂亮、剧中人谁和谁在一起(爱情的发展)更合适、关于结局的猜想等。由此看出，观众对女警戏中的"警"的关注度并不高，更多关注的是身为警员的女人及其感情纠葛，这种视女性为关照对象的心理，在深层结构上看，是一种男权社会心理的常态，问题在于对女性的解读中添加了"警察"这种特种职业因素后，女性的人格出现了"美丽与强悍、温柔与坚强和从属与主宰"的分裂，当"美丽、温柔与从属"是传统观念中的女性叙事的定位，而"强悍、坚强与主宰"是传统观念中的男性叙事的定位，当这两类因素融合在一起并集中在一类女人身上的时候，一种新的叙事符号就出现了，即女警是女人的另类，而男性观众的性取向和性欲望由此显现出新的变化。在这种意义上，人物性格的分裂才是一种真实的人物性格的统一。

三

总之，学警也好，女警也罢，都不是港剧中的类型剧的新模式，而是港剧中职业剧的细分类型。其意义，在于港剧的生产和创作主体对香港社会现实的关注。假设学警戏具有教育意义、女警戏有生活认同感，则电视剧的传播一定是更多的关注了社会的现实，假如我们承认这一命题的合理性，则电视剧的传播就加重了关注社会的砝码。由此，艺术传播的社会与社会的艺术传播就构成了电视剧传播的基本框架，在这种框架下，人、社会、艺术与传播成为电视剧文本结构中的永固的核心。

（国家社科基金艺术学项目"香港回归以来粤港两地电视剧比较研究"的成果之一。成果发布时间为 2011 年）

参考文献：

① 戴剑平.香港回归以来粤港电视剧比较研究框架[J].艺术百家，2008(12).
② 吴素玲.电视剧艺术类型论[M].北京：中国传媒大学出版社，2008.
③ 冉然.近年来 TVB 剧集运营策略解析[J].青年记者，2009(3).
④ 李倩，马源.从传播过程看影响电视传播效果的因素[J].社科纵横，2005(2).

香港TVB电视剧文本生产模式述要与启示

摘　要：香港回归以来，TVB电视剧的影响力日益提升，影响于此的TVB电视剧文本"生产"是其制胜的关键。相关性启示主要体现为两个方面：一是"学徒制"与TVB电视剧生产机制的准确定位；二是市场化的受众心理需求与TVB电视剧文本生产的契合。源于此，在与内地电视剧文本单纯的"创作"观念相比较的意义上，TVB电视剧的文本生产就具有了观念和实践的双重价值，进而又具有可资借鉴的意义。

香港回归已逾十五载，在与内地共同发展的背景下，同所有行业一样，香港传媒业的变化具有多重意义。其中内地与香港传媒业界的交互影响正在形成一个新景观，而香港TVB电视剧对内地的影响力日益提升，影响于此的TVB电视剧文本"生产"，是其制胜的关键性因素。相关性启示主要体现为两个方面：一是"学徒制"与TVB电视剧生产机制的准确定位；二是市场化的受众心理需求与TVB电视剧文本生产的契合。源此，在与内地电视剧文本单纯的"创作"观念相比较的意义上，TVB电视剧的文本生产就具有了可资借鉴的价值。

一、缘起与影响

自1997年回归以来，香港与大陆的联系愈趋密切，互动更是活跃。两地的政治、经济、文化在彼此交互影响中呈现共同发展的态势。电视剧作为大众文化的媒介形式之一，一直影响着社会生活的各个层面。

回归以来，TVB每年制作大约6000小时的节目，为香港227万个家庭免费提供电视娱乐节目，是全球制作华语节目最多的电视台之一。其中，TVB电视剧每年平均制作700集。从平台建设的角度看，TVB原有的旧电视城(邵氏影城),虽然也是全天候运行,但只能提供 13 个拍摄厂棚,现有的新场地是投资 22 亿港元并已投入使用的全新“将军澳电视城”。新的平台配合全新的数码广播设备,能够提供 2 个外景拍摄场地及 22 个拍摄厂棚,具有了更新更强的竞争力。硬件的升级为 TVB 电视剧的制作创造了最具竞争力的辅助条件。同时,约 4000 名员工(包括约 600 名合约艺员)在不同岗位配合电视剧及其他视像产品的生产、播出、销售等使 TVB 形成了强大的传播影响力。尽管因为香港至今只有 2 个免费电视台的原因,TVB 电视剧有垄断性收视的可能性,但 TVB 作为自负盈亏的商业电视台,在以最小的资源获得利益的最大化方面已经取得很大成功。TVB 作为全球三十大传媒企业中唯一的华语电视传媒企业,其品牌效应持续获得了华人市场的青睐。回归以来,这种品牌效应持续发酵,使 TVB 的电视剧及其衍生的视像产品在大陆形成强大的冲击波。TVB 通过新媒体技术的介入,配合多媒体的联动传播,使 TVB 电视剧一直成为香港市民精神文化生活不可或缺的一部分。而且,TVB 电视剧的收视率每年都高居不下,还常常造成风靡街头巷尾的话题。“TVB 剧热”已经是香港市民的常态。当然,这一热浪对于内地的受众而言,也是感慨良多、影响较大的。TVB 电视剧在内地影碟市场中经久不衰的影响就是很好的说明。

当下,香港、大陆以及其他华语地区的电视剧正处在交互影响和良性竞争的时期。面对大陆内地媒体及影视产业的迅速崛起,作为香港电视剧的中坚,TVB 制作电视剧的历史已逾 40 余年,自成一体的运营模式已经得到市场的检验,其良好的发展态势和影响力,是值得研究的重要课题。其中,电视剧的文本生产是不可或缺的内容。

二、学徒制、人才机制与 TVB 电视剧的文本生产

对于“文本生产”,内地一般称为“创作”,二者之间的内涵性差异是显而易见的。

香港与大陆内地不同,一般将电视剧分为古装剧、民国剧与时装剧。而电视剧的文本作为制作电视剧的基础与核心,其衍生出来的剧本生产问题一直为学界及业界所关注。在剧本生产环节,TVB 对其生产机制的定位,对市场化条件下受众心理诉求的关注是其成功的核心要素。

剧本，乃一剧之本。与收视群体密切相关的电视剧更需要一批优秀的编剧将理想中的故事转变为制作电视剧必备的“文本”。在香港，电视剧的文本生产，一般是由电视台编剧组完成的集体创作。由于电视剧对剧集的要求多体现在情节丰富而多样化等方面，有众多编剧共同制作的方式就具有了明显的优势。在TVB，编剧组内一般分为见习编剧、编剧、高级编剧、剧本审阅等职位，每个职位就是编剧人员在职业规划中的晋升空间。

事实上，TVB在编剧培养方面，采取的是“学徒制”。在人才选拔上，只要具备基本的学历，经初步筛选，就可先行进入编剧训练班进行学习，学习模式就是媒体从业人员惯用且管用的实习制。实践出真知，特别是作为商业机构的TVB，更要求每位员工的工作效果是符合市场预期的，绝不容许闭门造车，出门合辙。再加上集体创作的前提条件，新人师从有经验的前辈，边看边学边做，各种理论性的编剧知识和实际应用技巧能够迅速得到有效传授。此外，针对电视剧在市场反应上的热与冷，依据快速回馈的收视率，对编剧人员进行必要的优胜劣汰，保留那些市场业绩好的人才的做法，就残酷地证明了剧本生产应尽量减少个人理想主义的影响。

传媒作为创意文化产业的一部分，人才就是商业博弈的制胜点，用人关键是否得当，看重的是个人能力与发展空间。TVB没有陷入唯学历论这些误区，“唯人才论”才是王道，绩效就是重要的评价标准，其内涵主要包括收视率、受众评价和其他体系的评判。同时，建立良好的人才再培训制度，给人力资源的循环营造最佳通道，以旧人的经验带动新人的创新，实施优势互补战略，使编剧团队保持最佳的创作力，也是TVB电视剧文本生产的保障性系统。

由此反观TVB电视剧的生产，其机制直接关注“生产”的基本出发点，即“受众为王”的观念形态，其特色与价值是不言而喻的。

三、市场化、受众心理诉求与电视剧的文本生产

作为商业电视台的TVB，其电视剧文本的创作遵循了商业社会的运作规律，一切以市场需求为主导，创作从来都与商业挂钩，政府的干预极小。一个电视剧本的操作，由负责剧本生产的“剧本审阅”和主要控制拍摄的监制谈构思，再向电视台的管理阶层备案，管理阶层一般从商业角度，即预期得到的收

视率，及由专业市场调查公司进行观众口味的调查报告出发，并以此作为衡量该构思可行不可行的标准。构思一旦通过后，即交由剧本审阅负责掌控整个电视剧本的编写和编写进度，剧本审阅一般会带领三至四个编剧进行集体创作，构思和编写剧本，具体的情况是先编写每集电视剧的故事内容，然后再依据拍摄所需编写分场，详细列明每一场戏的编写重点，包括时间、地点、人物都需要统一协调，以符合集体创作的要求，然后把分场交给编剧各自编写，最后由剧本审阅统稿完成。

相对于将电视剧文本创作单纯看作艺术，甚至教化的工具，导致的市场错位，TVB 电视剧从创作之初就希冀吻合受众的心理诉求，填充市场需求空隙的思考带来的是市场的繁荣。纯商业性的考量，使得规模化生产的电视剧在供需关系上获得了平衡。作为人、财资本高消耗的电视剧，人力财力的庞大支出，需要良好的收益来支撑制作机构的生存与发展，这就需要靠高收视率转化成收益，受众的关注度无疑是电视剧制作成功与否的唯一市场标尺。如进入新世纪以来，TVB 电视剧的“师奶化”倾向，就是基于回归以来香港受众对“师奶”认知的变化所产生的电视文化的新景观[1]。

所以，TVB 电视剧十分重视叙述内容是否符合大众的心理诉求。而认定娱乐也是 TVB 电视剧文本创作中不可或缺的元素。

21 世纪以来 TVB 出品的警匪剧的变化，是诠释这一问题较好的例证。诚如有关评论所述，TVB 警匪剧的文本生产与受众心理的链接，常常表现为受众把香港社会中的诸多矛盾视为“警匪剧”的故事内涵，于是就会不自觉地彰显出一类社会心理，即香港社会可能的动乱因素是大量而多重存在的。这种心理一直就像一把悬在港人心灵之上的“利剑”，或许随时都有可能落下来。回溯香港开埠以来的历史，这虽然是一种港人不争的心理事实，但在进入新世纪以来，香港警匪剧的这种转型却恰到好处地显示了新香港人的社会心态，即原有的打打杀杀的警匪剧变成了青年偶像警员的“宣传片”。其中，以励志奋斗、青年警员成长为背景的“学警戏”就是重要的代表类型。在这一类型剧中，较有影响的典型剧目有“学警”系列三部曲，即《学警雄心》《学警出更》和《学警狙击》。展示年轻警员学习和工作的历程与心理磨难成为此类剧的叙事内容。或许，这仅仅是一种为了取悦受众的叙事表象，但社会大众在看惯了拼杀的警匪片之后，的确需要调换一下胃口。延伸的评论认为，“学警”并非仅仅是娱乐大众的搞笑对象,而是港人变化了的社会心态的意蕴写照。在社会传播的视野下,这种社会元素、娱乐元素和励志教育因素的融合,是进入新世纪以来香港警匪剧的重要变化之一[②]。

再以《陀枪师姐》四部曲和《无名天使 3D》为代表的 TVB“女警剧”为例,其故事的创作在文本生产的角度看,其意义“一是女性警员所展现的性别角色的魅力及其社会传播的意义;二是女警成为香港电视剧中新的叙事符号的见证”。[③] 结合具体的作品,如果说早年的《警花出更》还有一种“调笑”色彩的话,《陀枪师姐》则是女警生活的“正经版”。此类剧集中,所有情节都围绕着女警员的工作、家庭、孩子、与男警员的关系等予以展开,不追求花里胡哨的细节,给观众犹如与女警生活在一起的“同在感”,[④] 这,也是受众心理诉求及其变化的展示。所谓关注类型人群就是这个道理。

由上例看出,对 TVB 电视剧的文本生产而言,社会的变化与受众的心理追求是相同的晴雨表。考察其中的原因,一是香港市民的生活高度城市化的生活模式形成了既定的社会受众的生存背景;二是受众对减缓平时生活压力的需求促使他们对放松心情的认同与追求,这种需求的互为互动状态正是媒介的传播现状。在这一条件下,让 TVB 电视剧持续受欢迎是制作部门各种商业决定的终极目标。当然,从电视剧是一类艺术的角度出发,我们可以把 TVB 电视剧的文本生产看作是“坐商言商的电视剧文本创作”。

四、启示:电视剧文本生产的观念及价值体系判断

以“坐商言商”论定电视剧文本的生产仅仅是一种比喻,或许有些许偏颇,但在这种形象性比喻的背后存在着观念形态的朴素的哲理,即电视剧的生产在内涵和形式两方面都直接链接到商业和艺术两个层面,而观念形态的表达就是如何判定电视剧的属性。关于这一命题,内地曾在长时期内有过将电视剧简单的界定为“宣传载体”或“纯艺术”的两种判断,当历史远行之后,反观 TVB 电视剧的生产理念,睟然发现“电视剧是商品”的第三种观念。[①]由此,不难发现“电视剧是什么的”简单命题真的不是那么简单。反思内地关于电视剧本体的判断意见,再借鉴 TVB 电视剧生产现实及背后体现出的价值观,是否可以从融合的意义上给出关于电视剧的新的本体观呢?且看基于相

异出发点的不同意见：电视剧是一类思想载体；电视剧是一类宣传工具；电视剧是一类艺术；电视剧是一类商品……是的，任何单一类型的判断都是有失偏颇的。不过，上述判断中综合的、合理内核应该在哪里呢？窃以为"电视是一类艺术传播的商品"才是合理的观念性判定。也许这只是基于对 TVB 电视剧的繁荣与合理化生存现状的一种启示性判定，或许是基于对上述 TVB 电视剧文本生产的描述性评判的延展性推论，但其潜存的电视剧本体观密切联系"艺术、传播和商品"三类因素，当具有无可争议性。这一判定直接回答了"电视是哪一类载体"的基本问题，同时也给理论界一种提示，即把"传播"直接等同于"传播内容"的理念(2)是值得推敲的，对于电视剧作为艺术的认定尤为如此。这一命题的提出，将会较好的体现一种电视观并引发适合社会和受众需求的电视剧作品的繁荣。

TVB 电视剧的文本生产引发的启示或许并不仅限于此，但这一命题引发的思考显然是重要的。

（国家社科基金艺术学项目"香港回归以来粤港两地电视剧比较研究"的成果之一。成果发布时间为 2012 年）

【注　释】

(1) 来自于戴剑平个人的观点。

(2) 一般传播理论经常性强调"传播"就是"思想传播"或其他的内涵性传播，这里的传播不单单指内容传播，而是指内容与形式传播的整体，或者说是传播的一种态势，如传播与艺术、传播与商品等。

参考文献：

① 戴剑平.论跨世纪以来 TVB 电视剧的"师奶传播模式"[J].新闻界，2012(2).

②③④ 戴剑平."学警"与"女警"的意蕴解读[J].中国广播电视学刊，2011(12).

第四编

媒介传播研究

高校学报的办刊方向与学术价值

——以淡化内外稿观念为例

摘　要：为本校科研服务是高校学报的办刊方向，这一定位的缺陷是“以本校为主”和“综合性”。由此涉及学报的编辑方针并延伸出“内、外稿”的选稿标准问题。淡化这一“标准”是学报改革与发展的重要方面。

高校学报是“高等学校学报”的简称，其对象所指，已成为高等教育中的“类”存在。此类存在概念的确指性，一般认定为“由高等院校举办的、以刊登学术和专业论文为目的，具有连续性的纸质出版物”。因此，在概念的种属关系上，学报，其实与“报”的内涵相去甚远，而应为“杂志”的属概念或分支。

假以“杂志”观之，其问津中国，尚不足三百年。具体到中国大学学报，在期刊专门化的前提下，从19世纪末叶算起，到现在也不过一百多年。在百多年的历史中，高校学报从无到有，以极其迅猛的速度发展壮大。时至今日，甚至可以说：只要有大学，就有大学学报。当下，中国高校发展之迅速，也造就了学报的繁荣和发展。

问题在于，在教育界内外，人们常常有一个共同的话题：高校学报的价值何在。一言以蔽之：繁荣学术。因此，高校学报的存在价值被定义为：学术价值。

综观以高校学报为研究对象的成果，便会发现高校学报的学术价值，其实只是为科学的发展提供了一个特别的载体而已：特别就特别在，虽是杂志却并不“杂”，而在形式上却比较统一，即以刊登科学研究的学术论文为己任；特别就特别在，高校学报与高校的办学水平的发展相同步。一般情况下，高校办学水平高，其学报的学术价值也高一些。由于高校办学水平是一个动态的过程，所以，高校学报也有与之配合的一面。这就引出了一个问题，即高校学报在办刊方向上如何与学术价值相统一。

几乎所有高校学报均众口一词：学报以反映本校学术水平为主，兼及其他。这就出现了关于高校学报办刊方向认识的歧义性:即要反映学术前沿,又要强调“内部”为主。于是,自然就将自己的定位下降了一级——同为期刊的纯学术专业期刊,在办刊形式上与高校学报有异曲同工之妙,但其灵活性就表现在不受“范围”的约束上。高校学报因受“范围”的限制,就使刊物本身在学术价值上很难做到“博采众说”,而代之以“博采众说”的“单位所有制”形态。正由于这种歧义的存在,致使早几年在核心期刊的选定上往往出现一些加括号的现象。比如对《北京师范大学社会科学版学报》,在认定其核心期刊时,往往在后面的括号内注明:教育学和心理学研究;在《中国人民大学学报》的括号内注明:哲学和政治研究;在《复旦学报》的括号内注明:政治学、历史学研究等。由此,我们不难看出,高校学报的办刊方向在“内”与“外”的问题上,在“专”与“杂”的问题上,历来就有分歧。如果从编辑主体的角度审视,高校学报在这种两难的境况中,所碰到的最大难题就是涉及办刊方向的对内、外稿处理的观念问题。

所谓内、外稿,对专业性学术期刊而言,根本不是问题,而对特定“范围”内生存的高校学报来说,内、外稿及其采用和采用标准,则是具有“方向性”意义的大问题。

无论是百年老校还是新建院校,无论是普通高等院校还是研究型大学,抑或其他层次的学校,其学报在创始之初,无不声明:以反映本校教学、科研成果为主,也欢迎校外的专家学者赐稿。所谓“内稿为主,兼采外稿”是也。一个“兼”字就为学报定了位,许多学报甚至还硬性规定了外稿发表总量的百分比,如20%到30%等。造成这种状况的历史原因是自有学报以来,办本校的学术刊物的思想就占据着统治地位。早在1919年,由蔡元培亲自倡导举办的可视为现代中国大学学报始祖的《北京大学月刊》,虽然力主“博采”,却以本校“研究学术”为定位。当然,那时大学相对较少,而北大一类的学校又是“国粹”,应该是可以理解的。甚至在60年后的1978年,在历史的转折关头,当时的教育部在武汉主持召开的高等学校文科教学工作座谈会上(同时召开了学报工作座谈会),所制定的纲领性文件《关于办好高等学校哲学、社会科学学报的意见》中,对学报的定位也非常明确:“高等学校学报是以反映本校教学科研成果为主的综合性学术理论刊物”(教育部:教高1字1160号文件),这一思想,成为近30年来中国大学学报办刊的一个总前提。只是到了近几年,教育部顺应形势，在对高校学报提出办“大刊”“名刊”的要求中，多少体现了一些新变。即对高校学报“综合性”的一个修正：在潜在的意义上，这等于要求办出不是专业期刊的专业期刊，借以与国际大学学报接轨。面对世界各发达国家一所大学办有几十种甚至几百种刊物的现实，中国只有一种或数种的大学出版物的状况正在谋求新变。在这个过程中，学报的何去何从，亦成为其存在价值的一个生态性课题。从办刊方向与学术价值相统一的角度看，“综合性”正在接受挑战，而校内为主是否也会面临解体？如果要走专业化的道路，必然出现学科分离的现象，以至于现在又出现了“名栏工程”的提法：即办不成“名”刊，可以追求办“名栏”，而“名栏”往往是以地方和本校特色为中心的编辑思想。事实上，对高校学报举办者而言，在深层次上对“学术价值”的追求可能更强烈一些。由此涉及的具体的编辑行为，我们认为有一个“淡化内稿和外稿”的区别的问题需要关注。

在办刊方向上，高校学报强调“兼采”就是人为区别内外稿，从而可能导致把学术价值放在第二位的现象产生。那么，在目前无法解决学报的专门化(也不大可能解决)的情况下，做好兼采的工作，即在突出“学术价值”的前提下，淡化内外稿的界定，把编辑的重点放在“办出特色，办出学术影响”上来，可能会对学报工作的进一步发展做出贡献。

那么，如何淡化呢？

首先，应该在“具有指导意义”的稿件上淡化内外稿观念。

所谓“具有指导意义”一般应涉及以下各个方面：宏观论述；学术研究方法论；各级立项课题；学科研究导向以及学术动态综述等。这类稿件，对于不同学报而言，应具有不同的内容。而各高校学报在选取这类稿件时，往往注意的是既与本校学科优势相关，又与学术大趋势相关联，因此，这类稿件的选择一般不以内外稿而论“英雄”。

其次，对“新兴学科”与“边缘学科”类的稿件，也应淡化内外稿的观念。

这一点对于一般高校而言，尤为重要。原因在于，一般高校往往由于各方面条件限制而较为注重传统学科，较少顾及新兴学科或边缘学科。对于校内读者群，选取一定数量此类带有挑战性的文章将会促进校内传统学科的发展与新变，同时也为学报跟上学术发展的步伐而不至于落后或改变“千报一面”而创造条件。

再次,对于有利于形成学术研究中心的一类稿件,同样要淡化内外稿的观念。

由于各高等院校在专业设置上具有相同或相近的性质,有些有实力的高校在某些学科上已经形成了优势群体或研究中心,在相当的范围内都具有较大影响。面对这一现实,无论是本校学报或是外校学报,在学术交流的意义上,在促进优质信息、迅速交换的意义上,都应淡化这类稿件的所谓内外属性的问题,因为给这类稿件提供版面,将不仅为学报的学术价值增色,也为优质学术群体的发展做了促进工作。

当然,涉及淡化内外稿观念问题的具体编辑内容还有很多,比如在地域文化的意义上,选择反映区域文化的带有地方特色的稿件;在争鸣的意义上,选择反映敏感的具有学术争议的、带有挑战性的文章等都应淡化内外稿意识,因为不论是区域性研究还是学术争鸣都将是学报办出特色的一个重要的方面。回首上文提到的"名栏工程",贯穿起来,便会发现,区域性研究等与"名栏"的关系甚大,因此,唯有将学术价值摆在第一位,才能"名副其实"。

在以上分析中,我们认为高校学报在办刊方向的确定上,如何做到与学术价值相统一,确实存在一些"桎梏",但只要认真研究,寻找出路,就可以做得更好。唯以学报办刊中的"兼采外稿'论之,则区分内外稿的意识应服从于学术价值的需要。唯有如此,则学报的办刊方向才能真正确立。

(成果发布时间为2006年)

参考文献:

① 卜庆华.学报编辑概论[M].长沙:湖南教育出版社,1991.

② 宋应离.中国大学学报简史[M].郑州:中州古籍出版社,1988.

③ 张积玉.编辑学概论[M].北京:中国社会科学出版社,2003.

广告传播的影像形式说略

摘　要： 影像在广告行为中是与狭窄语言并列的一类形式，其语源意义表现为自然形态与社会变异的“变与不变”的统一。在与狭义语言概念对比的意义上，影像表现为一种思维形式并在“形式感”和“文化指向性”两个方面的统一中，追求与受众心理形成的形式契合。

在语源意义上，“广告”一词源出于拉丁文 advertere，包括“注意”和“诱导”之意，即要唤起别人对某事物的注意力，从而达到诱引大众之目的。同样，汉语对广告的“广而告之”的定义，其所指应与“注意”之类相似或接近。问题在于，广而告之，要告之什么？怎样告之？告之什么是欲告之的内容，而怎样告之则是“告之的形式”问题。

远古时代，人们在岩石上凿画记事，既是“自告之”也是“告他知”。转瞬间，人类淌过漫漫历史长河，进入了信息时代，但在“告他知”的形式方面，依然承袭着远古时代人类“告他知”的内在“源动力”。所不同的是在“广而告之”的形式或形态方面，具有了“多类性”，即包含平面、立体、有声、有色、动态、文字、影像、电子和综合等形式在内的多种形式类型。

如果说语言是这种“多类性”的主要形式之一的话，那么，影像则是与语言“并驾齐驱”的另一种形式。在人类文明发展的历史长河中，语言与影像互为一体，却又各自具有独立的价值形式。关于语言，所论所述早已汗牛充栋，而对于影像，尽管近年来也被较多地使用，但对它的认识、理解和阐述却各不相同。故而，有必要对这一基本理论判断进行分析，从而为“广而告之”的形态学添砖加瓦。

影像者曰何？从本源意义上讲，影像其实是一个物理学的概念，所谓“光影成像”者是。古诗云：“举杯邀明月，对影成三人”，其实也是一种影像的意境，只是要从理论上解释又不能仅仅以此类“非理性”的描述为准，而应从影像的“元概念”或关联概念出发对影像及其影像形式加以界定。

影像的“元概念”在意义上有以下两个判断：一是指影像是一种自然形态，表现为人的视感觉和视知觉，所以在法语中，影像(Vision)被界定为“生理器官通过光的刺激产生的感觉”；而在英语中，影像被解释为“通过视觉器官所得的意像”。二是指影像在人类文化历史中，表现为社会性变异，诸如人对自身的形象认同、心理的欲望及满足的过程，或如影像的形式认同被人的社会化演进时的所有内容所制约。在我们所特指的“广而告之”的行为中，影像正是自然形态与社会变异形态的变与不变的统一。那么，在变化的影像承载的内容和不变的影像的自然形态之间，其联接点是什么呢？我们认为是影像形式，而影像形式又在广义语言和思维的说明书上成为一种具体的语言形式。语言，最普通的解释应为“认知工具”。在相同的意义上，影像其实也是一种语言。当然这是语言概念的广义与狭义所致。所谓文学语言、绘画语言、广告语言等属于广义语言的范畴；狭义的语言是指人的生存语言的语言行为，往往与文字相对应。在此基础上，影像与语言的共通性是二者同为“认知行为”和“认知中介”，区别点即在于二者的形式感的差异。以广告传播为例，在湖南著名品牌“白沙”的广告中，其影像表现形式是一只白鹤昂首飞向天际的动态的画面；其语言表现形式则为：“鹤舞白沙，我心飞翔”。两种表述的区别即在于影像是直观的，具有心理学意义上的直捷性，而语言则是非直观的，必须借助接受者在接受过程中的概念重组才能完成接受，因而具有重组再造性。这里的“直捷性”是指“直接”和“快捷”。其缺陷是在形象性的外观下，可能会出现内涵接受的欠深刻性。正如“白沙”品牌广告中白鹤的影像，如果没有“我心飞翔”的语言注解，在受众接受心理中，也很难造成“一飞冲天”的气势感。而广告的语言形态在接受形态上的所谓“重组再造”，应该会因接受者的相异性而达到与主体创意既相同又不相同的效果，或“超然”，或“等同”，或“他解”都是可能的。

应该承认，广告的影像形式，其实是在两个方面与受众的心理诉求密切相关的。一是在思维形式上符合受众对“形式感”的要求；二是影像形式在广告中必须具有深刻的文化指向性，才能与观众的心理需求达成默契。

在广告接受中，受众的心理诉求在形式上表现为思维形式的简单性和明了感。思维者曰何，一言以蔽之：以人为主体的认识过程。它在结构上表现为深层、中层和表层等几个方面。深层层面指以意识为要素的思维的潜在活动，主要表现为无意识、前意识和意识三个层面；中层一般指以概念为要素的思维的核心内容，主要包括概念、判断、推理等方面；而表层在旧有的理论表述中，一般是指“语言是思维的物质外壳”，主要包括语义、语法和语音等三个方面的内容。正是在这里，我们提出一种新的理解，即“语言为要素”只是思维形式的一种形态，另一种则是“影像”；而将“影像”与“思维”加以链接，便有了“影像思维”的概念。这一概念在广告的形式结构中是联接广告“实在”与受众心理的关节点，其缘由在于：一部人类发展史与人的思维历程的演变有密切的关系。从总体上看，人的思维是从简单到复杂的发展状态。在茹毛饮血的时代，人所具有的思维是一种前影像思维，或称简单的影像思维，它以自然本能的影像形态看世界，抽象能力较弱。如作为象形文字中的“鸟”、“鱼”等，在早期应当是一种影像的直观形态。尽管这里的“鸟”或“鱼”与我们今天的广告看上去没有什么联系，但实际上它已经有了“广而告之”的功能。当文字产生之后，这种前影像形态便在人的思维中退居次要地位。一种崭新的符号文化(文字)及其抽象的思维形态便成为人类思维的主要形态。但是，在艺术的创作和欣赏中，以影像为表征的一类思维仍然占据着重要地位，只是这时的影像思维是与前影像思维不尽相同的。在前影像思维中，抽象的成分极少，但在影像思维中，抽象的逻辑成分已成为必不可少的部分。

事实上，在广而告之的类同性产品中，图形设计在具有影像性属性的同时，更具有特别强烈的“符号意识”。如中国联通的标志，在构图上选择的是“金刚结”，其意义应源出于“佛教密宗”的几种吉祥物之一，所具有的内蕴大意应为汉化佛教中的“回环一切通明”。由此可见，影像在广告中并不仅仅是一种“外化性”存在，而是内涵与外形相统一的形态。因此，广告行为中具有创意的影像设计的优劣与否，往往表现为影像思维与影像语言的有机结合，以及这种结合是否具有深刻的文化指向性。

(合作者李小燕系湖南工业技术学院副教授。成果发布时间为2006年)

分众时代“另类媒体”举隅

——中国高校学生平面媒体鸟瞰

摘　要： 中国高校学生报刊是一类特殊的平面媒体，其“管理”存在着“不合法”的现象，应当引起注意。在分众时代，此类媒体在党、团报之微缩版和自主开发两个方向上发展，其资金、发行和人员等是影响其发展的重要方面。迹象表明，当下此类媒体的发展有一定的空间并有特别的意义。

一、引　言

自20世纪80年代中期以来，新概念铺天盖地式的涌进中国人的生活，其中“传播”或“媒体”之类便是影响力较大的一类。自20世纪40年代美国学者威尔伯·施拉姆出版《大众传播学》以来，在世界范围内，“传播”“媒体”之类便迅速成为人类语汇中的主流概念。具体到“媒体”而言，言之所指有多种说法：一是早期的“四大媒体”说，其语意所指即报刊、广播、电影、电视并列为“四大媒体”[1]；二是“七大媒体”说，即指报纸、杂志、书籍、广播、电影、电视和网络，其它类似的说法亦可参考。问题在于我们行文的指向之“另类媒体”在上述背景框架中居于何种地位？显然，“另类”在内涵意义上与主流媒体链接的内容系指“中国高校学生平面媒体”应为“非正规”媒体。既然如此，“中国高校学生平面媒体”又为什么会成为媒体研究的重要对象呢？原因即在于此类媒体(主要是报刊)“另类”的存在由来已久，且影响力不断扩大，必然成为传媒业界和学者研究的重要对象。据不完全统计，截止到2005年底，中国高等院校的总量已达近1800所，在校学生人数已上升到2100万人，而中国高校校园内的学生平面媒体数已达数千种之多。对照中国大陆目前公开出版的近万种报刊的总量，只要我们在受众群体的意义上稍事分析，便可看到高校学生平面媒体数量之多、阅读者之众已成为不可小觑的现象。而所谓“另类”，只是相对于“主流媒体”、“公开出版”之类的宏观背景和政策许可而言。如果将这一群体纳入研究视野，一个不容忽视的理论前提应该是：大众、小众和分众。

二、传媒新景观：大众、小众和分众

自传媒概念在理论界悄然出现，与之相关联的一个重要词汇便是“大众”。在语义学上，“大众”其实是一个泛普性概念。所谓大众文化、大众意识、大众化等，其实质都是指事物的“普及形态”和“广泛化”，而“大众”与“传媒”结合，便有了“大众传媒”的新组合。问题在于，概念一经产生，便立即会有对应概念的出现，正如任何“正”都相对于“反”一样，没有后者，绝对不会有前者，所谓没有“次”何来“主”呢？于是“小众”便应运而生。相对于“大众”而言的“小众”，在传播学的意义上，其基本出发点应有多层含义，即一是小范围传播，二是影响力相对较小，三是受众群体(落)属性明显。“小众”有时也被理解为“人际传播”之一类。这种看法其实仍有可商榷之处。比如，人际传播在具体的时间、地点和范围内可能是“小”或“少”，但人际传播在过程的意义上往往呈现出几何级数的增长态势。以作为人际传播的新变种的“短信传播”为例，其一对一的形态并不表明它应隶属“小众”。在2005年，单中国移动、联通的短信收入就已超过人民币50亿元。可见“小众”有时是非常难以界定的。于是在传播研究领域便出现了“分众”的概念。“分众”相对于“小众”，在学理意义上，可能更为科学和易于掌握和理解，也比较符合传媒业发展的实际。以电视传播为例，无论国际还是国内，频道林立已是不争的事实，尽管国内对“频道专业化”仍有较大争议，但在频道快速发展的背景下，受众的分流、群体的定向化以及节目制作的专业化等都为“分众”说提供了坚实的基础。如果说“大众”是宏观走向，“小众”是微观走向，那么“分众”则是一种中观“定位”。在当前时代和当下的社会环境中，媒体的“分众”意识必须加强，才能适应日益变化和发展的受众心理及其诉求。在“分众”的意义上说，中国高校“学生平面媒体”在摒弃其他因素的前提下，实质上应归为特定的部分接受群体一类，因为这类报刊的读者基本上是固定的。问题在于对此类报刊进行剖析之时，应有另外一个重要的标准予以说明，即此类报刊的“合法性”生存的问题。

三、在“合理”与“不合法”之间游走

在目前状态下，中国高校学生平面媒体主要分为报纸和期刊两大类。由于中国在媒体管理上采取的是审批制，对报刊的行政性审批有严格的总量控制，在资源相对短缺的情况下，高校学生举办的此类报刊就无法进入“正规报刊”的“CN”系列。因此，此类刊物的出版在严格的意义上讲是“不合法”的，而现实情况是高校中的此类报刊在校园内是“合理”存在的。所谓合理，其理由如次：一是高校学生中有较多的合法性社团。这个群体又是朝气蓬勃、充满青春活力的群体；这个群体代表着国家的未来和民族的希望；这个群体又是敢想敢干、有着较强事业心的群体；同时，这个群体的年龄恰好在世界观形成的最佳年龄段，他们对新生活的憧憬，促使他们想说、想写、想表达。二是各级行政和高校党团组织又多方鼓励他们去创办一些能够在群体内产生互动和交流的媒体。因此，一些“言为心声”的志士同仁便走在了一起，共同创建了一个又一个学生的媒体平台，借以表达他们的思想、情感和理想等等，因此此类媒体有其存在的合理性。所谓“不合法”是针对此类媒体的整体性存在而言，虽然在短期内不能从根本上解决这个问题，但一些高校为了使校园文化建设更加丰富，制定了一些属于校内的“土政策”以加强对此类媒体的规范和管理。如仲恺农业技术学院有学生办的报刊30余种，学校采取校园内统一刊号登记的办法，使此类媒体在校内实现了合法化。采取同样管理办法的还有湖南大众传媒技术学院。该院因属传媒类院校，学生报刊的数量较多，因此要求依据国家出版管理的规定，在院内对学生报刊实行登记备案制，并将此列为行政日常工作纳入学院期刊社管理，使这所学院的学生报刊进入了良性发展的轨道。

在总体上，全国高校的学生平面媒体基本上是处在一种边缘界线上，我们称之为在“合理”与“不合法”之间游走。

四、中国高校学生平面媒体现状之“内容”篇

在明确了描述的理论背景并在总体定位上对高校学生平面媒体进行“理”和“法”的定位后，更进一步的分析应指向此类媒体的“内容”和“生存形态”。

(一)党、团报之浓缩版

在我国,党、团报是特殊的媒体,又被称为"机关报"。在改革开放之前,此类主流媒体代表各级各类党团组织,承担着政策性宣传等诸多"指令性"任务,在不同的历史时期都有不可磨灭的功绩。自改革开放以来,此类报刊也在发生着巨大的变化。仅以《中国青年报》为例,其股份制改革的事实便证明,即便是党团媒体,也在适应市场、顺应市场的发展而发展。问题在于,大学生平面媒体由于其地位的"尴尬",往往是在大学生党团组织的支持背景下"经营"的。因此,相当一部分大学生报纸刊物是高校党团组织的"准机关报",其办刊思想、业务指导、栏目设置、发放形式,甚至于管理模式均有相当一部分是党团报的"校园版"。假如是四版报纸,一版必定是学校政策要文版,二版多是理论探讨,三版和四版则分别是学生社团和文艺副刊之固定模式。稍稍浏览一下各大学主办的"校报",便可窥见,这两类不同性质的报纸有时竟如出一辙。以全国高校学生报纸现状调查的情况看,此类学生报纸有89%是挂靠在学校党委或团委之下,甚至有的学生报纸的名称就足以说明了其作为党团报缩微版的实况,如《北京工业大学共青团委员会团刊》《北林共青团》《哈师团讯》《北航青年》和《重大青年报》等。

应该承认,这种党团报刊的缩微形式是优劣互见的。优点在于这种形式使学生报刊成为大学行政管理的一部分,对"政令""学令"等迅速传递有不可替代的作用,同时,也有利于校方对其实施规范管理;再者,这种形式便于此类报刊能够在一定的范围内使受众群体相对集中,形成有一定限制的"舆论中心点"。以2004、2005年在全国各高校不断发生的传销案为例,各大学学生报刊均不同程度的介入,并形成一种"口诛笔伐"和"控诉"的"中心舆论",对高校的学生思想管理起到了积极的配合作用。这种舆论导向,也提高了媒体自身的"公信度",因为学生媒体一旦挂靠在党、团组织之下,并在"舆论导向"上接受一定的指导,对报道信息的真实性、客观性和公正性就相对有了"权威性"。

当然,这种形式的不足也是多方面的。如对报纸内容上的严格控制就带来了"单调性",而对报纸的高度集中的管理则造成受众的认同心理的"匮乏"。从受众即读者的角度看,大学生是高校学生报刊的主要服务对象,而大学生是一个非常复杂的群体，其先进性和落后性并存，团队精神与特立独行意识互在，成员来自五湖四海，其知识面、专业面既类似又相距甚远，其所处于的特定年龄段是"事件多发期"，这一切因素又被人为地限定在一个相对封闭的环境内；而为这一受众群体服务的学生媒体，往往不能照顾到方方面面，过多强调空泛的"理想"，甚至在所载文章行文上也是"从通过什么到了解、掌握了什么，再到认识了什么"的"新八股文"，其过多靠近政策宣传的内容不可避免地带有"单调性"，因此，受众各具特色的思想也很难在这里找到"认同"。

（二）自主开发新趋势

多年以来，高校学生报刊是否就真的没有变化呢？一届又一届的主编们真的没有"新思想"吗？应该说，自20世纪90年代以来，传统的千报一面的形态已被打破，特别是此类媒体中的期刊，更是品种多、内容新，涉及学生生活的各个方面。而这些方面的变化，在一定程度上是得惠于改革开放的新政策，也脱颖于中国传媒业大发展的背景，在新政策和新时代的背景下，高校学生报刊在跨世纪之后显示出了自主开发的新趋势。

这种新趋势在表现形式上有多个层面：一是从新报刊的名称就可以发现报刊的内容将会有大的变化，如《益友》(上海交通大学)、《纽带》(河北工业大学)、《天外人》(天津外国语学院)、《桥》(燕山大学)、《紫荆》(清华大学)、《黑白》(湖南大众传媒技术学院)、《风流九八》(南京航空航天大学)等都是较好的证明。二是就报刊的内容而言，其变化也是明显的。以《黑白》(任选一期)为例，主要栏目分为"80后人生""幸福半场""肆意穿行""有风吹过""心灵深处"和 "社团简介"。由这类相近的名称即可大致看出其办刊思想已处于比较活跃、多样化甚至个性化的阶段。在相同类型的报刊中，目前在内容上的新变化往往集中在 "关注人生""关注青年人生""关注社会焦点""关注人的情感化生存"等诸多方面，如比较大的新闻事件"马加爵事件""宝马案""孙志刚事件"；比较有影响的政治事件和娱乐活动如"神六上天""超级女声"，以及有特别影响力涉及青年群体的"个案"，像"北大学子卖肉""北大高才生卖糖糊芦""研究生出卖色相换学费"等，在高校学生媒体中均形成一定的影响。以上例证可以说明，高校学生报刊的自主开发意识，不仅仅是一些经费来源问题，而是在办刊(报)的指导思想上，在栏目的设置上，在传播的内涵和深度上都有新一代青年人的“自主意识”。这是一种新趋势，如果善于引导，其影响力将不可限量。试想，当年一代伟人毛泽东不也创办过《湘江评论》吗?!

时下，中国高校学生报刊的重要问题除了要报道的内容之外，自然是涉及资金与发行、人员与发展等方面的基本生存问题。

五、中国高校学生平面媒体现状之生存篇

(一)资金与发行

作为媒体之一类的报刊，其生存的首要问题是资金和发行。公开发行的报刊往往通过不同的渠道进行发行，以获取成本的回收。同时，报刊的主要经营者也有资金注入，加之广告收入等，才能构成其资金的良性循环。而中国高校学生报刊的先天不足就表现为既不能发行，也不许登广告，而主办方也基本没有什么资金注入。据全国高校学生报纸现状调查显示，高校学生报刊有83.78%的资金来源是学校主管机构拨款。受经济条件限制，高校学生报纸多是月报或半月报，刊物则是不定期，报纸的规模也不大，一般是四开四版、八版或八开四版或八版，基本上不采取彩色印刷，而刊物一般也是32P或64P，绝大多数为黑白版，其印刷一般少的几百份、上千份，多的也就是几千份，其发行(送)范围以本校学生为主，兼对各大学交流，除少部分在校内收取一定的赞助费外，大约有86.5%的学生报刊是免费的。

近年来，上述情况有些细微的变化，主要是资金的来源渠道有些拓展，集中表现为：作为主管者的校方在投入上有增加的趋势；此外，一些厂商为争夺人才，希望在名牌高校的报刊上发布消息而向其投入资金，有些学校报刊的主办者(学生为主体)，受商品经济的影响，以“互动的文化活动”为企业赞助打开方便之门。由于资金相对宽松一些，一些高校学生报刊的印数增加了，版次也增加了，甚至也有了彩色报纸和彩封(刊物)。以中国人民大学的《青年人大》为例，每期发稿字数已突破10万字，可见其已具有一定的规模。居于湖南长沙的湖南大众传媒技术学院的学生报刊经常与当地联通公司等举办文化活动，既繁荣了校园文化、企业文化，又使自己的报刊在资金上有所受益。这类情况在全国范围内虽然不太普遍，但其变化的趋势则是明显的。

（二）人员与发展

在所有传媒领域直接影响媒体发展的关键因素之一是人的力量及其结构形态。高校学生报刊的人员结构与其他主流报刊和市场化报刊比较有明显的不同：其一是人员流动比较大；其二是所有人员皆为兼职；其三是所有人员的年龄和学历背景也基本一致。

高校学生报刊的主创和主办人员一般仅有几年在校时间。无论是主编、编辑还是其他人员，在有限的时间段内从事个人热爱的报刊工作，一方面可以充分发挥个体的创造性，另一方面，也会造成穷于应付的思想影响，而造成这种情况的主要原因仍在于学生报刊的管理机制，存在着校内半官方和独立办报类型。再者，由于学生报刊参与人员的兼职属性，很难对他们的行为进行合乎规范的管理，同时，因为“兼职”又缺少相应的专业培训，使学生报刊或多或少均存在着编排欠规范，甚至编辑不到位、稿件把关不严和文字差错等现象。此外，由于学生报刊“从业人员”在年龄上的接近和学历背景基本相仿，又造成“媒体话语”的相近性和单调性。一些栏目设置甚至可以在全国各高校“通用”，如青春与性心理、理想与人生、学业与就业等。这种状况的优势在于其有利于高校学生报刊与受众主体的心理对应（话）；有利于在整体上提高高校校园文化生活质量；有利于高校的学生管理水平的提高。而其缺陷是容易造成学生报刊的“千报一面”的模式化状态的出现，即可能造就一批“准官僚话语者”，而使本应有“个性”的学生报刊成为缺乏个性的重复性报刊。

从发展的眼光看问题，高校学生报刊“从业”人员的“流动”和“变化”是必然的，但从此类媒体的发展前景看，对具有分众时代特定读者群的学生报刊而言，不变是一种整体性存在；变，则是一种局部发展之必需。因此，此类人员的“生存”就存在着自我调适、加压，管理者支持、培养以及政策扶持等多方面的问题。位于广州的仲凯农业技术学院曾经在近年来举办过全院的学生报刊评比大赛，院方对全院几十种报刊进行评比，并大张旗鼓地进行宣传，把学生报刊评比作为校园文化建设的一个部分纳入学院工作轨道，产生了较好的影响。这种活动对学生报刊的“从业”人员是一种鼓励，是一种认可；同时，对提高他们的从业素质和建立人员梯队有十分重要的意义。未来高校学生报刊的发展要求其“从业”人员在不同层面的不断提高，势在必行。

六、并非结束语

在祖国北疆的吉林大学校园内，有多达近四十余种的学生报刊，其中《吉大就业报》在校内就发行12000份，由该校新闻系主办的《学声》为半彩印（一、四版彩印）报，每半月出刊一期，印数也超过10000份；在中部地区的三峡大学的《三峡青年》编辑部提出的口号是“打造校园版的《南方周末》”；湖南师大的学生报刊已打出“人文”旗帜；上海交大在2005年度举办了学生报刊展示活动；位于改革开放前沿的广州中山大学等一批高校正在创建高校学生报刊之网络版；湖南大众传媒职业技术学院学生报刊已成为校园文化的一道亮丽的风景线；许多企业已经或正在向校园学生报刊送出“橄榄枝”。以高校学生平面媒体为对象的研究已初露端倪。一些重量级的新闻传播类专家如中国人民大学的喻国明教授等已十分关注此类现象，甚至已有不少专家呼吁建立“高校学生媒体联盟”。种种迹象表明，高校学生报刊是有着深厚历史传统的一类传媒文化现象，又是一块尚待开发的处女地。对这类现象的研究，涉及面较广，如传播学、社会学、文化学、心理学、历史学、教育学、政治学、伦理学、美学以及理想教育和编辑出版等诸多层面，而以“分众时代”为背景的描述性分析只是从一个角度鸟瞰此类现象。希望借此可以引起更多专家和学者的注意。

（成果发布时间为2006年）

【注　释】

(1) “四大媒体”说并不包括“电影”而包括网络.

参考文献：

①〔英〕安德斯·汉森.崔保国等译.大众传播研究方法[M].北京：新华出版社，2004.

②〔美〕罗杰·维曼著，金兼斌等译.大众媒介研究导论[M].北京：清华大学出版社，2005.

③ 倪祖敏.报刊传播业经营管理[M].上海：复旦大学出版社，2004.

广东媒介上的香港形象及其传播的话语走向

——以回归十年间《南方都市报》和《深圳特区报》的新闻报道框架为例

摘　要： 自1997回归以来，香港形象的定位与变化是一个敏感并具有学术意义的话题。在此背景下，广东媒介上的香港形象及其传播的话语走向的命题显得尤为重要。选择《南方都市报》和《深圳特区报》为参考的量化分析对象，具有代表性。在框架理论背景下，通过对报道框架高、中、低三个层次的归类研究，将两报上的香港新闻框架归结为四类模式——政治与政策关怀；商务动态资讯；新技术与社会发展和文艺深度述评，具有合理性。结论认为：十年间，两报上的香港新闻的报道形式与内容在体现区域媒体属性的基础上，都具有鲜明的导向性，即香港总以正面、积极、稳定的形象出现。媒体在报道香港时，会在政治介绍、文化宣传与真实建构之间做出一种平衡。未来此类报道框架的三类预测可以视为广东媒介上的香港形象传播的话语走向。

一、概　述

“新闻报道框架”之说来源于高夫曼《框架理论》，主要是指消息来源、社会情境、新闻工作人员等因素互动之后，媒介以无形的“系统”对真实事件的“建构”。以大跨度时间段为断代，且以“香港回归以来”为研究对象的背景，从报道香港的框架着眼，并结合量化方法进行分析的文献，至今尚付阙如。

在上述前提下，对广东媒介上香港形象的研究具有了充分条件。进而言之，香港形象在1997以来的大转型中的变化，是中国30年改革开放背景下社会发展研究必须重视的命题，其意义可上升至“见证正在形成的大中华文化、经济圈”的高度。有鉴于此，本命题就具有了研究的充要条件，即本命题将为解读“深化思想解放”、解读“政治、经济和文化的新变化”，进而为落实科学发展观、构建粤港和谐社会提供舆论支持和决策参考。

本文的分析对象《南方都市报》(简称“南都报”)被认为是最富有活力机制和最有勃勃生机的南部中国有代表性的纸质媒体。《深圳特区报》(简称“特区报”)在海内外享有很高的知名度和广泛的影响，江泽民总书记曾为之题词“改革开放的窗口”。两报又居于新闻媒介的区域前沿，使本命题具有了较强的代表性。

二、概念界定和研究方法

本次研究中，对“香港新闻”的概念进行如下界定：1.报道对象(或之一)是香港人，或是大陆籍但已取得香港永久居留权的人；2.报道事件的发生地在香港，包括在几地同时发生、其中包括香港的事件；3.报道对象是大陆人，事件的发生地也在大陆，但事件的起因、发展和结果都跟香港的情况有密切关系的报道。只要符合以上三条任何一条的，都视为本文内容分析和研究的对象。

框架理论对新闻报道的研究方式有多种。本文采用台湾学者臧国仁教授的“三分法”，即一条新闻的报道框架可分为高、中、低三个层次。高层次结构是指对某一个主题事件的定性，也就是“主题”，常以一些特定的形式出现，如标题、直接引语等。中层次结构则包括主要事件、先前事件、历史、结果、评估等。低层次结构是指框架以语言或符号的形式显现。据此，本次研究制定的编码表，对每条新闻都进行以上三个层次的分析。其中高层次分析包括：新闻议题和报道事件的正负性两个方面；中层次分析包括报道对象的性别、年龄、职业的总体分布；低层次包括报道体裁和叙事方法的分析。

本次研究采用了一种新的“系统抽样法”，即抽取 1998 至 2007 十年的报纸，单数年和双数年采用两种抽样公式。令抽样日期的年月日分别为 Y，M，D，抽样目标为：

I)当 $Y=2K-1$ 时，$D=2M$； (I)

II)当 $Y=2K$ 时，$D=31-2M$； (II)

比起传统的系统抽样法，这种抽样方法的优势表现在三个方面：首先，涵盖了月份的上旬、中旬、下旬的报道，比起单一的固定日期抽样，涵盖面更广；其次，对单双数年份采用了不同的抽样方法，避免了一些每年常规性出现的重复事件；最后，抽样日期可以用公式表达，清楚明白。

本研究总共抽取了 61 份《南方都市报》和 115 份《深圳特区报》，共 635 条香港新闻。用 EXCEL 和 SPSS(12.0)进行数据处理和图表绘制。

三、关于报道分期

经数据分析，本研究认为，1998—2007 的 10 年间两报涉港新闻的报道呈现鲜明的“报道分期”，其走向是整体数量的下降趋势明显。如图 1 和图 2 所示：

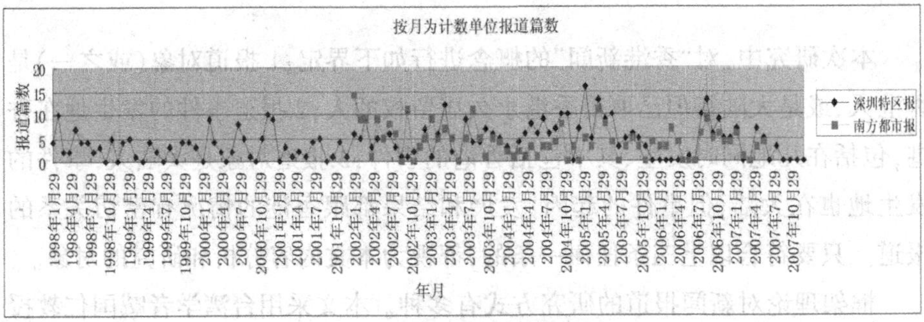

图 1　按月为单位篇数

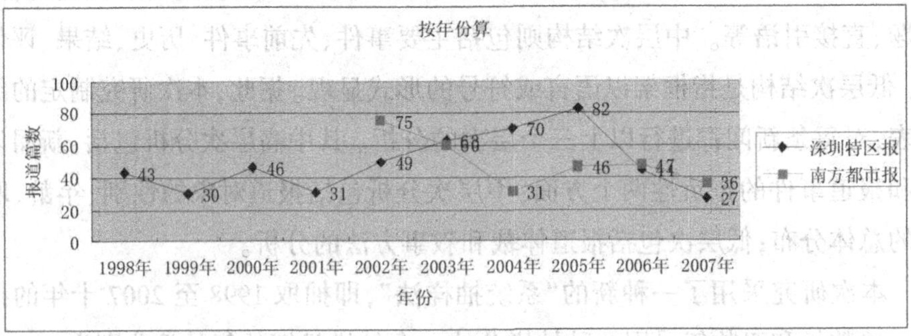

图 2　按年为单位篇数

两报分而观之，其各自在十年间的报道分期可以下述判断为参考：《特区报》在 1998 至 2001 年度为“回归初期”，这时期报道数量总体不高，呈上下波动状态;2002至2005年度为“持续增长期”,报道总量逐年稳定增长;2006年以后为“平衡报道期”,总体篇数逐年大幅下降,各类新闻数量相对平衡。整体呈下降趋势。

《南都报》在2002至2004年可以划分为“下降期”,报道数量逐年大幅度下降;2005年以后为“稳定期”,各项指标相对稳定。

香港回归初期以降,广东报纸经历了一个报道香港的热潮,在回归几年之后更为明显,这符合社会变迁中的“文化堕距”理论,即文化艺术总是落后于社会政治的变迁。随时间推移,两报对香港的报道数量总体上有所减少。因为除香港外,还有更多议题待开掘,如本地民主法制建设、珠三角经济发展等。这一点从版面名称就可看出微妙变化:特区报在2006年之后,撤销了原本占据前几个版面的“港澳台新闻”,以“中国新闻”或“南粤新闻”代之,前者把香港新闻放在大中华语境下报道,而后者则兼顾珠三角其他地区新闻,香港不再单独占据显著位置。《南都报》除回归十周年推出“深港双城记”专版外,涉港新闻几乎都以娱乐报道的形态出现在B叠声色周刊;即使在A版出现,也是作为“广东新闻”或“珠三角动态”之一,数量不多。

从受众角度来看,受众有更多的渠道去了解香港新闻。随着网络的普及、香港电视进一步落地及“自游行”的开通,香港更近在咫尺,也迫使采编人员把精力转入其他议题。因此两报涉港新闻趋势的演变,其实是广东经济迅速发展、两地融合、涉港报道媒介多样化、受众需求多元化的一个侧面见证。香港正在融入大中华文化圈,内地或者说以广州为中心的珠江三角地区与香港的差距在缩小,因此可以说新的融合是双向互动的。

四、关于报道框架高层次结构的演变

在上述之“高层次结构”的意义上,其框架结构主要表现在“新闻议题的分类走向”和“新闻正负性”的判断两个方面。

(一)新闻议题:“让受众想什么”

从报道框架高层次结构及其演变的视角看,10年间两报涉港议题走向可以归纳为:让受众想什么。尽管这是一个泛普性命题,但具体到本命题,两报的议题总分布证明了新闻分类的导向及其异同以及介质风格的形成。如图3。

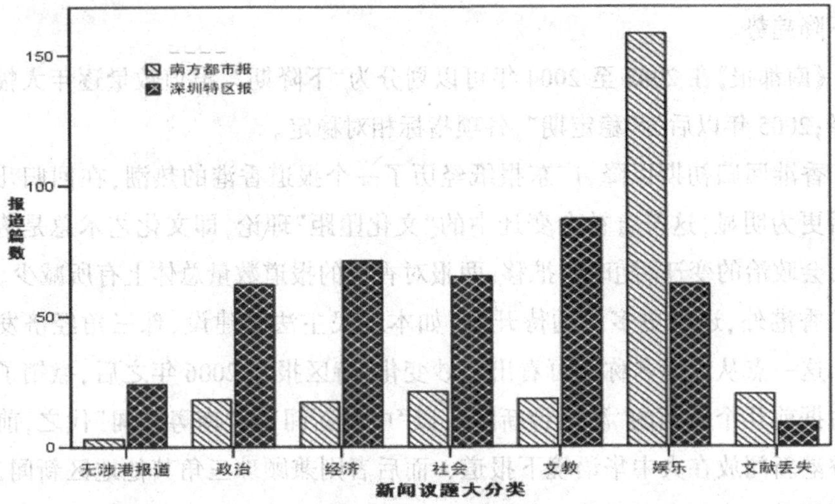

图3 十年新闻议题

在总体上，市场化导向的《南都报》注重人情味浓厚的娱乐议题以吸引眼球，而侧重于担负舆论宣传任务的《特区报》在分类上则相对平衡。这是两报在介质风格上的差异性表现。在报道类型引发的新闻话语导向上，有以下几个方面的分析可资证实。

1. 政治类议题：行政事件淡化，法律信息增多

政治议题是特区报的重点。一是香港政治新闻，如长篇人物特写《董建华尽述心中情》(1999.1.2)；二是中央对香港政坛的关怀，如《曾荫权结束访京返港》(1998.2.27)，对回归伊始的舆论建构非常重要。随后，法律经济议题的负面报道有所增加，如影响较大的《珠宝商谢瑞麟父子受审》(2007.8.16)，表达了香港社会强调遵守社会规范的话语导向。

《南都报》上政法新闻数量较少。值得一提的是2006年一篇深度报道《明星斗法狗仔给香港出难题》(2006.4.23)，用近6000字讨论了“狗仔队”与明星之间的博弈，直接触及公众知情权、新闻自由、明星个人隐私权保护等一系列敏感问题，向公众特别是内地公众铺陈了香港社会新闻关注点及其非平衡状态，使受众深切感受到不同制度下此类社会热点话语的两难境地。

两报的军事新闻也可看作是政治新闻类议题，但两报的军事新闻仅限于逢年过节时报道一下驻港部队。军事议题对于和平稳定的香港来说，虽然是彰显区域稳定的常规“新闻点”，但对香港的总体形象塑造而言，依然是不可或缺的。

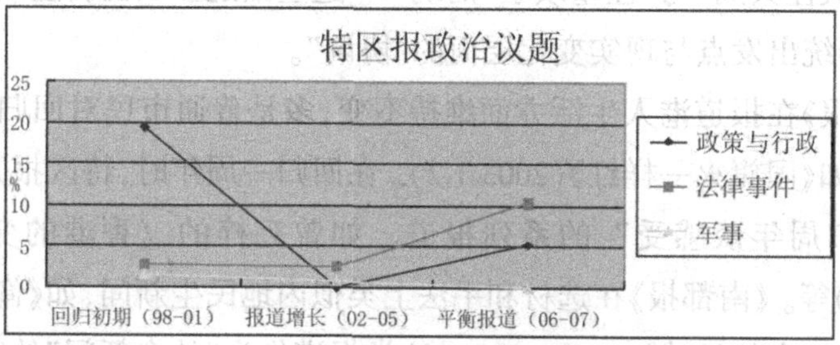

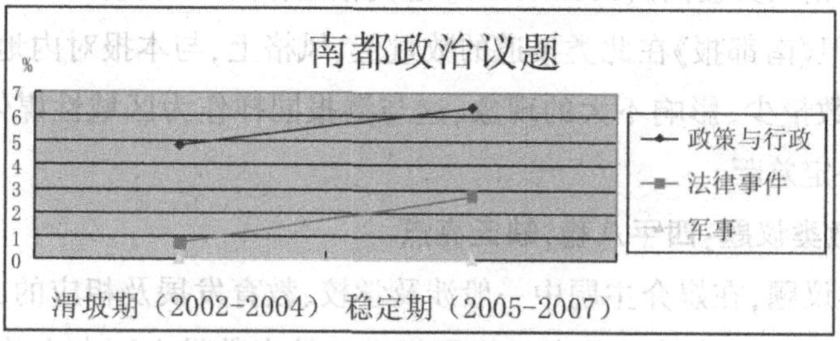

图4　政治类议题演变

2.经济类议题：维稳效用与发展导向

《特区报》上，经济新闻以正面报道为主。1998年评论《不能轻易乱了方寸》(1998.1.29)为应对亚洲金融风暴危机奠定宏观导向，之后仅证券类报道就有《港股恒指攀上今年最高点》(1998.2.27)、《港股重上7000点》(1998.8.15)。2005年末经济学家厉以宁900余字的评论《深圳越发展对香港越有利》(2005.11.22)，为两地经贸合作奠定了新闻导向的理论基础。

《南都报》方面的经济议题总体都不超过其涉港报道总量的10%，深度评述《应对CEPA：广东应该更加开放》(2003.8.16)展现了典型的南都述评风格。2007年对龙永图的整版专访《香港的未来在于泛珠区域合作》(2007.6.12)是同类报道中的佳作。

两报经济类报道对作为世界金融中心之一的香港，对作为中国特别行政区的香港以及与其紧邻并作为中国经济前沿的珠三角地区而言，其稳定性作用是非常重要的。由于在社会生存的谱系中，事关民生的经济是关键中的关键，是重中之重。

3. 社会类议题:港人生活侧面的写照

回归10年间,香港的变化是多方面的。从社会议题角度看,两报基本关注的多是“关注大局”与“注重琐事”的统一。这些报道显示出转型期新闻人新闻关注的传统出发点与现实变化层面的“协调”。

《特区报》在报道港人生活方面维持不变,多是普通市民对回归以来的感受和欣喜,如《国旗火一样红》(2003.1.2)。在回归一周年时,特区报开辟了“香港名流回归周年谈感受”的系列报道,如曾宪梓的《香港的变与不变》(1999.7.14)等。《南都报》在选材和手法上类似内地民生新闻,如《偷拍陈宝莲遗照两殡仪馆人员被捕》(2002.8.15)。这类报道作为“社会新闻”的归属,虽然仍有争议,但《南都报》在此类报道的数量上、风格上,与本报对内地的报道相比,也呈现数量少、影响不大的现象,这与港报同样作为区域性媒体的影响,似乎还有一定差距。

4. 文教类议题:四平八稳,缺乏亮点

文教类议题,在媒介主题中一般涉及学校、教育发展及相应的文化事件。两报在特定时间段内涉港的文教议题报道显然在数量上不在少数,但在初期,因内地政策改革尚未到位,两地教育体制又存在明显差别和联系,很难找到比较抢眼的“新闻”。但在十年时间段的后期,这一部分的报道有明显的变化,如对大学生贿赂老师事件,两报都有涉及。从总体上看,作为宣传任务相对单一的《特区报》,文教议题并非主要侧重。而《南都报》则刚好相反,但“亮点”不显著。

5. 娱乐类议题:两报分化显著

在大众媒介时代,娱乐类议题是各介质共同追逐的主要话题。其话语走向在不同的社会背景下有一定差异性。以内地报刊为例,在改革开放以来的30年中,此类报道的话语走势是明显的“港台化”,即报道的关注点从旧有的“两为”“双面”“主人翁”等向“佚闻”“丑闻”及“本欲”等方面过渡。事实上,对娱乐新闻关键是一个“度”的把握。在这一背景下,联系本命题的数据,可以看到两报的此类报道呈分化趋势。

《特区报》作为党报唯一呈显著增长的是两地旅游的信息,如2005年初1500字左右的整版《感受香港地铁》(2005.1.2)。随着深港自由行的普及,这类报道的意义不言而喻。

娱乐议题是《南都报》这十年涉港报道的重中之重，又以明星故事、音乐、电影为主导。其中明星故事作为娱乐花边新闻，大动“3W”（金钱、坏事、女人）原则，挑逗敏感，如《陈冠希涉嫌藏毒》（2002.3.25）、《容祖儿“湿身”的感觉很好》（2005.4.8）等。数据显示，对明星事件的报道已逐年减少，或许把关人对这种风气已有所察觉，或者说是内地新闻人对上述“度”的把握在发生变化。

《南都报》在娱乐方面的另一特点是深度报道和人物访谈。如2005年香港唱片业危机时，相继推出李克勤专访《唱国语歌才是出路》（2005.8.16）、深度评论《跳出“小岛意识”》（2005.10.20）等报道，为打开唱片市场献计献策，这对大陆文艺工作者如何进一步弘扬先进文化、建设社会主义精神文明有重要启示。而《南都报》对香港电影和电视剧的分析大都解读其审美理念及创作意识，如《翩翩惊鸿看 < 洛神 >》（2002.7.17）、《最值得期待港产剧：< 大丈夫 >》（2006.9.13）等。《南都报》每年的“香港电影金像奖”颁奖典礼更不乏大篇幅深度报道。

上述分析可参见图5。

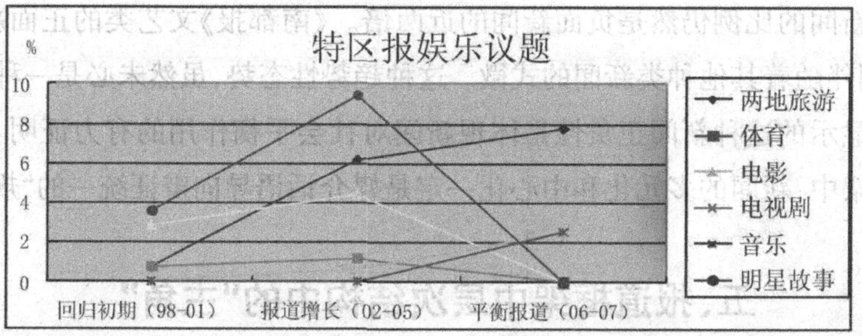

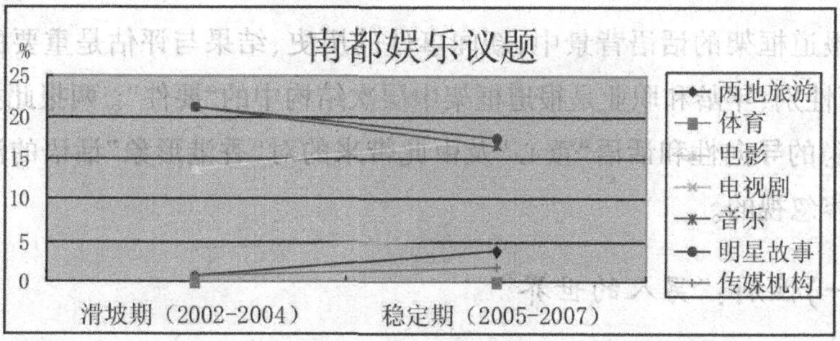

图5 娱乐类议题

（二）新闻正负性

数据显示，两报10年间的涉港报道中，从正面和负面新闻角度看，有两点可资比较。

1. 总体分布：报喜不报忧

统计显示，两报的新闻比例大致都以40%的正面新闻、35%的中性新闻、10%的负面新闻进行分布。在正面宣传的同时、兼顾客观报道。“负面新闻正面化报道”往往比简单的正面新闻起到更积极的涵化效果，因此，《特区报》在“负转正”的报道上也比《南都报》略高，尽显正面宣传本色。《南都报》在“负转正”方面也可圈可点，主要集中在社会类议题上，如重罪犯落网《入境新义安大佬栽了》（2002.7.17）等。

如何看待这种“报喜不报忧”的现象，是值得内地报刊业深思的。

2. 历时变化：一边倒还是多元化

平衡报道时期，《特区报》增加了各领域的负面新闻，如某牙医行医时偷拍女子裙底（2006.9.13）、某香港特大诈骗团伙专门诈骗内地居民（2006.8.15）等。但正面新闻的比例仍然是负面新闻的近两倍。《南都报》文艺类的正面新闻的增加，则伴随着其他种类新闻的式微。这种趋势性态势，虽然未必是一种规律，但数据显示的这种新闻正负性是体现新闻对社会平衡作用的有力证明：所谓历时框架中，新闻的多元化和中心化一定是媒介话语导向辩证统一的“规制”。

五、报道框架中层次结构中的“主角”

在报道框架的话语背景中，新闻事件的历史、结果与评估是重要的组成部分，而性别、年龄和职业是报道框架中层次结构中的“要件”。两报此类报道中所潜隐的导向性和话语“重心”及由此带来的对“香港形象”话语的潜在影响是不容忽视的。

（一）性别：“男人的世界”

统计数据显示，《特区报》十年来的报道对象的男女比例总体分布是76%比24%，《南都报》是70%比30%，如用金利来的广告语作比，新闻也是“男人的世界”。这与当下媒介广告以女性为主的态势相映成趣，且耐人寻味。但对于塑造一个地区形象来说，会间接地带给读者一种“雄性的稳定感”——也许，这是当下粤港新闻不可或缺的“因素”。因此，这种话语导向是可以理解的。

(二)年龄：青春与活力

统计数据显示，《特区报》和《南都报》的报道对象的平均年龄分别是42岁和39岁。以报道政治官员为主的《特区报》，因为香港地区的政府官员普遍年轻而沾了光。而《南都报》的报道因对诸多艺坛明星倾斜，使此类对象大多处在20～40岁的年龄段内，显示出“生命的活力”。两报报道对象的年龄结构显示出香港形象的青春与活力。

(三)职业：“政府高层和艺坛名流”

同样，统计数据显示，《特区报》上，政坛领导是座上常客；《南都报》上，艺界名流是版面主人，体现了两报不同的办报理念与风格。

《特区报》对报道对象的选择更加平衡，显示了报道主体的平民化立场。如图6：

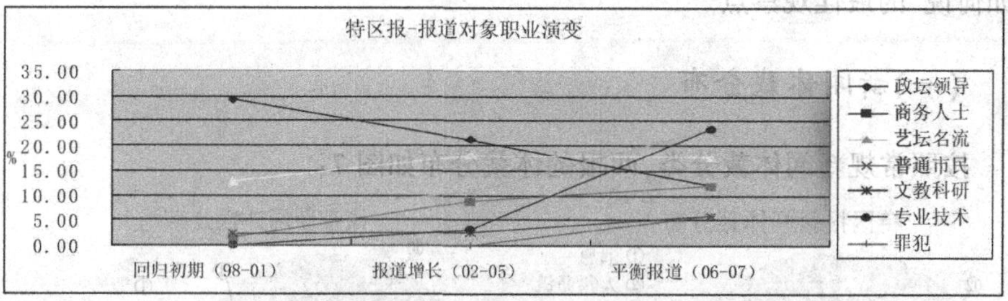

图6a 特区报报道对象的职业演变

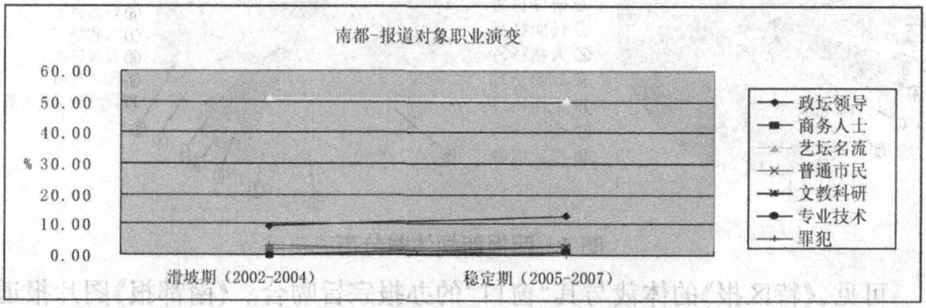

图6b 南都报道对象的职业演变

图 6b 形象地揭示了《南都报》艺坛名流一统天下、其他角色被"压制"底层的情形。然而,就是在报道艺界明星时,取材范围也非常有限,可谓"百家而未有争鸣"。个别影星在《南都报》上的报道频率占到了娱乐新闻总量近三分之一,如李克勤(11.7%)、刘德华(10.4%)、谢霆锋(10.4%)、郑秀文(7.8%)、容祖儿(5.2%)。素与政治、社会、文化亲密接触的《南都报》,为何选择报道对象的眼界如此单一?似乎与报道主体的"典型"或"明星"意识密切相关。从传播心理的角度看,受众对演艺明星的追寻是新闻流向的"主渠道"。《南都报》的这种现象也是媒体新闻走势的一种证明。

六、报道框架低层次结构话语中的"体裁"与"叙事"

框架理论中,报道框架低层次结构主要涉及新闻体裁和叙事等方面。在形式大于内容的意义上,体裁的宏观分类及其与叙事的互动是新闻形式结构的关键。因为此种分类或分布一方面显示新闻报道主体话语的形式状态,一方面显示话语的叙事文本结构。此二者的结构性审视是对"说什么"的外形式"如何说"的最佳观察点。

(一)新闻体裁分布

按照常规新闻体裁分类,两报的体裁分布如图 7:

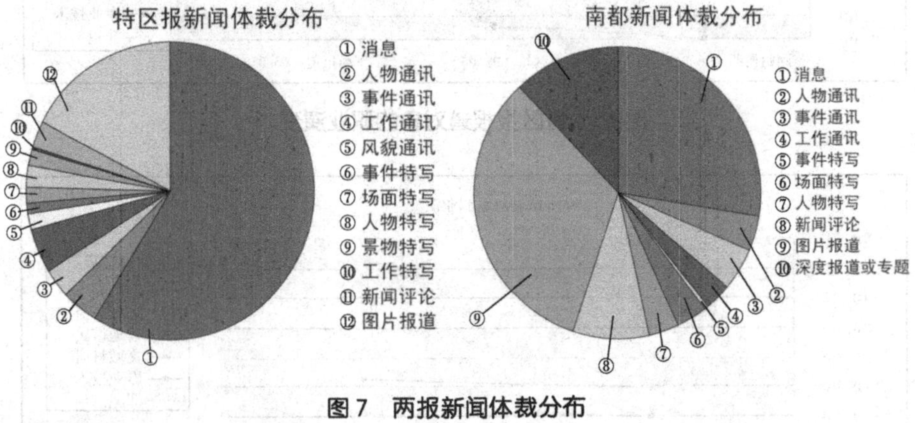

图 7 两报新闻体裁分布

可见,《特区报》的体裁与其"窗口"的办报宗旨吻合。《南都报》图片报道独占鳌头,深度专题报道、新闻评论也有相当的比例。这和南都一贯的"浓眉大眼”式的版面编排相一致。

(二)新闻体裁和叙事策略的良性互动

用交互分类统计法，以“黄金组合”方式列表，我们发现两报报道体裁与叙事方式呈现出一种良性关系，即体裁与叙事方法的搭配是文本的合理结构，也就是说体裁和叙事都是一种结构，而体裁是受文本内容制约的，叙事手段使文本内容与体裁形式更加吻合。这似乎可以看作两报共同性与差异性的一种证明。以“人物通讯”为例，《特区报》的“观点”加数据与《南都报》的“主观抒情”恰恰与他们的“区域定位”和“风格”相符合。可见，有影响的媒介新闻报道一定会在“如何说”的过程中更完满的显示“文本”并最佳地体现其价值(详见表 7)。

表 7　新闻体裁和叙事策略的组合分布

特区报		南都	
搭配组合	频数	搭配组合	频数
消息 + 概述事件经过	92	消息 + 概述事件经过	31
事件通讯 + 概述事件经过	8	新闻评论 + 观点展示·事件评述	14
人物通讯 + 观点展示·数据解读	5	事件通讯 + 概述事件经过	5
工作通讯 + 公布新计划新规划	5	深度报道或专题 + 公布新规划	5
新闻评论 + 观点展示·事件评述	4	人物通讯 + 主观抒情	4
风貌通讯 + 介绍新技术新风貌	3	场面特写 + 场面瞬间	4
场面特写 + 主观抒情	3	工作通讯 + 介绍新技术或风貌	3

七、结论与展望

(一)结论：香港新闻报道框架的四种模式

依据上述分析和数据证实，本研究认为香港回归的 10 年间，所选广东平面媒体的两报在涉港报道中有以下四种模式。

1. 模式一：政治与政策关怀模式

政治与政策关怀模式是对政治、社会类议题的提炼。此模式集中于《特区报》的回归初期阶段，并散见于《南都报》各时期，已成为涉港政治议题的通用模式。此模式的出现是回归初期国内舆论引导的总趋势需要，具有鲜明的时代烙印。

该模式下，报道内容以中央领导会见香港官员、香港政坛访京、港府施政顺利的正面报道居多；即使是报道普通民众，也强调"两地"对回归的欣喜。新闻来源为清一色的新华社香港分社或报纸通稿，叙事以领导讲话、交代事实为主，篇幅多在400字左右，位于版面的显著位置。

此模式对政治理念、意识形态相差较大的两地舆论具有重大整合作用。回归伊始，西方关于中国政府对香港的执政能力、一国两制是否可行等有过诸多负面言论和预测。应对此，广东媒体运用该模式多次强化中央对港府的支持与信任、港府治理的成功和民众的欣喜，做到了舆论先行。

2. 模式二：商务动态资讯模式

该模式多居于《特区报》的增长阶段，该阶段增长最多的也是经济议题新闻。对不同报道对象、议题的选择，导致了两报处在不同的阶段。《特区报》的报道更为平衡全面，《南都报》的报道更有所侧重。所以说，在一个报纸报道数量增长的同时，恰好是另一报减少的时刻。因为，两报的整体报道数量上就会在不同时期出现增加、平衡和减少的状况。

说到香港就不能不提及其繁荣的经济，随着中央可持续发展、科学发展观的提出，与香港经济相关的商务、投资、环保议题便日渐重要。尽管经济类议题可由经济专业类报纸承担，但是随着双边经贸往来的升级，可以预见，经济议题会有所增加，而且以深度分析、市场决策为主。

该模式下的新闻报道多涉及港籍的商务成功人士，以中性、客观报道为主，体裁除消息以外，还有较多事件通讯和人物通讯，商务事件和商业人士的访谈逐渐成为重点。比较有代表性的报道如《特区报》的评论《论香港经济：第三次转型成功起步》(2003.1.2)、《香港被评为亚洲财经风险最低地区》(2002.4.23)，为金融危机进行高度的总结；《南都报》除了之前提到的CEPA专题外，还推出深度报道《内地公司大大拓展港股深度和广度》(2005.2.4)、对设计师陈幼坚的专访《商业是命题，艺术是境界》(2006.11.9)，前者一扫经济新闻固有的枯燥，后者把商业和艺术结合起来，均令人耳目一新。

3. 模式三：新技术、新政策与社会发展模式

该模式下的新闻主要介绍新技术、新政策对社会发展、市民生活的正面影响，散见于两报多个时期，且主要以社会、文教类议题出现。随着两地民众交流日渐频繁，报纸所承担的"教育、科普"功能开始显露。跟两地民众相关的新闻，如两地自游行、医疗卫生、教育文化这类给两地人带来的影响的报道大量出现，报道形式也多为事件通讯、工作通讯、专题报道等。

比如，2007 年 1 月 2 日，香港内地启用自助通关，《南都报》全报头版就是大幅摄影报道，拍摄那天第一个通关的人（见摄影报道《赴港自助通关，他饮头啖汤》，南方都市报，2007.1.2，A 叠），还配发通关的一些背景介绍、香港景点的游玩建议等，采用集纳式专题编排，信息丰富。再比如，香港高等院校对大陆招生扩大，到香港读大学成为不少大陆学子的梦想，特区报应此推出整版对在香港读大学的大陆学子的人物通讯《面对困难：他们挺过来了》(2005.6.12)。其他科技类报道如香港推出可用手机购买的证券、落马洲 X 光检测货车、香港发行新版钞票等，都反映了科技对社会发展的促进作用。

这类报道反映了两地社会的新风貌，虽然不是重大的政治经济话题，但是却处处反映了政策、技术、经济、文化发展和交互影响的侧面。这类报道的总体趋势是日渐增加，并增加证件办理、购物指导这类人性化的内容，成为两地民众的"生活娱乐手册"。

4. 模式四：文艺深度述评模式

该模式主要体现在《南都报》的文娱新闻上，并散见于《特区报》的报道增长期。明星个人故事、音乐、电影是三大主要议题，报道以客观介绍和正面宣传为主，内容以深度的评述见长，也兼有语言挑逗的花边新闻。《南都报》对文艺报道的开掘非常成功，作为一份大陆报纸，既无法逾越中央的宣传纪律，又无法像香港专门的文娱媒体那样"无孔不入"。对此，《南都报》有两大举措：

第一个举措是增加对人物的"点式"专访和深度报道，比如林燕妮专访、罗嘉良、李克勤专访、梁朝伟专访以及对单个事件的大篇幅报道，由点及面，扩大了影响(参见本文第五部分对此命题的理论分析)。

第二个举措是开设深度评论专栏，如黄霑题写栏目名的"大写的娱乐"，长期聘请对香港艺坛非常熟悉的查小欣、文隽、王晶等作家，他们大多旁征博引，知人论世，论及明星生活、影视评论、时新新闻等，篇幅不长，读来有味。

在涉港报道方面，《南都报》在政治、经济议题领域的资源和权威性无法与党报《特区报》相比，于是就在文化深度上下功夫，把在对大陆报道上取得巨大成功的深度报道、图片报道、专访报道、评论等手段同步“移植”到对港报道上。而在评述香港文化现象时,因为香港文化本身中西交融带来的多元的特征,也使得《南都报》的报道看起来非常大气,显得有朝气,报道风格与其报道内容相得益彰,并提升了自身的影响力。

(二)展望:未来报道的三大议题

总结总是为了前行。本命题在理性分析和数据统计两方面寻找对“香港形象”塑造的舆论导向和话语走向,其可资参考和借鉴的结论会促使新闻界在媒介环境下的新思考。我们以为对未来报道的三大议题的设想会成为这一命题重要的补充部分。

1. 议题一:新政策

随着大陆香港尤其是深圳香港两地的联系逐步紧密,越来越多的香港人北上工作,也有大量大陆人负笈香江求学深造,一种社会人口流动逐步形成。在此过程中,对流动的人口的管理政策非常重要。比如,大陆学生在港求学的学历认证、留港工作问题,香港商务进入大陆的相关政策、港股的政策解读等,都是两地居民迫切关心的问题。而从抽样的数据来看,这些应该成为显著议题的新闻数量还远远不够。对此,《特区报》可利用资源优势进行政策报道,《南都报》则可以聘请相应专家进行政策解读,相得益彰。

2. 议题二:新故事

尽管《南都报》已有大量人物专访和深度报道,但是总体而言,媒体对香港日常生活、香港普通人物以及两地的社会新闻开掘尚欠力度。出于塑造和谐稳定地区形象的考虑,两报过度注重社会经济地位高层对象的描述,忽略了一些富有人情味的“社会故事”。如何发展?我们认为报纸应该向电视民生新闻学习,寻找话语的“民间走向”,让两地的融合走向新境界。

3. 议题三:新人物

数据显示,在中层次结构分析中,报道对象过多注重典型人物报道是一种特有现象。对此,我的思路是:在精神文化步入后现代的广东地区,可以追加对后起之秀的报道。从年轻的政坛、商业新秀,到逐渐成长起来并步入政治经济舞台的80后、90后以及娱乐界新出道的歌星影星等。深圳人口的平均年龄为27岁,而《南都报》和《特区报》报道对象的年龄都远远高于这个数字。尽管较内地报纸已是"领先",但以此基础上,再年轻一点、锐气一点,又有何妨?所谓"少年强则中国强"正是这个道理。

总而言之,广东两报在1997—2007的10年间,紧贴香港回归祖国的时代潮流,以各自资源优势,在不同时期体现了不同的侧重,以全面报道为框架,塑造了一个稳定、正面、和谐、积极、日新月异的香港。10年来,粤港特别区域中的涉港话语正在形成新的融合和走向。我们有理由期待,媒介会为大陆、香港两地的进一步合作,更好地打造舆论先锋。

(合作者张昕之为香港城市大学媒体与传播系博士。成果发布时间为2012年)

参考文献:

论文部分

① 张洪忠.大众传播学的议程设置理论与框架理论关系探讨[J].西南民族学院学报,2001年10月.

② 夏倩芳,张明新.新闻框架与固定成见:1979—2005中国大陆主流报纸新闻中的党员形象与精英形象[J].新闻与传播研究,第14卷第2期.

③ 麦尚文.新时期中国典型人物"媒介形象"的变迁与突破[J].新闻大学,2006(2).

④ 孔祥武.中国青年报专家意见报道的内容分析[J].新闻与传播研究,第13卷第4期.

⑤ 陆银味.不同视角下国际新闻报道之研究——对《人民网》和《纽约时报网》关于对方(美、中)新闻报道分析[J].新闻与传播研究,第11卷第4期.

⑥ 章平等.10年来中国传媒经济研究回顾[J].新闻大学,2007(2).

专著部分

① 郭镇之.传播的起源、方法与应用[M].北京:中国传媒大学出版社,2004.

② George Ritzer.[1997]. Postmodern Social Theory. The McGraw-Hill companies, Inc.

③ Paul.S.N Lee, Kenneth W.Y.Leung. (Eds) [1994] Communication Research in Hong Kong. Department of Journalism and Communication of the Chinese University of Hong Kong, Shatin, Hong Kong.

④ Roger D. Wimmer, Joseph R. Dominick. [2004] ass Media Research: An

Introduction. 北京:清华大学出版(原版影印), 2003.
⑤ Melven Mencher. [2004] News Reporting and Writing. 北京:清华大学出版社,原版影印, 2004.
⑥ 斯雄.盛开的紫荆花:一个内地记者眼中的香港[C].济南:山东画报出版社, 2006.
⑦ 刘海龙.大众传播效果研究的里程碑[M].北京:中国人民大学出版社,2004.(原书:Shearon A. Lowery and Melvin L. DeFleur. [1995]. Milestones in Mass Communication Research: Media Effects. Longman Publishers USA.)
⑧ 崔保国,金兼斌,童菲.大众传播研究方法[M].北京:新华出版社,2004.(原书 Anders Hansen, Simon Cottle, Ralph Negrine, and Chris Newbold.[1998]. Mass Communication Research Methods. Palgrave Publishers Ltd.)
⑨ 袁方.社会研究方法教程.[M].北京:北京大学出版社,1997.
⑩ 柯惠新,祝建华,孙江华.传播统计学.[M].北京:北京广播学院出版社,2003.

报纸、网络文献部分

① 南方都市报.南方报业集团主办.2002—2007 年.
② 深圳特区报.深圳特区报业集团主办.1998—2007 年.
③ 南方都市报网站.http://media.news.sohu.com/s2005/nanfangdushibao.shtml.
④ 深圳特区报网站. http://media.news.sohu.com/s2005/shenzhentequbao.shtml.
⑤ 陈志武:回归十周年看香港的过去与未来——《人民日报》驻美国记者唐勇对话耶鲁大学金融经济学教授陈志武 http://www.tecn.cn/data/detail.phpid=15143.

粤港两地电视剧生产体制发展异同比较研究

摘　要：香港回归以来，粤港电视剧生产体制均有一些发展与变化，对其进行异同性比较分析，是促进两地电视剧发展及文化传播业界融合的重要路径。经过比对，粤港两地电视剧生产体制在政策、经营和题材选择方面存在着趋同性；在播出管理、播出比例与受众的主体需求方面呈现出差异性。究其因，前者的产生基于市场化程度不断提高、开放力度不断加强的时代背景；后者则是固有的历史、政治和文化因素的影响。

香港地区与广东地区经济息息相关，文化同根同源，但由于政治制度的不同、文化环境的差异，两地的文艺创作背景在同一性之外也呈现出一定的区别。而粤港两地的电视剧作为通俗文化的重要样式，在大中华文化圈的背景下，分别承载着两地不一样的文化追求，探索出了既一脉相承又各具特色的发展道路。通过对回归十余年粤港电视剧历时性梳理，不难发现，唇齿相依的粤港两地在电视剧的发展历程中分别在三个方面存在着趋同性与差异性。

一、趋同：政策、经营和题材选择

（一）两地电视剧产业政策与管理理念的呈现：重视、宽松和积极引导的趋同

众所周知，香港地区经济的自由度与开放度为全球最高，而在文化方面，政府实行的是所谓“少干预”策略，让文学艺术的各个领域、社团和个人自由地发展。政府的文化政策包含以下四大元素：尊重创作及表达自由；提供让更多人参与的机会；鼓励多元及均衡发展；提供有利的环境及条件（场地、拨款、

教育及行政)。香港政府以凝聚价值共识为目的，为文化制定了长远发展目标，确认“以人为本”“多元发展”“尊重表达自由、保护知识版权”“全方位推动”“建立伙伴关系”和“民间主导”六项原则，但对文化艺术并不确立官方定义，亦不影响具体创作，并以放权委托形式资助公共文化艺术团体，让其自主运作。民政事务局透过属下的康乐及文化事务署、香港艺术发展局及香港演艺学院分别提供场地，策划、推广及支持本地艺术发展和培植人才。

在广东，随着改革开放的不断深入，政府部门在电视剧产业管理上也逐渐采取了“思想上紧、经济上松，松紧结合、管放兼有”的政策取向，借以促进电视剧生产发展。目前，电视剧产业政策将电视剧的制作播出环节作为管理重点，建立了制作单位的许可准入、题材的备案公示、发行许可和播出的审查管理等制度。此外，国家广电总局还结合不同时期电视剧产业发展特征制定一些针对性较强的政策。从 2004 年开始，国家广电总局降低电视剧制作业准入门槛，电视剧生产制作、经营流通领域向社会开放。从 2006 年开始，改“电视剧题材规划立项审批”制度为“电视剧拍摄制作备案公示”制度，将题材调节交由市场解决。2007 年还放宽了对合拍剧的限制，调动了台、港、澳地区演职人员参与大陆电视剧拍摄制作的积极性。这一系列政策的实施效果是明显的，早在 2008 年，广东民营影视机构已达 600 多家，电视剧的生产数量已达到 53 部共 1700 余集。在市场的摸爬滚打中，广东电视剧彰显出日益成熟的态势。

不难看出，虽然在社会制度与政权组织形式上存在较大差异，但粤港两地政府部门大力发展电视剧制作产业，充分调动市场积极性，在保证基本导向正确的情况下采取较为宽松的管理政策，充分尊重创作者自由的大方向是基本一致。

(二)两地电视剧生产在运作层面的呈现：资金来源与发展样态多元化的趋同

随着时代的不断进步，粤港两地文化政策的趋同性日益显著，体现在电视剧的生产及管理上则是既重视又宽松的促进政策。这使得两地电视剧生产的实际运作层面也表现出某种程度的一致性。

香港地区经济繁荣，商业文化对于电视剧生产的影响力巨大，各类电视剧从编剧、实拍到后期宣传营销,形成了成熟的产业化运作模式。作为一个大而全的制作公司,“巨无霸”香港无线电视台(TVB)旗下拥有多个制作中心、摄影场所和众多签约的监制、编剧、艺员和其他工作人员。这些人中聚集了香港大部分顶尖的电视工作者,如擅长监制古装剧的梅小青、邝业生,有过多部经典剧作的阮少娜、梁立人等等,还有一批多多少少影响着收视率的电视演员,TVB可以最大限度地优化这些组合。

特别值得注意的是,进入新世纪以来,为了更好赢得内地市场,以“背靠祖国,放眼全球”的策略,TVB除了将大量的电视剧外景移到内地实景拍摄外,还与内地不少发行公司合作拍摄电视剧,如《血荐轩辕》《大唐双龙传》等。同时还长期在香港举办以内地电视界人士为主要嘉宾的各种活动,以期不断增强TVB电视剧在内地的影响,不断拓展港剧的市场。其间,更于2006年为纪念香港主权移交十周年而与中央电视台联手推出60集大型巨制《岁月风云》,获得广泛好评。

随着国家出台一系列“电视剧市场化”的策略,广东电视剧在资本开放、降低制作门槛、培植产业链方面都取得了长足的进步。在融资方式方面,除了商业借贷、广告置换、购片款预付和政府资助等传统手段外,目前还出现了向社会公司募集资金和海外融资等新型手段。从2000年起,社会各种闲散资金进入电视剧生产制作领域的不计其数,加上中信、保利、横店等超大型企业集团的高调介入,吸纳社会资金总量超过百亿元。随着民营电视剧制作机构的崛起和电视剧产量的逐年攀升,每年的产业投资规模更是高达50亿元。近十几年来,广东地区的电视从业者在大力贯彻电视剧市场化,执行“名编剧+名演员”策略的同时,大幅缩短了与香港电视剧的差距,在充分发掘、利用市场、多方募集资金、多元化发展的态势上与香港同仁呈现出惊人的一致性。

(三)两地电视剧生产在题材选取层面的呈现:类型与创作角度的趋同

产业政策和运作策略的趋同带来了生产体制中的取材变化。以回归十年间香港地区出品的电视剧为例,可粗略地将香港电视剧题材划分为五类,即历史题材、都市情感、家族沉浮、刑侦纪实和灵异神话。如表1。

表1 跨世纪前后香港地区电视剧题材分类举隅

出品时间	历史题材	都市情感	家族沉浮	刑侦纪实	灵异神话
1997 年	《天龙八部》《状王宋世杰》	《难兄难弟》《肥猫正传》		《鉴证实录》《国际刑警》	《大闹广昌隆》
1998 年	《花木兰》《鹿鼎记》	《烈火雄心》《我来自潮州》	《天地豪情》	《扫黄先锋》《陀枪师姐》《离岛特警》	《我和僵尸有个约会》
2000 年	《无业楼民》《金装四大才子》	《男亲女爱》《澳门街》《美丽传说》	《世纪之战》	《陀枪师姐二》《雷霆第一关》	《我和僵尸有个约会二》
2001 年	《锦绣良缘》《倚天剑屠龙刀》《皆大欢喜》	《娱乐反斗星》《酒是故乡醇》《街市的童话》	《纵横四海》	《陀枪师姐三》	《寻秦记》
2002 年	《乌龙大状师》《洛神》《再生缘》	《绝世好爸》《憨夫成龙》	《流金岁月》	《谈判专家》	《无头东宫》《女侠丁叮当》
2004 年	《血荐轩辕》《金枝欲孽》《楚汉骄雄》	《翡翠恋曲》《下一站彩虹》		《陀枪师姐Ⅳ》《栋笃神探》	《隔世追凶》《我和僵尸有个约会Ⅲ》
2006 年	《铁血保镖》《火舞黄沙》	《女人不易做》			

表1显示出香港电视剧题材的广泛性，经过多年的运作，香港电视剧制作机构对各类题材的把握早已驾轻就熟。而行业题材剧、情感轻喜剧和家族风云剧则是香港电视剧的招牌制作。2004年以来，以《金枝欲孽》为代表的历史题材剧以精良的制作令此类题材重新焕发生命力。此外，推理、警匪、侦探类的剧作也呈现出香港特色。此类作品大多改编自原创漫画或科幻作品，符合香港观众追求新奇刺激的收视心理，也成为收视保障。

反观广东电视剧，明显的断代标志可能尚需研究，但在整个内地(大陆)方面，电视剧的发展历史大致可以分为四个时期：1958至1966年为起步期，1979至1990年为探索期，1991至1999年为发展期，2000年后为转型期。依托这种大背景，对比香港电视剧，以回归前后为时限，会发现占据广东电视剧荧屏的主要代表类型大约有五类，从中不难寻觅到其题材选择的倾向性(表2)。

表2 回归前后广东地区电视剧题材分类举隅

题材	20世纪80年代至1997年	1997年至2005年	2006年至2012年
革命军旅类	《和平年代》	《鹰击长空》《亮剑》《走向共和》《归途如虹》	《西安事变》《故营十八年》《51号兵站》《五星红旗迎风飘扬》《潜伏》
商战家族类	《商界》《公关小姐》《情满珠江》《外来妹》	《紫荆勋章》《远山少年》《大江之梦》《情暖珠江》	《故乡的云》《下海》《下南洋》《命运》
人物传记类	《老河》	《钢铁是怎样炼成的》《冼星海》	《冲天小子康南海》《枪炮侯》《桥隆飙》
古装传奇类	《新少林寺》	《楚留香传奇》《白门柳》《大话黄飞鸿》	《A计划》《妹仔大过主人婆》《七十二家房客》《乘龙怪婿》
反腐刑侦类	《英雄无悔》	《浮华背后》《云淡天高》	《柳叶刀》

对比表1和表2可以看出，两地电视剧在商战、古装等多类题材上出现了取材重合的现象。当然这些相似题材在两地有不同的演绎，如商战类题材在港剧中的典型代表就是家族风云剧，以揭露豪门争斗为主线，而此类广东电视剧则体现了浓厚的主旋律色彩，着重表现时代变迁。又如行业类题材，在大陆话语体系中与反腐倡廉的关系密切，而港剧中虽然也有"廉政公署"等相关机构和情节的设计，但其重点在于展示治安消防、医疗鉴定、海关缉私、法律诉讼等特殊行业的专业形象，揭示其典型生存状态。此外，基于政治传统的影响，革命军旅类题材为广东电视剧所独有。

二、差异性：播出管理、播出比例与受众心理需求主体的呈现

（一）两地电视剧在播出管理层面存在着"独立运作，依法监管"与"先行审查，细化管理"的差异

对于香港而言，电视剧生产体制的管理机制倾向于一种原则式的引导，一旦出现法律纠纷，依赖前溯判例与法官意志来处理案件。独立运作、依法监管是香港地区传媒管理的一贯原则，电视剧也不例外。根据《基本法》的规定，香港现行法例在九七之后即成为特区法律。目前沿用的法例中，直接与传媒有关的共31条，《电视条例》《广播事务管理局条例》是香港地区电视管理的主要法律。这些法律中，与电视监管相关的原则主要包括：广播机构必须是本地的独立机构，即广播机构的控制权应在本地人士或与本地关系十分密切的人士手中，"不合适人士"不得成为电台或电视台的主要持牌人；广播机构不得破坏社会稳定，即不违反社会道德，不蔑视法律、现有社会体制或有缺陷人士，不扰乱社会秩序，去政治化；广播机构必须保护儿童及青少年等。

这种大而化之的监管策略与大陆地区细致、具体的监管方式很不一样。内地电视剧的生产管理秉承的是完善具体法律条文的大陆法系特征，对电视剧这一特殊文化产品实施精细化管理，以谋求文化功能与政治功能的同化。

行政执法、播出前先行审查是整个大陆地区电视剧生产体制中重要的一

环。中华人民共和国《广播电视管理条例》等法律法规规定了相关行政部门的管理权限、管理内容及方式。随着电视剧市场化生产的推进,越来越多的监管漏洞暴露出来,这就需要更为细致的法律法规为电视剧的正常生产保驾护航。于是,内地监管部门在政策法规层面上不断做出调整,促使法律监管与时俱进,朝着精细化的方向发展。

在粤港两地电视剧播出管理层面,无论是防患于未然,还是重在事后监督,都显现出各自的合理性。至于是否有相融的发展趋势,还有待于进一步的观察。

(二)两地电视剧在播出比例层面:存在着“外购为主、自制为辅”与“自制为主,外购为辅”的差别

电视剧的播出是电视剧生产的终极形态,而播出比例是生产理念的具体体现。作为生产体制的构成部分,其意义不可小觑。

随着内地市场化改革的不断深入,粤港两地在经济领域上的差异不断缩小,电视剧制作的理念也有不断趋同的势头。但在具体操作的层面上,两地的电视剧制作却因不同的制片传统与传播理念呈现出较大的差别。

对广东的电视媒体而言,20 余年的市场化之路已使“制播分离”的理念在业界深入人心。电视剧的生产也已从 20 世纪八九十年代靠所谓自制“本土剧”“岭南剧”打天下的时代进入了“公司制作”的时代。在黄金时段播出的电视剧有电视台投资、委托制作公司拍摄的订制剧集,也有收购由制作公司独立生产的外购剧集。广东地区电视台的职能也基本转化为单纯的“播出单位”,自制剧基本局限在“以乡土风格为主打特色,以本土人士为主要目标受众”的系列短剧(栏目剧)上,如《外来媳妇本地郎》等。

作为香港电视业的龙头老大,TVB 却始终坚持在黄金时段播出具有鲜明香港特色的自制剧。对有雄厚制作能力与优良制作传统的 TVB 而言,自制剧早已成为其最重要的名片。即使在全球化风潮席卷一切的今天,TVB 依然坚持每年出产数十部几千集的自制剧集。即使在融资手段上采取了与内地合作的多元化策略,也曾收购《鹿鼎记》之类的内地或日韩剧集并重磅推出。但纵观近十几年的无线荧屏,自制剧的统治地位是无人可以撼动的。在市场化程度更高也更为开放的香港电视圈内,自身特色保持得最突出的 TVB 所取得

的成就是其他各台难以望其项背的。再反观近年来广东电视剧“融入全国，失却特色”的发展轨迹，香港同仁这种坚持“以我为主”的电视剧生产策略是值得我们深思的。外购、自制、比例等都是电视剧生产中不可忽视的问题，不同的播出比例或许与电视剧的生产及艺术风格不无关系。

(三)两地电视剧在主题诉求方面，存在着“娱乐为主、教化为辅”与“主旋律为主、大众化为辅”的差异

传播学中“使用与满足”的理论告诉我们：各种大众娱乐形式往往是经过了筛选，对于满足受众的某种需要有实际意义时才会获得受众的青睐。大众传播学者丹尼斯·麦奎尔根据近40年的研究经验也指出：受众确实能够按照功能分类对他们的媒介经验进行描述。而粤港两地电视剧功能定位的不同则是直接来源于两地不同的政治体制。一国两制下，处于资本主义一方的香港地区，在电视剧的定位上就是以娱乐大众为主的通俗剧，这一点突出地表现在电视剧的叙事背景上。尽管题材多，涉猎范围广，但港剧向来淡化剧情所属的时代及政治背景，甚至将一些历史题材加以通俗化改编，淡化其历史脉络，突出人物关系。当然，在讲求“快”节奏之余，港剧也不忘教化民众。各类题材的电视剧，在嬉笑怒骂中传达着对人性、法律、道德、人文、社会的关怀与尊重，彰显了香港浓厚的现代文化特色。

而处于社会主义体制下的广东电视剧则以主旋律的表达为主要诉求，辅之以多元化的大众文化表达。回归前后，广东电视剧制作紧扣主旋律，展现社会和谐的《情满珠江》《和平年代》等浓墨重彩地描绘时代先锋、歌颂改革开放，《故乡的云》《邵荣雁》等直面改革风云，讴歌先进人物。而《柴火新人类》一类的平民通俗短剧则贴近大众，体现了本地化、市场化的特色。还有《外来媳妇本地郎》《乘龙怪婿》《广州人家》《七十二家房客》等室内轻喜剧，在播出期间平均收视率也都达到了10%以上，《外来媳妇本地郎》甚至长盛十余年而不衰。这些剧目充满现代大都市生活气息和浓厚的广州地域特色，谐趣生动、市井风情、针砭时弊、轻松搞笑的风格充分拉伸其审美接近性，吻合了受众的群体性审美需求。

虽然在主题表达上，粤港两地的电视剧有明显的不同，但在发展的态势上，互补与相互吸收的格局正在悄然形成。这一命题需要另文阐述。

三、结 语

回归十余年来，粤港两地的电视工作者在经济繁荣发展的大前提下，各自都做出了令人惊叹的成绩。在不同的环境中，也都积累了相当丰富的经验。这些都为粤港两地的电视剧在求同存异的基础上取长补短提供了必要的基础。对这一段时间里两地电视剧生产机制进行了分析整理之后，我们惊喜地发现：其中的趋同性基本上都是由市场化程度不断提高、开放的力度不断加强的时代背景促成的，而主要差异则往往是固有的历史原因使然。相信随着时代的发展，在两地的依赖性不断增强的未来岁月中，粤港电视剧生产体制上的趋同性会不断增强，并推动相互学习、共同进步的趋势走向更加辉煌的明天。

（国家社科基金艺术学项目“香港回归以来粤港两地电视剧比较研究”的成果之一。合作者吴谦为广州大学校报编辑。成果发布时间为 2013 年）

【参考文献】

① 〔美〕瑟·阿萨·伯格.通俗文化、媒介和日常生活中的叙事[M].姚媛译.南京：南京大学出版社，2006.

② 樊克宁.广东电视剧五十年[N].广州：羊城晚报网络版，2009-11-2.

③ 童兵.香港新闻传媒的行政调控与法律监管[J].新闻记者，1997(7).

④ 谢俊.香港九七回归与传媒的运作态势[J].新闻记者，1996(11).

第五编

网络与新媒体传播研究

青年族群网络电子商务活动状态写实

——粤港两地在校本科生网络化生存调查之一

摘　要：青年族群的网络电子商务活动是观测网络使用的最佳视角之一。通过对电子商务活动的常态化调查，将为描述网络使用现状找到有力的证明。以作为特别行政区和改革开放前沿的粤港两地为特定地域，锁定广州、深圳和香港三大城市，以这一区域的在校大学生为目标人群，使调查的数据显现出充分的代表性，并为经济发达区域青年族群的网络化生存状态研究提供有价值的参考。

一、背景意义与文献综述

(一)背景意义

作为社会新兴力量的青年族群，其网络使用现状是现代社会的一大景观，尤其是“网络使用”中的电子商务活动在其中占据了重要的位置。该群体的这一生存状态，已经成为一种生活常态，从关注网络对青年人影响的角度、从态度和行为等方面观察，全面深入地调查此类现状，将为学术界提供研究资料并为网络社会的发展把脉，进而为网络传播条件下，社会动态发展的趋势找到些许可资参考的理论意见，是为本调查的研究背景及意义之所在。

(二)文献综述

据检索，近十年来，在“网络使用”条件下，以“电子商务”为主题的文章多达1.7万余篇，图书数十种，按照关注对象和内容大致可以分为以下几个方面：

一是对新技术条件下电子商务的宏观研究。这部分文献多数从媒介现状出发，集中在宏观描述层面，多涉及媒介观念和各类媒体运营等。二是关于网络新技术的介绍。这一部分文献多为新技术的引介，如关于 Web2.0 的介绍等。三是关于网络生存条件下电子商务使用现状的介绍，这部分文献占所有文献的大多数，但缺少理论判定。四是对网络使用中电子商务活动所涉及的伦理、道德和法律问题研究。此类研究以电子商务行为为对象主体，多涉及电子商务中的个案。五是对某类群体，如青少年网络生存状态进行研究时涉及电子商务的专门性研究。此类文献主要对网络依赖者进行心理观测和研究。

二、目标与范围

对比上述文献，本调查及研究[1]的目标和范围体现在两个方面。

首先，在网络使用是一类技术使用行为的基础上，以青年族群的网络化生存状态为本次调查的涵盖面，涉及青年族群在网上和网下的行为。与此相关问题的设计源于一种理念，即“网上虚拟世界”和“网下现实世界”是相似的，只是针对发达城市青年群体这一对象，本调查的命题对“相似”的纵深解读主要包括青年族群网上和网下行为的关联、条件、情境和互动等因素，这也是本次调查选择广东（主要是广州市和深圳市）与香港的青年族群为目标群体的重要原因（以下简称“粤港三城市”）。

其次，网络化生存对不同领域的影响越来越大，特别是近年来国内外对电子商务行为的关注，呈现出较快的发展态势。本调查与研究所涉及的区域范围具有同一地域、不同社会制度；相同语言环境、不同话语表达；相同的发达经济、不同的经济发展历史等特点，故而，这一对象群体具备引领网络消费的可能性。这一假定会使对作为“网络使用”之一的“电子商务行为”的调查增强可信性。

三、调查设计、调查执行与主要变量的测量

（一）调查设计

本问卷首先设计了“大学生在网上干什么”的试问卷，并依据100份试问卷得到的统计结果，在参考了具有类同性的文献后，确定了对粤港三城市在校大学生的网上行为分类。在正式调查问卷中，根据统计结果并有所侧重地设计问题和分配题量，借以使问卷具有一定的科学性。

(二)调查执行

此次调查采用纸质和网络调查问卷相结合的方式，共发放问卷350份(纸质问卷200份,网络问卷150份),收回问卷320份,排除无效问卷[2]后,有效样本量为298份。样本特征为:男性占45.6%,女性占54.4%。本次调查结合分层抽样法和简单随机抽样,随机对粤港三城市22所高校[3]的在校大学生进行问卷发放和数据收集整理工作,使样本量和随机性得到了保证。

(三)主要变量的测量

本调查研究分别对大学生在网上的六大类行为及其对线下生活的影响进行了调查分析,并对"平均每天上网时间"等行为问题和"如果断网是否会感到不适应"等态度问题进行测量,以求真实客观地反映粤港两地(以广州、深圳和香港为例)青年群体网络化生存状态。对于相关问题,根据李克五级量表,将选项的得分分别设为1~5分,进行频数和百分比的计算并得到相应数据。本研究还对所得部分变量进行了相关性分析。

四、研究结论

网络购物是互联网作为网民实用工具的重要体现,随着中国整体网络购物环境的改善,网购市场的增长趋势明显。

据本次调查的结果，粤港三城市青年族群对电子商务的态度是矛盾的。一方面,他们对网上的商品并不信任,88.0%的受访者对网上产品的信任程度持中立或质疑的态度,认为网上产品非常可信的只有2%。另一方面,他们认为网络上的商品更丰富,81.1%的受访者认为网上产品的丰富程度并不比实体店低,43.9%的人认为更高。

(一)关于电子商务的态度

据本次调查,电子商务已经深入到大学生的生活中,只有18.5%的大学生从不在网上购物。由于电子商务行为中付款方式是一个关键点,因此,本次调查对于电子商务的交易方式给予了关注。在如何付款方面，数据显示有42.3%的人选择了货到付款,7.4%选择了找校园代理进行线下交易(此项数据仅来源于广州市和深圳市),表明广州市、深圳市在校本科生在电子商务中仍或多或少保持着传统交易的习惯。或许出于对网上产品质量的怀疑,此时网络更像是查找商品的媒介,交易行为本身仍旧离不开传统见面交易。使用网银和银行转账的人分别有23.2%和8.4%(此数据不包括香港)。对于选择这两个选项的人来说,买卖双方不见面的网络电子商务交易形式已经得到认可。此外,数据表明50%的受访者对网上产品持中立态度,38.0%的受访者觉得网上的产品不可信,只有2%的人认为非常可靠。

另据相关性分析,“网购时最喜欢的付费方式”与“对网上产品的信任程度”之间显著相关,相关系数为0.261**〔**.在.01水平(双侧)上显著相关〕。

(二)关于网上购物与传统购物的对比

网上产品的丰富性已经得到受访者的认可。数据说明,有81.1%的受访者认为网上的产品丰富程度至少不比实体店低,但只有8.3%的人可能因为网上购物而放弃上街购物。这也表明,网上产品虽然丰富,但仍有一些其他不可替代因素影响着受访者的购物习惯。因之,粤港三城市在校本科生选择购物方式的原因是多方面的,并不仅由产品的丰富度决定。

(三)关于网店的数据

目前,越来越多的大学生开始尝试自主创业,网店作为电子商务的一种形式,受到不少大学生的青睐。由于目前大多数使用淘宝、易趣等第三方平台开启,开张和经营网店的成本并不高。数据显示,有54.7%的受访者开网店的意愿比较低,只有19.5%的受访者表达了较高的开网店的意愿。另据相关分析,“是否有开网店的意愿”与“对网上产品的信任程度”之间显著相关,相关系数为0.202**〔**.在.01水平(双侧)上显著相关〕。

(四)电子商务对于生活的重要程度

数据说明,有22.4%的受访者认为网络上购买的商品不太重要或完全不重要,39.3%的人认为网上购买的商品对他们来说比较重要或非常重要。数据也显示有33.6%的受访者表示他们在网络上购买商品占所有花销的比例非常低,另有38.3%的人表示网上购物花销的比例比较低。由此可以看出,粤港三城市在校本科生虽然可能在网上购买重要物品，但仍不会将其作为主要购物方式。

(五)关于电子商务的长期影响

电子商务的特点是快捷便利，同时也有着灵活多变的付款方式，也随之带来了或长期或短期的影响。数据表明，有69.5%的受访者更倾向于选择一次性付款。对于另外30.5%的人则可能因选择分期付款而受到电子商务较为长期的影响。数据还表明，有40.9%的受访者购买过或有意购买虚拟货币。这也意味着这类人愿意在真实货币与虚拟货币之间建立兑换关系，使得他们的网络生活的货币贸易方面与现实生活更加趋同，也更易受到长期影响。

(本文为广东省社科基金项目。项目名称："粤港青年族群网络使用的传播学研究"，批准文号：10GL-01。成果发布时间为2013年)

【注　释】

(1) 该研究为"粤港青年族群网络使用的传播学研究"的子项目之一，参与调查的有广州大学姜丹、池洁蓉、和吴子博等同学。

(2) 无效问卷筛选标准为：漏选过多，重复过多，对于封闭题选出多个答案，答案间逻辑关系错误等。

(3) 抽样高校为：广州大学、中山大学、华南师范大学、华南理工大学、华南农业大学、广东外语外贸大学、广东工业大学、广东中医药大学、广东药学院、暨南大学、广州美术学院、星海音乐学院、广州医学院、广州技术师范学院、广东金融学院、广东商学院、深圳大学、深圳职业技术学院、香港中文大学、香港城市大学、香港理工大学和香港浸会大学。

参考文献：

① 柯惠新，祝建华，孙江华.传播统计学[M].北京：北京广播学院出版社，2003.

② 于文秀.当下文化景观研究[M].北京：人民出版社，2007.

③ 吕巧平.媒介化生存：中国青年媒体素质研究[M].北京：中国传媒大学出版社，2007.

④ 赵志敏.谈网络化生活环境与高校德育的对策[J].科技信息，2008(6).

⑤ 中国互联网信息中心 CNNIC.中国互联网络发展状况统计报告[C].www.cnnic.net.cn/uploadfiles/pdf/2010/7/1.

青年族群网络使用及网络娱乐活动状态写真

——粤港两地在校本科生网络化生存调查之一

摘　要：粤港两地，一个是改革开放前沿，一个是特别行政区。这一区域以大学生为代表的青年族群的网络生存状态具有显著的代表性。通过对粤港两地三城市(广州、深圳、香港)在校本科生的网络使用状况和网上娱乐活动的调查，依据数据分析，希冀描述我国经济发达地区青年族群的网络化生存概况及网络娱乐状态。

一、缘　起

作为社会新兴力量的青年族群，其网络使用现状是现代社会的一大景观，尤其是网络娱乐活动在其中占据了重要的位置。该群体的这一生存状态，已经成为一种生活常态，从关注网络对青年人影响的角度、从态度和行为等方面观察，全面深入的调查此类现状，将为学术界提供研究资料并为网络社会的发展把脉，进而为网络传播条件下，社会动态发展的趋势找到些许可资参考的理论意见。是为本调查的研究背景和意义之所在。

二、文献综述

据检索，自20世纪初以来，与“网络使用”相关并以“网络化生存”为主题的论文近80篇，图书20余种，按照研究对象和内容大致可以分为五类：

一是关于新媒体语境下的传统媒体研究。这部分文献多数从媒介、媒介从业人员的现状出发，集中在新闻业务的探讨，为新媒体时代的网络新闻采编和各类媒体运营管理提供思路和方法的支持。二是关于网络新技术的介绍。这一部分文献多为新技术的引介,如关于WEB2.0的介绍等,旨在提供信息,引起大众重视。三是关于网络化生存在政治经济领域的机遇和挑战。这部分文献采用政治、经济等宏观视角,目的在于为新媒体时代的各类管理和企业运营提供策略,同时针对网络化生存中的一些存在的问题如互联网犯罪等提出了应对策略。四是对网络使用中产生的伦理、道德、法制问题研究。此类研究注重的是网络媒体传播内容上违反伦理、道德、法律的负面现象。五是对青少年网络化生存状态的专门性研究。此类文献主要涉及对网络成瘾者的心理依赖现象的研究;对网络生存状态下青年道德情感的淡漠和道德行为失范的研究;对利用网络技术盗窃金钱、传播不健康内容、诽谤他人、侵犯隐私及版权等行为的研究。

三、目标与范围

对比上述文献,本调查及研究[1]的目标和范围体现在两个方面。

首先,以往研究中的"网络使用"其实是"互联网技术的使用",并不是完整意义上的网络化生存状态研究。本次调查的涵盖面较为广泛,涉及青年族群在网上和网下的行为,与此相关问题的设计源出于一种理念,即"'网上虚拟世界'和'网下现实世界'是相似的",只是针对发达城市青年群体这一对象,本调查的命题对"相似"的纵深解读主要包括青年族群网上和网下行为的关联、条件、情境和互动等因素,这也是本次调查选择广东(主要是广州市和深圳市)与香港的青年群体为目标群体的重要原因(以下简称"粤港三城市")。

其次,网络化生存对不同领域的影响越来越大,特别是近年来国内外讨论激烈的"网游"及对网络娱乐问题的关注,呈现出较快的发展态势。本调查与研究所涉及的区域范围具有同一地域、不同社会制度;相同语言环境、不同话语表达;相同的发达经济、不同的经济发展历史等特点,故而,这一对象群体具备引领网络消费的可能性。这一假定会使对作为"网络使用"之一的"网络娱乐行为"的调查增强可信性。

四、研究方法

(一)调查设计

本次调查问卷的设计工作是以题为“大学生在网上干什么”的试问卷为基础的。依据100份试问卷得到的统计结果,在与此前参考文献基本类同的条件下,确定了对三城市青年族群(以在校大学生为主体)网上行为的分类,再根据统计结果,在正式调查问卷中针对几类行为有所侧重地设计问题和分配题量,以求形成更具科学性的问卷。

(二)调查执行

此次调查主要采用纸质和网络调查问卷相结合的方式,共发放问卷350份(其中纸质问卷200份、网络问卷150份),收回问卷320份,去掉无效问卷[2]后,最终样本为298份。样本特征为:男性占45.6%,女性占54.4%。本次调查结合分层抽样法和简单随机抽样,随机对三城市22所高校[3]的学生进行问卷发放和数据收集整理工作,使样本量和随机性得到了保证。

(三)主要变量的测量

本调查研究分别对大学生在网上的六大类行为及其对线下生活的影响进行了调查分析,并对“平均每天上网时间”等行为问题和“如果断网是否会感到不适应”等态度问题进行测量,以求真实客观地反映粤港两地青年群体网络化生存状态。对于相关问题,根据李克五级量表,将选项的得分分别设为1～5分,进行频数和百分比的计算并得到相应数据。本研究还对所得部分变量进行了相关性分析。

五、结　论

(一)使用网络概况

1. 接触时间与频率

据图1,42.3%的受访者接触网络的时间为5～7年,31.5%的受访者接触网络 8 年以上。由此可推知，大多数受访者与网络的接触始于小学或初中。只有 4.7%的受访者接触网络时间少于两年,也就是说,绝大多数的大学生在上大学之前就已经接触网络。据图 2 可知粤港三城市在校本科生上网的频率非常高。87.2%的受访者每天都上网,而 298 个样本中无一选择“少于一周一次”。

接触时间较长,上网频率极高,仅凭这两个数据我们也可以推知,网络对粤港三城市在校本科生造成了一定的影响,这也为我们接下来的数据分析打下了基础。

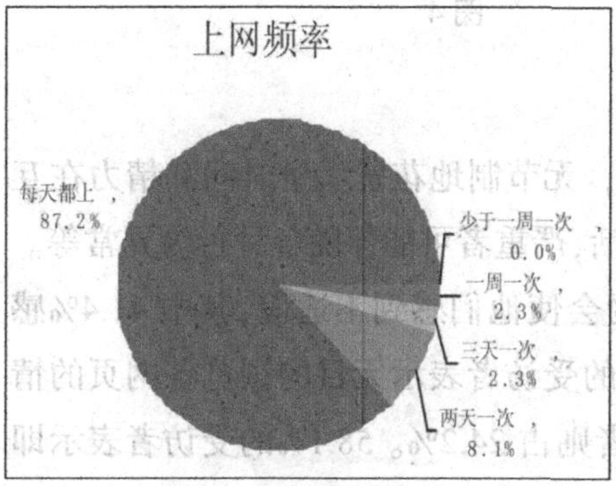

图1

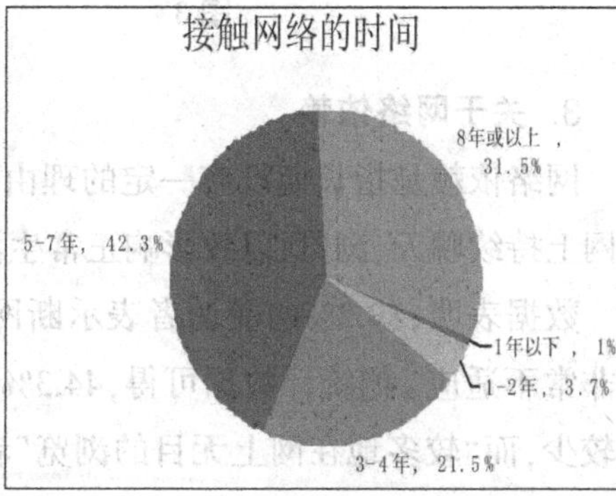

图2

2. 在网上花费的时间

每天上网时间是衡量网络对于使用者影响程度的重要标准,从理论上预计,使用时间越长,该媒体对使用者造成的影响越大。据调查数据,91.3%的受访大学生每天上网时间超过一小时,20.8%每天上网时间超过 6 小时。

而网络作为“第四媒体”,需要面对来自三大传统媒体和各种新型媒体的竞争。在激烈竞争中,受众的媒介选择显得尤为重要。数据表明,相对其他媒体,92.9%的受访大学生每天上网时间大于或等于使用其他媒体的时间,22.8%花费在网络上的时间比其他媒体多得多。

此前的试问卷和走访表明,网络已基本成为粤港三城市在校本科生们的首选媒介,而便利和功能齐全是此类媒介选择的重要原因。在正式调查中,据图 3 得知,89.9%的受访者觉得网络比其他媒体更便利;据图 4 得知,89.6%的受访者觉得相较于其他媒体,网络的功能比较齐全。另一方面,据施拉姆媒介选择的或然率公式,选择或然率=报偿的保证/费力的程度,网络的媒介选择或然率较高。

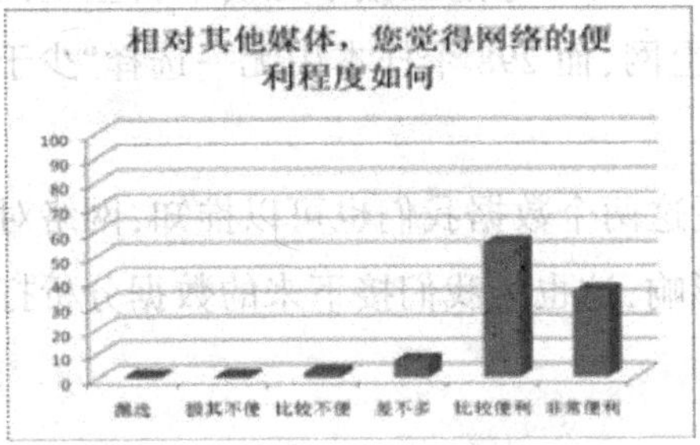

图3

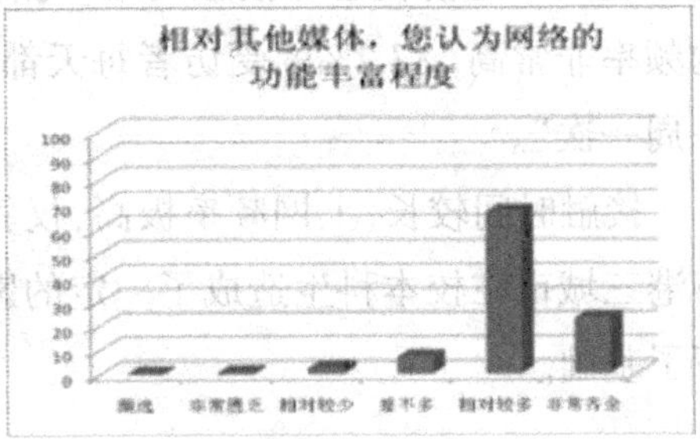

图4

3. 关于网络依赖

网络依赖是指长期没有一定的理由，无节制地花费大量时间和精力在互联网上持续聊天、浏览,以致影响正常生活,严重者可能伴随各种行为异常等。

数据表明,89.2%的受访者表示断网会使他们感到不适应,其中41.4%感到非常不适应。据统计数据可得,44.3%的受访者表示无目的浏览各网页的情况较少,而“较多地在网上无目的浏览”者则占24.2%。58.1%的受访者表示即使在没有进行网络活动时仍会让电脑处于连接网络的状态。26.2%的受访者选择“一定会”在没有网络活动时让电脑连接网络。结合91.3%的受访者每天上网时间在2～3小时以上的数据可推得，粤港三城市青年群体对网络的依赖性较高。

4. 接入方式是否多样

无线网络的兴起为互联网的发展带来新的契机。除了电脑网线上网外,近年来出现了很多新的网络连接方式。如,手机的迅速普及和接入互联网使其逐渐成为具有一定竞争力的新媒体。据中国互联网信息中心调查数据显示,截至2010年6月,全国网民达到4.2亿,使用手机上网的网民达到2.77亿人[4],较上年增长一倍多,手机网民规模呈现迅速增长的势头。此外,电视机顶盒接入网络等新兴连接方式也大有发展前景。

对于粤港三城市在校本科生的调查数据表明，有50.7%的受访者表示较少使用电脑网线以外的连接方式上网，而选择较多使用者为21.1%。由于电脑普及率与网络接触率较高,粤港三城市在校本科生可以较轻易地通过电脑网线上网，因此使用其他方式的人并不太多。同时我们也看到，随着 3G 时代的到来，新兴接入方式速度和质量的提高，网络会延伸到更多终端，涉及更多人群、传播渠道和媒介方式，也会有越来越多的人接受并采取新的方式接入网络。

(二)网络娱乐

网络作为一种新兴媒体，以其独特的多媒体感知、良好的互动平台等特性，发挥着重要的娱乐功能。网络世界丰富多彩，除网游外，看电影、听音乐、读小说、分享视频等都成为在校本科生网上娱乐的重要内容。数据表明，有 46.6%的受访者表示，网络娱乐占他们所有娱乐活动的比例较大，7%为比例非常大。

1. 关于网游

网络游戏，又称“在线游戏”，简称“网游”，是依托于互联网进行的可以多人同时参与的游戏，且通过人与人之间的互动达到交流、娱乐和休闲的目的。随着 WEB2.0 时代的到来，网站技术在各个层面上得到了提升，越来越多的网民选择在日趋丰富的网游世界中休闲娱乐。

数据表明，有 74.8%的受访者表示每天玩网游时间在 1 小时以内，只有 6.4%的受访者表示每天玩 3 小时以上(超过相关规定的 3 小时“健康”游戏时间)，1%为 6 小时以上(超过 5 小时“不健康”游戏时间)。在匿名诚信的基础上，调查结果显示，粤港三城市在校本科生中网游沉迷现象并不十分严重，这也与各高校积极开展网络健康教育和实施严格的网管制度有关。但同时，对于 2007 年 7 月 16 日起正式投入使用的“网络游戏防沉迷系统”，数据证明，42.6%的受访者表示反对，只有 20.4%的受访者表示赞成。其中，该软件自身的漏洞和问题是招致不少反对声音的关键。有受访者表示这样做的初衷是好的，但同时可能会增加游戏者们游戏的种类。玩满 3 小时后下线换一个游戏继续的情况频频出现，且随之产生的盗号、外挂现象也有疯狂抬头之势。

2. 网络对消费习惯的影响(以音乐、电影和书籍为例)

据表 1 可得知，受访者中有 82.2%的人所听的歌曲大部分来自网络，其中一半以上的人选择“比例非常大”。所看电影亦如此，统计数据约为 81.6%。67.7%的受访者会因网络下载而减少或放弃购买唱片，46.3%的受访者则会因网络下载减少或放弃去电影院看电影。上述数据表明,网络极大地改变了粤港三城市在校本科生关于音像制品的消费习惯。

由于选择“所看书籍来自网络比例较大”的人只占受访者总体的17.4%,选择“因网络而减少或放弃购买书籍”者只占12.7%,反而有63.4%的受访者并不会如此。因此,网络对于粤港三城市在校本科生关于书籍的消费习惯目前并无显著影响。

由相关性(表2)分析可知,“所听歌曲来自网络的比例”和“因网上下载而减少或放弃买唱片的可能性”,“所看电影来自网络的比例”和“因网上下载而减少或放弃去影院看电影的可能性”,“所看书籍来自网络的比例”和“因网上下载而减少或放弃购买书籍”之间均为正向显著相关。由此可见,网络下载对于知识产权的破坏和对消费市场的影响巨大,且提高保护知识产权意识和力度十分重要。

表1 相关频数表中有效百分比

	Q15所听歌曲来自网络的比例	Q17所看电影来自网络的比例	Q19所看书籍来自网络的比例		Q16是否会减少或放弃去买唱片	Q18是否会减少或放弃去电影院看电影	Q20是否会减少或放弃购买书籍
非常小	3	1	33.6	一定不会	4.4	5.4	29.5
比较小	4.7	6.7	34.2	应该不会	7	13.1	33.9
说不清	10.1	10.7	14.8	视情况而定	20.8	34.9	23.8
比较大	40.6	46	13.4	应该会	36.2	30.5	11.4
非常大	41.6	35.6	4	一定会	31.5	15.8	1.3
缺失				缺失		0.3	
合计	100	100	100	合计	100	100	100

表2 相关性分析

两变量	相关性系数
Q15与Q16	0.198**
Q17与Q18	0.312**
Q19与Q20	0.402**

**. 在 .01 水平(双侧)上显著相关

（本文为广东省社科基金项目。项目名称："粤港青年族群网络使用的传播学研究"，批准文号：10GL-01。成果发布时间为2012年）

【注　释】

(1) 本研究为"粤港青年族群网络使用的传播学研究"的子项目之一，参与调查的有姜丹、池洁蓉、吴子博等同学。

(2) 无效问卷筛选标准为：漏选过多，重复过多，对于封闭题选出多个答案，答案间逻辑关系错误等。

(3) 抽样高校为：广州大学、中山大学、华南师范大学、华南理工大学、华南农业大学、广东外语外贸大学、广东工业大学、广东中医药大学、广东药学院、暨南大学、广州美术学院、星海音乐学院、广州医学院、广州技术师范学院、广东金融学院、广东商学院、深圳大学、深圳职业技术学院、香港中文大学、香港城市大学、香港理工大学和香港浸会大学。

(4) 中国互联网信息中心 CNNIC，中国互联网络发展状况统计报告[C].www.cnnic.net.cn/uploadfiles/pdf/2010/7/1.

参考文献：

① 柯惠新，祝建华，孙江华.传播统计学[M].北京：北京广播学院出版社，2003(1).

② 吕巧平.媒介化生存：中国青年媒体素质研究[M].北京：中国传媒大学出版社，2007.

③ 金连钧.大学生网络生活"慎独"精神的培植[J].扬州大学学报(高校研究版)，2007(4).

青年族群网络依赖状态写真

——粤港两地在校本科生网络化生存状况调查

摘　要：本研究承接《青年族群网络使用及网络娱乐活动状态写真——粤港两地在校本科生网络化生存调查之一》一文[①]，以青年族群的网络依赖状态为核心议题，采用问卷调查法和深入访谈法，企图具体探讨受访者是否患有"网络依赖症"，以及患者的表现症状，由哪些上网行为引发等，同时关注"当事者"是否对此引起重视并寻找途径解决。本研究最重要的发现是：社交网络与大学生网络依赖症患的相关性较高。由此引发对青年族群网络使用的进一步的分析及相应建议的产生具有合理性。

一、研究背景与理论溯源

(一)命题提出的背景

信息社会，日新月异。近年来，与网络社交媒体微博、微信等的大发展相伴随的是青年群体对网络的使用业已成为该群体生活中的一种常态。网络给青少年生活和学习带来快捷高效便利的服务的同时，也使得部分青少年长时间沉迷网络聊天和网络游戏，荒废学业，与家人和朋友的冲突增多。根据中国青少年网络协会发布的《2011 年中国网络青少年网瘾调查数据报告》显示，我国网络青少年网瘾的比例高达 26%，有网瘾倾向的比例高达 12%。[②]其中，大学生网瘾者数量已超过 30 万，重度网瘾者数量达 4 万之多。[③]截至 2013 年 12 月，我国网民规模达 6.18 亿，全年新增网民 5358 万人，互联网普及率为 45.8%，网民的人均每周上网时长达 25.0 小时，相比上年增加了 4.5 个小时。其中，广东地区的网民数，普及率和网民规模增速在全国排名第三，仅位于北京和上海之后。[4]面对这样数量庞大的网民和不断增长的趋势，研究网络依赖症，以及如何减少网络依赖的负面影响已经刻不容缓。正是在这一背景下，本命题得以确立。与本命题相关的前期研究成果是：《青年族群网络使用及网络娱乐活动状态写真——粤港两地在校本科生网络化生存调查之一》。基于前次调查，本次研究以青年族群对网络的依赖情况为观测点，希冀通过调查与探讨，获取正确引导青年族群合理使用网络的意见，以期为学界和业界提供借鉴。

（二）网络依赖症的理论溯源

既然称为"网络依赖症"，其源起及理论判定当是不可或缺的。网络依赖症的理论判定缘起于"媒介依赖症"。媒介依赖理论认为报刊、广播和电视等传统媒介在受众的个人生活中扮演重要角色。该理论最初由 DeFleur 和 Ball-Rokeach 在 1976 年提出，其核心思想是受众借助媒介提供的信息来满足需求。虽然媒介的出现与受众形成一种相互依赖，具有双向性的关系，但媒介作为强势的一方，从传播形式到内容均显示出对受众的控制。对此判断，早在 20 世纪七八十年代，日本学者林雄二郎在《信息化社会：硬件社会向软件社会的转变》中即有论述，同样，日本人中野牧在《现代人的信息行为》中也分别提出了相类似的概念，如"电视人"和"容器人"。他们均指出在现代的大众传播环境尤其是以电视为主体的传播环境下，信息给现代人的心理和行为带来了极大的影响。

随着传播技术的快速发展，学界以媒介依赖理论为依托提出了"新媒介依赖症"。新媒体相对传统媒体而言，是一个动态、变化的概念，泛指利用电脑（计算及信息处理）和网络（传播及交换）等新科技支撑体系下出现的媒介形态。以网络和智能手机为代表的新媒体使受众的传播行为再次发生巨大变化。微博让使用者能随时随地关注和分享微内容，在搜索信息和人际交流上用户都倍感"过瘾"。而微信的朋友圈、订阅号、支付等强大功能吸引着越来越多离不开"网"的人们。网络人（"网虫"）、电脑控、宅人、手机控（"手机人"）、微博控、微信控等新兴名词大量涌现，反映了媒介依存症愈来愈多地出现在网络用户群中。学界随之从心理学、传播学等不同学科来研究具有新媒体依赖症的人群。

二、研究对象的界定与诊断

(一)网络依赖症的界定

网络依赖症,俗称"网瘾",也称电子海洛因,是一种新的带有现代文化标志的心理疾病或心理障碍。它可以让网民忘却烦恼与痛苦,获得短暂的快乐与安宁,只不过一旦离开网络,则焦虑或抑郁将伴随而来。网络成瘾(Internet addiction disorder)概念最早由美国精神病医生 Ivan Goldberg 在 1995 年提出。在 1996 年,美国 K. S. Young 教授对互联网成瘾症的研究报告正式公布后,心理学家和临床医师便对技术(计算机)成瘾症和互联网成瘾症展开深入的学术研究。2008 年 11 月,我国出台的首部《网络成瘾诊断治疗标准》正式把玩游戏成瘾纳入精神病诊断和治疗范畴。但到目前为止,国内外学界尚无统一的术语和定义对其进行界定。国外与之相关的术语有 Internet Addiction, Internet Addiction Disorder, Internet Pathological Use, 或 Internet Dependency。国内有称"网络依赖症"或"网络依存症"。而在定义上则广泛采用两种表达,一是上网者长时间或习惯性地使用网络,对互联网产生强烈的依赖,以至于达到了痴迷而难以自我解脱的行为状态和心理状态;二是在无成瘾物质作用下的上网行为呈现为冲动失控,表现为由于过度使用互联网而导致个体明显的社会、心理功能损害。[⑤]不过,国外部分研究者也有另一种看法,认为过度的上网行为不一定给网民的身心健康带来损害。Alex S. Hall 和 Jeffrey Parsons 在 2001 年首次提出"互联网行为依赖"概念时认为,病态的互联网使用会使一个正常人的认知、行为和情感功能削弱。他们假设"过多使用互联网"是现实生活中的一个良性问题,这种行为对其生活其他方面的缺失实现了补偿,其症状可以通过人的自我调节来改善。进而,国外学界经过大量的实证研究得出相应结论,即认为过度使用互联网对多数人来说不一定构成危害,但对少数个体而言的确会带来消极损害。结合以上观点,本文认为网络依赖症必须具备三个特征:一是对网络的过度使用;二是对用户的心理或行为带来负面、消极的影响;三是网络依赖症患者有轻度、中度和重度之分(有网瘾倾向者不属于网络依赖症患者)。

如是，再根据中国社科院语言研究所编订的《现代汉语词典》对依赖和依存的解释，依赖是指依靠别的人或事物而不能自立或自给；依存是指双方或多方相互依附而存在。在依赖关系中，双方或多方中会有一方失去主导性或主动性；而在依存关系中，双方或多方相互之间存在主动性，并相互制约和发展。依据上述判定，又鉴于网民对网络依赖行为的内质，可以推论出“网络依赖症”这一说法是合理的。

（二）网络依赖症的诊断

诚如上文所述，网络依赖症是存在的。那么，此类患者对“依赖”的表现都有哪些呢？通过研究得出的结论是：网络依赖症患者对网络的依赖表现为三个层面：一、技术层面，即在生活或工作中频繁使用电脑或某个软件，如电子邮件、微信或 QQ 等通讯或聊天软件（表现为一旦缺失就无法应对生活）；二、行为层面，如长时间沉迷于网络赌博或网络游戏（表现为已经失去了时间概念）；三、心理层面，如通过使用网络满足释放压力、消除烦恼等心理需求（表现为网络行为中的最大限度的认同，如对黄色网站的某种依赖）。[6]

那么，在上述条件下，作为网民构成主体之一的大学生群体对网络的依赖状态如何呢？进而言之，若如此，又该如何诊断呢？

大量的实证数据（如 Kandell，Young 和 Rogers，Nalwa 和 Anand，以及 Niemz 等所做的研究）表明，大学生群体属于在各类人群中最容易感染网络依赖症的高危群体之一，主要基于以下的原因：一、大学生的时间相对自由，用于上网的可支配性时间多；二、高校给大学生配备了快捷、便宜的网络服务；三、18-22 岁这群大学生首次远离父母的上网管制，上网自由空间大；四、大部分大学生首次远离熟悉的生活环境，面临适应大学生活、寻找新朋友的需求，因此求助于各种网络交友工具；五、高校鼓励大学生使用网络提高学习效率；六、大学生的上网技能高且对新技术的好奇心强；七、大学生渴望逃避考试，面临论文写作、完成学位等巨大压力；八、大学生感到大学生活与社会脱节，完成学业步入人才市场后各种不确定因素增加，就业压力大。[7]

至于如何诊断网络用户患有网络依赖症，Hall 和 Parsons 认为患者一般呈现下列症状：不能完成学习、工作和家庭中的任务；使用互联网时间越长，得到的乐趣就越少；下网时感到心绪不宁、烦躁、焦虑；无法减少、控制或停止上网;不顾过度使用互联网给身心和社会带来的危害而继续大量上网。[8]目前对于网络依赖症的测定普遍参照美国匹兹堡大学 Young 教授编制的网络依赖诊断量表。该诊断量表由 8 项指标组成,网民对这些指标回复"是"或"否"。若达到 5 或 5 项以上的答案为"是",即可判定为有网络依赖症。网络依赖诊断量表的具体指标如下:

1.你觉得上网占据了你的身心吗?如脑海里经常浮现上网的某些情节。
2.你需要不断增加上网时间才能感到满足吗?
3.你经常无法控制上网冲动吗?如按预订计划控制上网时间,减少上网时间或不上网。
4.断网或下网后,你会感到烦躁不安或情绪低落吗?
5.你的实际上网时间会超出预订上网时间吗?
6.你曾经或正经历因迷恋网络而面临失学、失业或失去亲人、恋人或朋友的危险吗?
7.你会对家人、心理治疗师或亲友隐瞒你迷恋网络的情况吗?
8.你会把上网作为解脱痛苦、逃避现实烦恼的办法之一吗?

三、研究进程

本研究的进程由两个阶段组成,即问卷调查与深入访谈。

在问卷调查阶段,依据前期研究成果《青年族群网络使用及网络娱乐活动状态写真——粤港两地在校本科生网络化生存调查之一》,从原有 350 名调查者的样本中随机抽取 100 名作为新的调查对象,其中男性占 45.6%,女性占 54.4%。[9]依据 Young 博士编制的网络依赖诊断量表设置调查问卷。若被访学生对 8 项指标中的 5 项或 5 项以上的回答为"是",即界定该生具有网络依赖症。主要采用网络问卷调查的方式,通过 QQ、邮箱等方式把问卷发放给 100 名受访学生。受访者用电子邮件、QQ 在线互动等完成问卷。问卷回收率为 100%,有效率达 97%。

在深入访谈阶段。为调查网络使用对大学生群体身心健康带来哪些影响,本调查在实施问卷调查与分析后,在这 100 名受访学生中挑选"患有"与"不患有"网络依赖症的学生各三名,分为两组,A 组"患有网络依赖症",B 组"不患有网络依赖症"。设置 5 个开放性问题,对两组受访者分别提问。最后,对其答复进行对比分析。通过以上两种研究方法的结合使用，本研究旨在解答以下问题：

1.粤港地区两地在校本科生患有网络依赖症的多吗？

2.患有网络依赖症的大学生在身心方面有哪些症状？由哪些上网行为引发的呢？

3.患者就此(问题2)有引起重视或寻找途径解决吗？

四、研究发现

就本研究提出的第一个问题“粤港地区两地在校本科生患有网络依赖症的多吗”，调查发现，仅有10%的粤港在校本科生有网络依赖症，即仅有10%的受访者对网络依赖诊断量表中的5或5个以上的问题回答为“是”。另有10%的受访者具有网络依赖症倾向(即对8个问题的回答中4个为“是”)；这部分受访者若缺乏及时、恰当的网络使用健康教育与引导，很容易发展成为具有网络依赖症的群体。高达80%的受访者不具有网络依赖症现象，其中有近一半的受访者(40%)能较为合理地使用网络(即对8个问题的回答中3个为“是”)，再有40%的受访者能够有效地掌控自己的上网欲望和行为(各有20%的受访者对所提问题选择了1个“是”与两个“是”)。值得注意的是，调查发现网络已经对使用者的心理和行为带来影响，因全部受访者对所有提问的指标回答为“否”的有“0”个(见图1)。

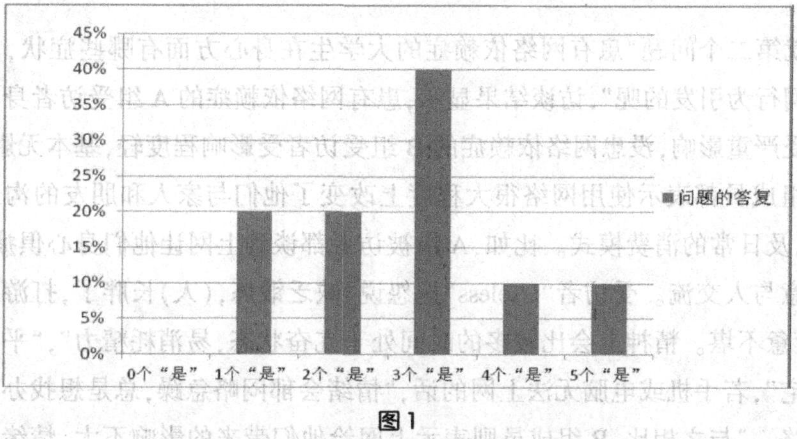

图1

进一步分析发现，绝大部分受访者无法控制自己的上网时间。有80%的受访者对“你的实际上网时间会超出预订上网时间吗”回答“是”。超过半数(60%)的受访者认为上网占据了身心，在日常生活或工作中脑海里会时不时回想某些上网情节；也有超过半数(60%)的受访者在断网或下网后会心情烦躁。经常无法控制上网冲动，以及把上网作为解脱痛苦、逃避现实的受访者各占40%。受访者对其余问题的回答皆为“否”(数据见图2)。这说明要引导大学生健康上网，减少网络的负面影响，首要解决的问题是寻找途径让他们能有效地约束自己的上网时间。

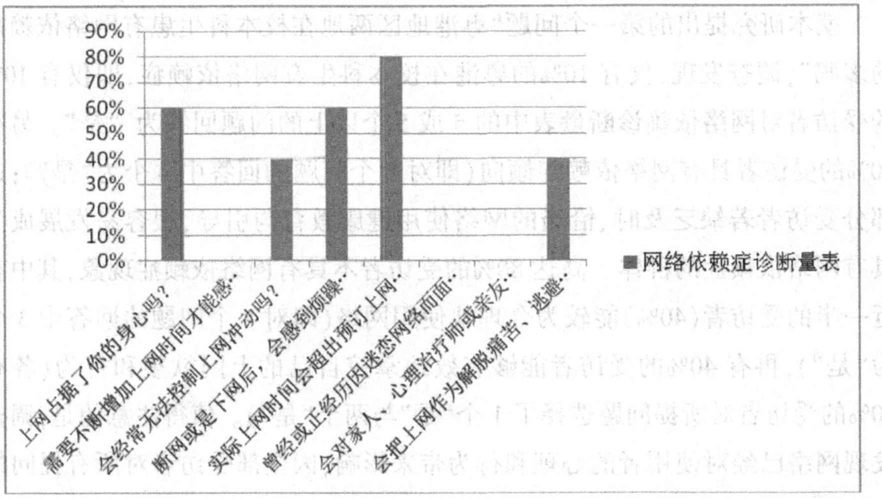

图2

就第二个问题“患有网络依赖症的大学生在身心方面有哪些症状，由哪些上网行为引发的呢”，访谈结果显示，患有网络依赖症的A组受访者身心健康已受严重影响，没患网络依赖症的B组受访者受影响程度轻，基本无影响，但两组成员都表示使用网络很大程度上改变了他们与家人和朋友的沟通方式，以及日常的消费模式。比如，A组被访者都谈到上网让他们身心俱疲，不大愿意与人交流。受访者“Useless”抱怨说“缺乏锻炼，(人)长胖了，打游戏久了，疲惫不堪。精神上会比较多的时间处于亢奋状态，易消耗精力”，“平时会比较宅”，若手机或电脑无法上网的话，“情绪会郁闷略急躁，总是想找办法开通网络。”与之相比，B组成员则表示上网给他们带来的影响不大，情绪基本稳定;在没有网络的状态下略有轻度焦虑。两组成员都回答说会使用网络与家人或朋友联系;在消费上,会选择上网看电影或网购,去电影院、实体店和其他公共场合的机会少了。

值得注意的是,在问及“占据你上网时间最长的活动有哪些”时,两组成员的答复截然不同。A组受访者说是社交网络,其次是网络游戏。B组受访者认为是网购,其次是搜索信息和网上看电影。鉴于社交网络和网络游戏并无出现在B组成员的回答中,我们可大胆推定,社交网络和网络游戏尤其社交网络,是导致大学生群体患上网络依赖症的最大诱因。

就第三个问题“患者就此(问题2)有引起重视或寻找途径解决吗”,访谈中发现两组成员都能意识到长时间上网给身心带来的伤害。但A同学基本未能采取有效措施解决问题,相反,在断网或其他无网络的状态下会想方设法恢复网络或寻找其他方式上网。与之相比,B组受访者能有意识地采用其他途径转移上网注意力,缓解网络对身体和精神方面的伤害。如有受访者谈到“情绪没什么太大变化,会选择看书、出去玩或睡觉”。

五、结论与建议

综合上述调查与分析,本研究把粤港地区在校大学生上网人群划分为三类:患有网络依赖症者、有网络依赖症倾向者,以及能合理使用网络者。前两类各占10%,第三类占80%。因此,样本中粤港在校大学生患有网络依赖症的比例不高。研究结果同时显示,这三类上网人群虽然对网络的依赖程度不同,但其身心、生活方式和消费方式都受到网络或多或少的影响,而且似乎存在正相关的关系,即对网络的依赖程度越高,其受到的影响越大。最重要的研究发现是,在大学生群体形成网络依赖症的众多原因中,社交网络因其普适性高成为最主要的诱因,其次是网络游戏。[10]但网购、搜索信息和在线看电影等上网行为并不是导致大学生沉迷网络的主要原因,他们能理性地对待和抵制这些上网行为的诱惑。值得忧虑的是患有网络依赖症者已无法自拔,在现实生活中很难有意识地挣脱网络的束缚,约束自已的上网行为。

针对以上问题,能够给出的建议是:建议与大学生行为的直接关联者,如校方、亲人或朋友等,要主动发现身边的网络依赖症者,及时给予关心、教育与治疗,让其尽快摆脱网络的侵扰,恢复身心健康;要密切观察网络依赖症倾向者,给予引导,帮助他们养成良好的上网习惯,防止上网行为的过度化甚至恶化;对正常上网者,要普及网络素养教育,鼓励他们继续恰当、合理上网。再有,社交网络是一把双刃剑,要引导大学生在生活和学习中继续利用它的便利性提高生活乐趣和学习效率,但也要严格调配好使用时间,避免过度频繁地闲聊和刷网。总之,大学生活不能脱离网络,而要借“网”发力。学校、家长和社会要共同努力,帮助学生树立理性的电脑使用观念,多种渠道开办心理健康教育的线上和线下互动,帮助学生树立个人目标和生涯规划,避免浪费时间、荒废学业。

最后,该研究是基于以广州、深圳和香港三所城市为代表的粤港在校大学生所抽取的样本,这些城市的经济发展水平和家庭收入水平明显比内地的高,电脑、手机等在青年大学生中的普及率和该群体掌握的上网技能都较高,对新媒体技术的敏感度和兴趣也较强。因此,同一选题若采用不同的研究对象,如粤港地区和内地的大学生,所得研究结果会有所不同。若进一步研究,将增加样本量和样本的选择范围,进而全面探讨全国青年族群(大学生)的网络依赖情况,并针对该群体在社交网络上的使用与诉求展开深入分析。从而给出更为全面的结论性意见,完善此类研究的总体目标。当然,若此会带来庞大的经费和人力支出,但问题还是有预见性的提出,防患于未然,才是本研究的目标所在。

(本文为广东省社科基金项目。项目名称:“粤港青年族群网络使用的传播学研究”,批准文号:10GL-01。合作者李秀芳为广州大学新闻与传播学院副教授。成果发布时间为2014年)

参考文献:

① 李辉,戴剑平.青年族群网络使用及网络娱乐活动状态写真——粤港两地在校本科生网络化生存调查之一[J].编辑之友,2012(06).

②⑩ 中国青少年网络协会,中国青少年网瘾数据报告[EB/0L].http://d.youth.cn/shrgch/201208/t20120807_2337374.htm#.

③ 邓涵月.大学生网瘾成因及对策研究[J].现代教育科学:教学研究,2013(09).

④ 中国互联网络信息中心(CNNIC),第33次CNNIC报告第二章:网民规模与

结构特征[EB/0L]http://games.qq.com/a/20140117/003865.htm.

⑤ 于忠成.不可忽视的成年人网络依赖症[J].互联网天地,2010(09).

⑥ Chien Chou,Linda Condron,John C. Belland,A Review of the Research on Internet Addiction,Educational Psychology Review,2005 年 12 月第 17 期.

⑦ Christos C. Frangos, Constantinos C. Frangos,Apostolos P. Kiohos,Internet Addiction among Greek University Students: Demographic Associations with the Phenomenon, using the Greek version of Young's Internet Addiction Test,International Journal of Economic Sciences and Applied Research, 2010 年第 3 期第 1 册.

⑧ Alex S.Hall,Jeffrey Parsons,Internet addiction: College student case study using best practices in cognitive behavior therapy,Journal of Mental Health Counseling,2001 年 10 月.

⑨ 社交网络的使用基本不存在性别差异，男或女大学生在日常生活中都普遍使用这一工具。但网络游戏普适率低,即有更多的男大学生玩网络游戏,女大学生则少得多。

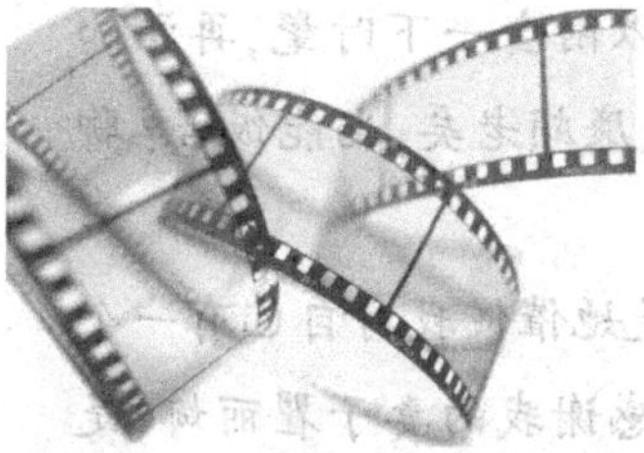

后记

《影像的力量》交稿之后，转眼就快到年底了。今日立冬，但广州并无寒意，昨夜仍然开着空调，似乎有点不太环保。内心的感慨是：时光总是那样的匆匆而来、匆匆而去。

好像有一支无形的手在背后推着我，对着屏幕再次敲打出《传播的力量》时，想舒心地告诉自己，终于可以多睡一会儿啦！思来想去，还是那句话：紧迫感也许是一种心理现象——不能说是一种心理障碍，因为我会在这种过程中找到愉悦和实现的快乐。

由于本书是《影像的力量》的续集，故而重申自己的想法：汇聚很多年以来自己写的东西，是许多文化人的追求，我也不能免俗。或许，在这个过程中可以充当一名“判官”：审视当年“码”下的文字，审判自己曾经的思考。不是有句话叫作“一样的人生不一样的思考”么？其实，人生的最大不同就在于自己是否有过思考和思考过什么。尽管有时看上去是那么微不足道。

既然是承接前一部书，同样的话还有：30 年来的词汇和词语变化是巨大的，但我还是保留了原貌。要的就是“重现”当年的思考，否则，就不是“真实的规约”。在当下的语境中，《传播的力量》中同样有些表述可能值得推敲甚至质疑，但原样的保存，则是个人思考历史的见证。

两部书一个中心：思考的要义在于“力量”。对自己，对他人，亦然。只不过对自己而言，关键词仅有两个，一是“影像”，二是“传播”。

下一次自己是否可以说"影像传播"或者可以附会一下时髦,再添加一个"学"字?哑然一笑时,剩下的只有自嘲:廉颇老矣,尚能饭否?聊以自慰的是,总算有一个见证。

再次真诚感谢责任编辑杨力军老师，是她催促我对自己有一个"小结",她认真负责的程度着实令我感动;感谢我的妻子瞿丽娜,是她帮我逐字逐句地审查与校对;感谢我的同事邹鹍薇博士、尹杭博士、魏琳博士和刘凤园老师,是他们帮我对文稿进行整理和校对。

有些文章涉及曾经的同事、朋友和学生,已在文中感谢。

再次以幸运者的口吻说一句:"我思故我在。"

2015年11月8日

戴剑平再记于广州天河员村一横路寓所